草筏

SiGeru
TonoMura

外村繁

P+D
BOOKS
小学館

目次

23	22	21	20	19	18	17	16	15	14	13
|	|	|	|	|	|	|	|	|	|	|
|	|	|	|	|	|	|	|	|	|	|
|	|	|	|	|	|	|	|	|	|	|
|	|	|	|	|	|	|	|	|	|	|
|	|	|	|	|	|	|	|	|	|	|
267	253	248	237	227	222	214	207	198	185	176

1

庭の隅々には早薄い煙のような靄が静かに漂い始めていたが、樹々の梢にはまだ春の夕陽が赫々と照り映えていた。あちらこちらに番つた蝶らが何の故かただ心忙しく舞い乱れ老茂つた松の木々が時々白い花粉を吹き散らしているばかり、庭は人気もなく森閑と鎮まつていた。其の時不意に築山の大きな岩の蔭から、六つばかりの一人の少年がちよこちよこと一心に築山を駆け下りて行つた。その少年はこの藤村家の一人息子である晋《すすむ》であつた。

晋は飛石を伝い、冠木門を潜り、白い小砂の敷いてある梅林を通り抜けて、裏の小門の前に立停つた。そうして暫くじつと門の方を見上げていた。が軈《やが》て小門の桟に足を懸けやつと枢を外すと晋はそつと門を開けて外に出た。其処には大きな川が満々と水を湛えて流れていた。晋は堤の上に蹲《うずくま》つて川の面に目をやつた。長く伸びた川藻が流の中でゆらりゆらりと揺れている。その上には沢山の黒と赤のおはぐろ蜻蛉が花のように並んでいて、藻が大きく揺れるたびになよなよと舞上つた。水馬が何匹も水の上を渡つている。一匹の大きな水馬が流のままに脚を休めて下りて来た。が急にきつと身構えると、銀色の腹をぱつと翻して飛上つた。小虫を捕えたのであろう。暫く首を動かしていたが、軈てまたすいすいと美しい線を引いて上つて行つた。

いろいろのものが流れて来た。古下駄や、木の枝や、萎れた草花などが緩く廻りながら流れて来た。晋は何を見ているのか自分にも解らなかつた。が何か捉えようもない不思議な思でじつと水の流れるのを見詰めていた。また一片の細長い木ぎれが流れて来た。不図《ふと》見ると、其の上には一匹の蛙がきよとんと坐つているではないか。一瞬、晋はもう堪えることの出来ない雲のような悲しみに襲われた。

「美代。美代。美代はどうしたのであろう！」

晋の黒い睫の間に見る見る大きな涙が湧上り、露玉のようにぽろぽろと零れ落ちた。晋は到頭両手で顔を覆い、膝の上に泣伏してしまつた。

それは昨日のことであつた。晋が祖母の部屋で菓子を喰べていると、不意に廊下の方で乱れた足音がし、何か大きな叫声がしたかと思うと、荒々しく障子が開かれ、女中の梅が飛込んで来た。梅は激しく気息が切れて暫くは物も言うことが出来ず、中腰になつたままただ後の方を指差すばかりであつた。

「ほれ、なんや、行儀の悪い」

祖母はいつもの厳しい声で叱つた。

「へえ、御免やす」

反射的に、梅は口癖の言葉を言つて、ぺたりと其の場に坐つた。が梅はもうすつかり気が顚倒してしまつたかのようにふうふうと気息をはずませながら、何か猫のような奇妙な手つきで頻《しきり》に後の方を差し示すのであつた。祖母の顔は見る見るぎりぎり筋立つて行つた。梅はそれを見ると、まるで何か呑込むように首を大きく振つてから、やつと途切れ途切れに言つた。

「あのお美代どんが……お美代どんが……裏で……裏の……」

「何、美代が……」

そう言つたかと思うと、祖母はもう立上つていた。そうして梅の肩口を取つて引立てると、荒々しく足を踏鳴らして出て行つた。晋は暫時は呆気に取られてそれを見ていた。が不図美代の名を思うと吃驚《びつくり》して立上つた。

晋が内玄関まで来てみると、男衆や女子衆や日傭達の裏の方へ裏の方へ走つて行く後姿が見られた。晋は思わず跣足《はだし》のまま飛び降りてその後を追つた。古風な茶部屋や大工小屋や炭小屋や農具庫の森閑と立並んでいる裏庭を走つて行くと、向うの納屋の入口に大勢の人がただならぬ気配で揉合つていた。

晋が急いで其の方へ走寄つて行くと、癇高い祖母の声が聞えて来た。

「さあ、皆向うへ行きなはい。はよ行き、行き。これ、行きと言うたら行きなはい」

が晋はひたむきな心で、躊躇なく人々の間を潜つて祖母の方へ進んで行つた。祖母は不図その晋の姿を見ると、急に眼を吊上げ、歯を剝出して、皺だらけの手を押遣るように振動かしながら、一層激しい声で言つた。

「晋、いかん、いかん。晋、晋来てはいかん」

晋はこの恐しい祖母の顔を精一杯の力で受留めながら言つた。

「どうしたん？　どうしたん？　美代どうしたんや」

「いかん、いかん。おい晋を向うへ連れていき」

そう言いながら、祖母は傍にいた一人の女中の肩を突き飛ばした。

「みんなも、さあ行きと言うたら行きなはい」

晋はもうそれ以上その場にいることが出来なかつた。晋は半ば泣きながら小走に走り出した。敷石の冷さが一入《ひとしお》物悲しく素跣足に沁入つた。

家の中には、一番番頭の仁平がただ一人店の間に端然と坐つていた。そうして灰吹を叩く煙管の音を緩りと響かせていた。晋は今にも涙が零れそうだつた。美代の身に何か大へんな事が起つたのに相違ないのだ。晋はまたふらふらと裏の方へ歩き出した。其処へ男衆や女子衆達がぞろぞろと帰つて来た。皆はそれぞれに激しい好奇と驚きの表情を浮かべながら上ずつた声で話合つていた。女子衆達は二三人寄合つて互に殊更な顰め顔を造合い男衆達は内庭の牀几に並んで煙管を吸いながら大声で言合つていた。

「誰やろ。ほんまにひどい奴やな」

久助が頬被りも取らないで小さな眼を屢叩《しばたた》きながら口を尖らせて言つた。

「ほら、久さんまでえらい御心配やがな。ほんまにどいつやい。うまいこといきやがつたの。大方方々で御落胆やろ」

日傭の卯吉は煙草の火を掌の上でころころ廻しながらそう言つた。

「ほうよな。ここら辺にもござるほん」

「けんどあのお美代がなあ。判らんもんやな」

「ほら、ここでは感心してござるが。ほんな、阿呆な、あればつかりは別嬪やろと何やろと変るもんかいな」

「違いない。けど一体誰やろ、皆目見当もつかん」

「みんな鈍臭いことを言うてな。きまつたあるがな。無理は上からよ」

若い男衆の治作はそう言つて立上つた。が皆は頓著《とんちゃく》なくわいわいと言合いながら、時々女子衆達の方へ一斉に顔を向けて、どつと意味あり気な卑しい笑声を立てていた。

何時、何処から来ていたのか、村の岩本医師が祖母と一緒に裏の方から帰つて来た。それを見ると、男衆や女子衆達は残惜し気に渋々立上つて、それぞれ元の仕事をやり始めた。そうして座敷で何か相談をしていた岩本医師も聽て帰つてしまうと、家の中はまるで何事もなかつたように次第に鎮つて行つた。ただ祖母は台所の真中に坐つて洗濯物の始末を手伝いながら、恐しい顔を振廻していた。

晋は美代のことが心配で心配で堪えられなかつた。晋はそつと店の間を覗いてみた。が其処には仁平の姿はなかつた。晋は内庭の方を廻り、ただ一人で干物を片付けている梅を見つけると、走寄つて尋ねた。が梅はこう言うだけであつた。

「あんなお美代どんのこと、知りません」

晋は到頭思切つて祖母に尋ねてみた。すると祖母は激しく首を振りながら言つた。

「なんの、なんの。あんな女子衆のこと、どうでもよろし！」

晋は悲しかつた。晋はただ一人中庭の楝《せんだん》の木に凭《もた》れ、美代のことを考えていた。美代は一体どうしたのであろう。病気であろうか。きつとそうではないのだ。すれば昨日まであれほど優しかつた美代が何か悪いことでもしたのであろうか！

「美代が、美代が」

晋は不図彼がいつも美代のことを「美代公」と呼ぶと、零れるような優しい笑顔で「晋公さん」と言う時のあの美代の顔をありありと思出し、もう無茶苦茶に悲しくなつてしまつた。晋は孤児のように忍び泣いた。

晋の両親は一年中六甲の別荘の方にいて、殆どこの江州の本宅へは帰らなかつた。それでも父は時々村の用事などで帰ることもあつたが、家にいることは稀であつた。其の上、その僅かに家にいる間さえも、父は絶間なく何の故もない小言ばかり言続けていた。そうして最後にはきまつて狂気のような癇癪を起した。それは自分でもどうすることも出来ない一種の病的な発作のようなものであつた。仁平はその都度、もう何十年来同じ言葉を繰返した。

「あの病も癒らんのう。ぼんの頃からあれじやつたで、霊仙山の赤蛙、仰山飲ましたんやが……」

晋の母は美しい女《ひと》であるが、この藤村家に嫁して以来殆ど笑つたことがないとまで言われていた。それほどであるからこの煩しい、その上まるで藤村家の主のような姑のいるこの本宅へは殆ど帰ることはなかつたのである。祖母は勿論晋を愛していた。が、この頑固一徹な老婦人には晋よりも誰よりももつと大切なものがあつた。それは「家」である。御先祖代々の御位牌のある、この「家」を護るためには、子も、孫も、場合によつては用捨なく振捨てなければならなかつた。

「勿体ない。まだこの齢で孫の守はしてられんわいな」

祖母は常々そう言つていた。だから晋は乳母に離れてからは美代一人に育てられて来たのである。よちよちと一人歩きの出来る頃から、晋は片時も美代の手を離そうとはしなかつたのだ。そうして夜は美代の懐に抱かれて、優しく哀しい子守歌を聞きながら眠つたのであつた……

その夜、それは何時頃であつたであろう。子供心には余程夜が更けていたように思われた。晋が不図眼を覚ますと家の中が騒々しく、強く押殺したような低い人声が聴こえて来た。晋はつと起上つた。側には祖母の床だけが敷かれ枕もとの行燈の灯がじいじいと鳴いていた。晋はふらふらと声のする方へ歩いて行つた。人々の声は水屋の方でしていたが不思議なことには祖母も女子衆達もその辺にはいなかつたので、晋は格子戸の蔭に隠れ、その有様を盗見ることが出来た。

「よいしょ！　大丈夫か」

草鞋装束の男衆の政吉が何かの先棒を担ぎながら女中部屋からよちよちと出て来た。それは黒塗の大長持であつた。後棒は同じ装束の久助で、身体を海老のように曲げながら出て来た。

「よしゃ。大丈夫」

久助はそう言つて、ぬくぬくと身体を起しながら土間に降りた。二人の小僧が無地提灯を提げて並んでいた。仁平が立つていた。仁平は木彫の面《めん》のような深い皺のある顔を心もち俯向けて、じつと一ところを見詰めていた。

「じゃ御苦労じゃが、気を付けて頼むぞな」

軈て仁平がそう言うと、長持は動出した。そうして裏門の方へ消えて行つた。仁平はその後を見送りながら、以前のままの姿でいつまでも動こうとしなかつた。その横顔に吊洋燈の黄色い光がぼうと流れていた。

晋は大河の堤の上で涙を拭きながら、不図昨夜の仁平の姿を思出した。不意に疼くような悔恨の情が晋の胸を締めつけた。晋は誰かが――それは誰であろうと悪い奴だ！――美代をひどい目に遇わせたのに相違ないと信じた。が併し、そういう自分は一度も美代にひどいことはしなかつたであろうか。否、晋は美代を打つたこともある。無理を言つて泣かせたことさえ何度となくあつたのだ。晋は覚えている。それは彼岸会の時のことであつた。お寺のお堂には地獄極楽の御絵《ごえ》が掛つていた。そうして其処には村の子供達が大勢集つて遊んでいた。晋もお寺へ行きたかつた。が、晋はあの地獄の御絵が恐しいのであつた。沸き滾《たぎ》る大釜の中へ真逆様に落ちて行く亡者達、真紅に彩られた血の池へ鬼に追われて入つて行く白い裸身の女亡者達、或はまた剣の山を血みどろになつて登つて行く男亡者達、此処にはまた一人の女亡者が手に一本の燈心を持つて竹を掘起しているではないか。鬼の来るまでにそれを掘起さなければ焦熱の苦報を逃れることが出来ないのだと聞いている。鬼は鉄の棒を振上げてもう其処まで迫つているではないか。ああその慎ましやかに合わされた二つの膝——知つている。知つている。晋はその膝を知つているのだ。晋は最早正視することが出来なかつた。罰とはこんな恐いものか。悪いことをしなければよいと言う。然し悪いこととは、悪いこととは……ああ、どうか悪いことをしませぬように。どうか地獄へ落ちませぬように……晋は慄え、戦き、もう動くことも出来なかつたのであつた。此方の壁には光明紫雲に棚曳き、蓮華暎芳と咲匂う極楽の御絵が掛つていた。が悲しいことには、晋にはそれはただの絵空事としか思われなかつた。そうして此の地獄の御絵のみが恐しい真実の姿となつて押迫つて来るのであつた。が何故、自分のみがこんなに恐れ戦くのであろう。それは晋にとつて一層に悲しく、恐しいことであつた。見よ！　百姓の子等は御絵の前であのように嘻々として戯れ合つているではないか。晋は美代の背中の上で泣きながら、

「行きたあい」と言つた。が美代が一足歩出すやいなや、晋は一層激しく声を振絞つて泣いた。

「行くん、いや。恐い、恐いもん」

美代が仕方なく立停ると、晋はまた、

「行くんや、行くんやあ」と言続けた。そうして到頭ふんぞり返つて泣き喚いた。美代が危く引起すと、今度は美代の髪を引摑んで、ごうごうと喉を鳴らして泣いていた。其処へ不意に父が現れた。父はそれを見ると、物も言わずに晋の顔を殴りつけた。そうしてまるで正気を失つてしまつたかのように、続けざまに手を振下した。美代は片手でそれを受留めようとしたが、それは激しく美代の眼を打つた。

「旦那様。御免やす。御免やす」

美代は泣きながら、片手で拝むようにして振上げた父の手を一心に防いでいる。父は唇まで真青にしてぶるぶると打顫えていた。

「美代。美代。あの優しかつた美代は今頃どうしているであろう！」

晋はそのまま美代の在所へ飛んで行きたいと思つた。そうしてあの懐しい手を取つて思切り泣くことが出来たならば……嗚呼、美代の在所はどの辺であろうか。美代の在所には金毛の兎が跳ね、野猿が木の上で眠つていると言う。

遠く山々の麓はもう藍色に翳り、彼方此方の村々から立上る夕煙が霞のように棚曳いていた。紫色に澄んだ夕空には、いろいろな形をした雲がその縁を金色に輝かせながら緩かに浮んでいた。大きな雞のような雲、人の顔のような雲、大頭の小僧が跨を拡げているような雲。そうしてこれらの雲々は、少年の可憐な願に叛いて、次第に恐ろしいものの姿に崩れて行つた。遽然、晋は言いようのない恐しさに襲われた、それは突然何者かに抱きかかえられたような、茫漠とした正体のない、然し底知れぬ恐しさであつた。晋は思わず手を抱緊め、放心したように立竦んだ。

恐しいことがあるのだ！

河は音もなく流れていた。水は緩かに流来り、緩かに淀み、緩かに迂《まが》り、また緩かに流去つて行つた。白い雲がふわふわと浮んでいた。其の時向うの土橋の方から、一人の青年が晋の方へ歩いて来た。それは叔父の真吾であつた。真吾はだんだん晋の方へ近寄つて来た。見ると真吾は手に二匹の蛙をぶら提げていた。真吾は不図其処に晋の姿を見留めると黙つて立停つた。そうして暫時じつと晋を凝視めていた。

「来い！　晋。良いものを見せてやろう」

真吾は不意にそう言うと、さつさと歩き出した。そうしてどおんと裏門を突開けると、一寸晋の方を振返つて言つた。

「来い！」

晋は仕方なく叔父の後に従つた。真吾はどんどん先に立つて歩いて行つた。逆様に吊下げられた蛙は、時々ひくひくと前脚を動かして踠《もが》いていた。真吾は昨日の納屋の前を通つて北の裏の方へ歩いて行つた。が、晋がその納屋の前を小走に走り過ぎようとした時、不意に晋の方を振向くと真吾は其のまま足を停めた。晋も思わず立停つた。真吾は一歩一歩晋の方へ近寄つて来た。真吾はじつと晋を見下しながら、顎で納屋の方を示した。そうして太い押えるような声で言つた。

「知つとるか。昨日のこと」

「ううん。美代どうしたん？」

「子産みよつたんや。死んだ子産みよつたんや」

　晋は真吾の言葉の意味がはつきり判らなかつた。晋は懐手をしたまま黙つて叔父の顔を見上げていた。その長い顔には沢山の面皰が出来ていた。が、大人のようだと言われているその冷静な瞳は、恐しいほど光つていた。

「晋！　お前のお父つあんやぞ。お前のお父つあんが、美代に子産ませよつたんやぞ。宜いか、覚えとけ」

　晋は何の事か一層訳が解らなくなつてしまつた。美代は何故赤ん坊を産んだのであろう。一体女の人と言うものは、誰でもそうしていつでも赤ん坊を産むことが出来るのであろうか。其の上また叔父は何故父のことを言つたのであろう。家にもいない父に何の関係があるのであろうか。父は男ではないか。晋はただぽかんと真吾の顔を見ていた。

「さあ来い。よい物を見せてやろ」

　そう言つて真吾は北の裏の方へ歩いて行つた。晋はどんなに考えてみても不思議で仕方がなかつた。赤ん坊はどうして生れて来るのであろう。赤ん坊は勿論お母さんのお腹から生れて来るのだ。すると、嗚呼、美代はお母さんではない！　晋は其処ではたと行当つてしまつた。そうしてそれからはどう考えても考えることが出来なかつた。が、其処に何かきつと凶いことがあつたのだ。晋の頭の中には昨夜のことがはつきりと残つていた。あの長持に乗せられて帰つて行つたであろう美代のことを思うと、晋はまたも堪えられない悲しさに襲われた。

「美代。美代。あの優しかつた美代……」

晋はただもう胸の中で美代の名を繰り返し呼ぶばかりであつた。

「おい！　晋、こつちへ来い」

真吾は隅の物置小屋の前に踞んで、何かを一心に凝視めていた。杉木立に囲われた、此の裏屋敷はもう薄暗くなつていた。老杉の梢の辺を一羽の鳥がばさばさ飛廻つていた。

「鳥、何してよんのやろ」

晋は真吾の傍へ来ると、そう言つた。

「巣しときよるのや。子産んどくぞ。言うな、誰にも、それよか、晋此処見とれ」

そう言いながら、真吾は小屋の中を指した。そうして、チーチーと口を鳴らした。小屋の隅には藁が堆高く積んであり、その上の方に打藁が円く敷いてあつた。何かがいるような気はいであつた。が、晋には何も見えなかつた。チーチー、チーチー、真吾は頻に口を鳴らした。すると不意に奥の方で何か物を引摺るような音がし、軈て、ざざと藁が鳴つたかと思うと、一匹の大きな蛇がぬうと首を突き出した。真吾は尚、口を鳴らし続けていた。見ると、奥の方にまた一匹の蛇が目を光らせながら、じつと此方を窺つていた。其の時、真吾は持つていた二匹の蛙を藁の上に投げた。蛇は見る見る鎌首を持上げ二又の舌を動かしながら、ぐいと蛙の方を向いた。蛙は不意にキューと鳴いた。そうしてそのままじみじみ眼を閉じてしまつた。

晋は真吾に腕を捩じ上げられていた。晋は藁を足で蹴飛ばしたのである。そうして真吾の手に嚙付いたのであつた。二三度殴られ、二三度地面の上に突倒されたことは覚えていた。が、それからは何がどうなつたのか解らなかつた。

「もうせんか」

真吾は晋の腕を一層締上げながら言つた。腰が今にも折れそうなほど痛かつた。が、晋は歯を喰縛つて答えなかつた。その眼の前を二匹の蛙がひよこひよことまるで腰が抜けたように跳んでいた。此の叔父の手は、自分の腕を離せば、すぐまた蛙をふん掴むであろう。

「する、なんぼでもする」

そう言つた途端、晋は不意に目が眩《くら》んでしまつた。

それから数分間の後、晋はただ一人で地上に倒れている自分に気がついた。が、それは晋には余程永い時間のように思われた。晋は急いで立上ろうとした。すると不意に杉や塀や小屋がぐらつと一時に倒れそうになつた。晋は思わず手を突いた。左の手が痺れたように動かなかつた。ぽろぽろと涙が零れ落ちた。が、晋は泣きながらも勇ましく頰笑んだ。

2

真吾は晋の父、藤村治右衛門の末の弟で、近くの町の商業学校に通つていた。真吾も高等科を卒業すると、兄達と同じように丁稚見習に東京の店へ遣られた。が、真吾は一と月も経たないうちに、勝手にさつさと引上げて来た。そうして、学校へ行くと言い出した。それを聞いて第一に驚いたのは晋の祖母、即ち治右衛門の母のおとさであつた。

「学校てて、なあにを、なにを。商人《あきんど》に学は要らん。このたわけものめが」

然し真吾は母の言うことなどまるで聞いてはいなかつた。そうして却つてそれを良いことにして毎日朝から遊び廻つていた。

此の江州の東部地方は古くから所謂近江商人の出生地として有名であつた。が殊に此の六《ろく》荘《しょう》村は、中の庄に藤村家、橋詰に岩井家、太子堂に仲家などの県下屈指の分限者《ぶげんしゃ》達が集つているので、まるで近江商人の本場のように言われていた。随つて村人達の気配にも自ら異つたものがあつた。親達は勿論、子供達までが丁稚奉公に行くことを無上の誇にしていた。村の母親達は無理を言う子供等をこう言つて叱つた。

「ようし。ほんなことしてな。大きいなつても丁稚さんに行けんほん!」

すると頑是《がんぜ》ない子供等でさえ無理言うことを止めるのであつた。事実当時は東京や京大阪から「兄さん」達が立派な服装をして帰つて来た。また、勿体ないような新宅を見事に建てた

「叔父《おっ》さん」達も幾人となくいたのである。だから村人達は、丁稚見習さえ辛抱出来ずに帰つて来た真吾を、まるで異端者のように白眼視した。そうして、彼等はおとさの所説を聞くに及んで、声を合して言つた。

「ほんまにいな。大奥さんが、どうたまろ」

子供達は真吾の姿を見ると、露骨に指し嘲笑つた。

「しよ、しよ、小便たれて、去《い》なされた」

真吾は然し、皆が何と言おうと、知らぬ顔をして村中をのし歩いていた。そうして毎日のように、仲間や子分の誰かを泣かせたり、殴りつけたり、また時には骨の折れるほど腕を捩じつたりした。がそれは決して弱い者虐めするのでもなくまた腹立ち紛れにするのでもなかつた。真吾は生来殆ど腹を立てたことがなかつた。ただ彼は自分のしようと思うことをするだけであつた。そうして彼はいかなることがあろうとも、どうしてもそれを成遂げねば承知しなかつた。若し邪魔立てする者があれば、それは誰であろうと容赦しなかつた。そうして彼のその遣り方は執拗で、且つ惨酷であつた。或る時女中のかねが、彼が犬を飼つていることを母のおとさに密告したことが解つた。真吾は、両手を突いて謝つているかねの前で、近いうちに「五つの復讐」をすると宣告した。それから数日後、かねが便所から出ようとすると、どうしたのか脱いでおいた下駄がなくなつていた。田舎の広い家のことであるから、声を挙げて人を呼んでも無駄であつた。かねは不図此の間の真吾の言葉を思い出し苦笑しながらも、便所の中で人の来るまで立尽していなければならなかつた。第二の復讐はその翌日の昼御飯の時に行われた。かねが自分の御膳を取出そうとした瞬間彼女はキャッと言つて、其の場に御膳を取落してしまつた。お椀の中に一匹の死んだ大鼠が眼を剝いていたのであつた。勿論かねはおとさからひどく叱られた。そうして割れた茶碗は御飯粒を練つて接ぎ合わさなければならなかつた。が、かねの一番困つたことにはその鼠の入つていたお椀さえも捨てることが出来ないのであつた。

「あの……此のお椀は捨てさしていただきまして……」

かねが恐る恐るそう言いかけると、おとさは急に眼を吊上げながら言つた。

「あほ！　なあんのなあんの。勿体ない。鼠くらいなんや。大事に使えばまだ二三年は大丈夫、受合いの皮張太鼓やほん」

それから暫くの間は何事も起らなかつた。が、或る日、かねは女中部屋の二階の梯子段から辷《すべ》り落ちた。後になつてかねが調べてみると、上る時には何ともなつていなかつた梯子段に蠟のようなものがつるつるに塗られてあつた。かねは勿論それが真吾の仕業であることを知つた。かねは次第に真吾のすることが恐しくなつて行つた。あの「五つの復讐」はまだ二つ残つている筈である。此の上何をされるか判らなかつた。かねは毎日びくびくして落着けなかつた。或る時など彼女は自分の襷《たすき》に驚いて飛び上つたほどであつた。が果して真吾の第四番目の復讐は若い女の身にとつて最も惨酷なものであつた。或る晩、かねが丁度風呂に入ろうとして片足を浴槽に懸けた途端、不意にさつと開き戸が開いて、真吾が、そうして小僧や男衆までが其処に立つていた。かねは吃驚して急いで浴槽の中に飛び込もうとした。が、何分あまりのことに狼狽していたので、つい足を辷らせて引くり返つてしまつた。

「勘忍しとくれやす！」

かねはそう叫びながら、流し場の板の上に胸を懐いて俯伏した。

「早う汲め」

真吾がそう言つた。

「ほい御免や」

一人の男衆が浴槽の中に手桶を入れて湯を汲んだ。続いてまたもう一人の男衆が同じようにして湯を汲んだ。

「こりや、おかねどん。えらい欠礼を」

皆がどつと噴き出した。が、真吾は大人のように厳しい声で言つた。

「かね、気の毒したね。けんど、別に辷つて貰おうとは思うてなかつたん。ただな、犬洗うんで湯が要つたんや。おいかね、また犬いるんだ。よいか。告げ口したけりや、なんぼでも勝手にしやがれてんだ！」

真吾は言い終るといきなり足で開き戸を蹴飛ばした。戸は乱暴な音を立てて閉つた。真吾達は手桶を提げて裏の方へ出て行つた。その後には、風呂番の小僧が黄色い声で言い続けていた。

「お加減どうどす。お加減どうどす」

翌日、かねは青い顔をしていた。そうして、何事も手に着かない様子であつた。最後にはどんなことをされるのであろう。それはもつとひどいことに違いないのだ。そう思うとかねはもう一歩を踏出すことも恐しかつた。おお恐い。真吾は蛇を飼つているのだ！　かねは到頭真吾の所へ行つて、掌を合わさんばかりにして許しを乞うた。が、真吾は許さなかつた。

「約束だ」

かねは真吾の性質を知つていたのだ。此の真吾の言葉を聞くと、もう覚悟を極めた。が、此の恐しい復讐を今か今かと思いながら待つていることは、もう寸時も耐えられなかつた。かねはどんなことをされてもいいから、一刻も早く、否今直ぐその最後の復讐をしてしまつて欲しい、と真吾に言つた。真吾の口の辺に微かな笑が浮んだように思われた。

「来い！」

真吾はそう言つて立ち上つた。そうして、かねを女中部屋に連れて行つた。が直ぐ自分だけ部屋から出て行つた。かねは坐つたままじりじりと思わず壁際ににじり寄つていた。其処へ真吾が四五人の女子衆達を連れて帰つて来た。真吾は、不思議そうな顔をして並んでいる女子衆達には目もくれないで、言つた。

「かね！　猿の真似して見せろ。若し上手に出来たら、今度は特別にそれで許したる」

「へえ。おおうきに。猿の真似て、こうですかキッキッキ……」

女子衆達は思わず、ぷつと笑い出してしまつた。すると、かねもついにそれに誘われて自分から噴き出したが、その瞬間、かねは真吾の冷酷な眼をはつと感じた。かねの顔は急に真剣なものに変つた。

「キッキッキー、キッキッキー……」

かねはそう言いながら、中腰になつて自分の尻を猿のように引掻いた。そうして時々白い歯を剝いて怒る真似をした。

「ブウッ！　ブウッ！」

もう誰も笑うものはいなかつた。かねは不意に四つ匐《ばい》になつて歩き出した。その眼には白いものが光つていた。真吾は女子衆達の方を睨みながら言つた。

「おい、皆よう見とけ。誰でもこうだぞ！　よいか。忘れるな」

その事があつて以来、家の者は皆真吾を厄病神のように恐れた。誰も大きな声では真吾の名を口にする者はなかつた。一方真吾はこうして、密告される心配もなくなつたので、益〻勝手仕放題に振舞つた。鼠の軀に石油を塗り、その尻尾に火を点けて野原に放したり、鳥や鳶の巣を襲つて雛鳥を生捕つたりした。或る時、真吾は水神の森と言われている、村はずれの大杉の梢にある鳶の巣を襲つた。が、それは珍しい大きな鳶で、羽を搏《う》ち、嘴《くちばし》を突立てて防ぎ戦つたので、流石の真吾もどうすることも出来なかつた。真吾は到頭その巣に火を放つたのだつた。火は見る見る枯葉から枯葉に燃え移り、美しい焰を立てて燃出した。親鳥はヒュッロロ、ヒュッロロと悲痛な喚び声を立てて、煙の中を飛び廻つていた。真吾は親鳥の必死の嘴に突破られ、頭から血を流しながら、老杉の梢の上で会心の微笑を浮べていた。その真吾の懐の中にはまだ眼も開いていない三羽の雛が慄えながら頻に糞を垂れていたのであつた。また或る時は、真吾は藤村家の願い寺である西誘寺の御堂の廊下で寺男の伝助と唯一人で組打ちの喧嘩をしていた。仲間の子供達は唯わいわい騒ぐばかりで誰も救けようとする者はなかつた。不意に伝助は悲鳴を挙げて立上つた。見ると頭を押えている伝助の手は真赤に染つていた。真吾は片手に雪駄を提げて立つていた。其処へ住職が出て来た。が住職は不思議なことには却つて伝助の方を厳しく叱りつけた。伝助は何とも言うことの出来ぬ眼射でじろりと真吾を睨んでから、のそのそと歩いて行つた。——伝助は未だ若い青年であつた！　が真吾は例の太々《ふてぶて》しい微笑を浮べながら、平然と着物の塵を払つていた。その後から子供達は一斉に囃し立てた。

「太鼓たたきの色男。赤伝助、黒伝助、でんでんでんでん……」

こう言つた真吾の乱暴話は一年中絶えることがなかつた。が真吾は翌年の三月には不意に、そうして誰にも断らずに近くの町の商業学校の入学試験を受け、不思議にも合格してしまつたのであつた。兄の治右衛門は当時種々の事業に——それはおとさの言う恐しい株式会社であつたが——そろそろ関係を持ち始めていた頃であつたので、流石に真吾の入学を止めようとはしなかつた。おとさはそれを知ると、あまりの腹立と心配から、到頭一日中仏間に閉籠つてしまつた程であつた。が、あの頑固者の仁平までがこう言うのであつた。

「なあ、大奥さん、今の時勢や、商人でも学がのうてはあかん。遣りなはい。遣りなはいとも。

ほんなに恐がらいでもよいほん」

真吾はこうしてやつと彼の希望通り商業学校に入学することが出来た。村人達は新しい金釦の光つている真吾の制服姿をもの珍し気に眺入つた。そうして、とりどりに、如何にも意味深そうな目付をして囁き合つた。

「真吾さん。此処から行けるのやな」

女達は、そんな真吾の通学する道筋のことまで話すのであつた。が真吾は嬉しそうな顔一つしなかつた。そうして別に勉強するでもなく、学校から帰つて来ると相変らずぶらりぶらり遊び歩いていた。そうして一年経ち、二年経つた。真吾は二年生になり、三年生になつたのであろう。が、それを知つている者は真吾の他には誰もいなかつた。実際真吾の学校が何方を向いているかさえも誰も知らなかつた。おとさは春の休になると、其の度毎に言つた。

「まだかいな。ほんまに、見つとむない。大きい態《なり》していつまでぶらついているのやいな」

すると仁平はぽんと煙管を叩きながら言うのであつた。

「ほら大奥さん。此の仁《じん》やてほう一足飛はでけんわいな」

真吾は其の頃、急に背丈も伸び、口の辺には髭のようなものさえ生えて来て、すつかり大人らしくなつていた。そうしてもう以前のような乱暴は殆どしなくなつた。が、其の頃から彼の黙り癖はだんだん甚しくなつて行つた。

真吾は毎朝学校へ二里近い道を歩いて行く。が、彼は夏が来ようと、冬が来ようと、暑いとも寒いとも一言も言つたことはなかつた。そうして夕方になるとまた押黙つて帰つて来た。日曜日には、彼は姦しいおとさの口小言にもかかわらず思切り朝寝をするのが例であつた。

「真吾はまだかな。まだ起きんのかいな」

するとおとさはきまつてそう言いながら、家中を歩き廻るのであつた。だから、此の家で真吾の存在がこんなにはつきりするのは、此の日曜日の朝の間だけであつた。彼は朝昼兼帯の食事を済ますと、もう其の辺には彼の姿は見られなかつた。そうして誰も彼もが何処で何をしているのか知つているものはなかつた。彼を訪ねて来る友人など一人もなく、勿論彼の方から訪ねて行くような人もなかつた。彼は若い人達のように歌一つ唱つていたこともなく、と言つて別に勉強に身を入れている様子もなかつた。偶〻《たまたま》、机の前に坐つていることがあつても、彼はただむつつりと面皰をつぶしているばかりであつた。彼は学校が面白いとも、面白くないとも、否どんなことを習つているかをさえ、誰にも一度も話したことがなかつた。彼は家の者とは、母のおとさとさえも、殆ど終日口をきかないのであつた。女中が破れた足袋を出して置いても、彼は黙つてそれを突返すだけであつた。茶碗が汚れていても、彼は小言一つ言わなかつた。──ただ性来潔癖の強い彼は幾度となく気の済むまで洗い直させたけれども。──殊にそれが若い女中などの場合には彼はまるで怒つたような顔をして、棒のように押黙つているのであつた。

真吾は何故このように変つてしまつたのであろう。大方それは彼の青春のなせる業でもあろうか。事実、真吾のような冷酷な誇を持つた男達は、往々にして自分達の青春を高らかに唱い挙げるかわりに却つてこうして黙り込んでしまうものである。彼等は人々の「恥しい情」を許さなかつた。が、彼等はまた、その悲しき報として、何時、如何なることにも「美しい夢」を持つことを許されなかつた。彼等は自分達の青春をさえ忌み、憎んだ。否、それはさながら呪われた石のように、彼等は笑うことも泣くことも出来ないのであつた。誠に青春とは恥多きものであろう。が、然し人々はそれをどうすることが出来よう。

それは或る夏の浅宵のことであつた、晋は夕涼の牀几《しようぎ》に腰懸けて、紺碧に澄み渡つた大空に金色の星を探していた。何処からともなく涼しい風が吹いて来て、薄闇の中にぽこぽこと月見草の花を咲かせて行つた。表の方から子供達の声が歌のように聞えて来た。

「蝙蝠来うい草履《じより》喰わそ……」

「ああすは天気か、雨降りか」

一つ、二つ、三つ、四つ、あちらに、こちらに、星はきらきら燿き初めた。そうして到頭晋の指には数え切れなくなつてしまつた。

「あん中にわたしのお父つあん、いやすのや」

小梅は星を指して、晋に言つた。小梅はまだ十四の小さい女中であつた。彼女の名前はうめと言つた。が、此の家には大きな梅がいたので、小梅と呼ばれていた。

「どん中に?」

「わたしのお父つあん、お星さんになつてやすんの」

さらさらと風が流れて来た。楓の青い葉裏に、糸のような月が淡く光っていた。

「何やろ？」

晋は不意に耳を傾けた。何処からか不思議な音が微かに聴えて来た。

「ほんに」

小梅もそう言つて立上つた。それは生れて一度も聴いたこともないような不思議な音色であつた。始の内は、ウーウーと何か物が震えているような低い音であつた。が、それは次第に高い音に変つて行つた。軋《きし》むような高い音が震えながら不図切れた。途端今度は高い音から低い音に、まるで谷底に沈んで行くような急調子で下つて行つた。それは高く、低く、長く、短く、何かを摺り合わすような妖しい音色であつた。晋と小梅は思わず向うの男衆達の牀几の方へ歩いて行つた。が、男衆達は何知らぬ気に、大きな渋団扇で蚊を追いながら涼んでいた。そうして其処へはもう何の音も聴えて来なかつた。二人はまた元の牀几へ帰つて来た。するとまた不思議な音は微かに歌のような音色になつて聞えて来るのであつた。

「なんやろ！」

「なんどすやろ！」

二人は目を合わせたまま、じつと立竦んでしまつた。

晋と小梅はその不思議な音を翌晩もその翌晩も聞いた。が、二人は幼い好奇心からそれを誰にも告げなかつた。小梅はその丸い眼を一層丸くして、事によると、天から聴えて来るのかも知れない、と言つた。が、或る夜到頭おとさがそれを聞いたのだつた。おとさはぷんぷん言つて、家中を歩き廻つた。

「悪戯しなさんな。誰や、怪つ体な音をさせるのは」

此の村の人達は、音楽が殊に西洋の音楽が毛虫のように嫌いであつた。音楽のようなものは銭儲の邪魔にこそなれ、一文の足にもならなかつたのである。だから、新米の女の先生達は、それを知らないで、放課後までブーブーとオルガンを鳴らしては、ひどく叱られることが屢〻あるのであつた。おとさ大奥様に到つては、息子達の嫁からお琴まで取上げてしまつたので有名な程であつた。

それ以来、不思議な音はぱつたりと聴えなくなつてしまつた。が、それから小半月も経つた或る夜のことであつた。祖母のおとさは新宅の辰二郎の家へ行つて留守であつた。晋はいつものように離の間で着物を寝巻に更えていた。

「寝たら閉めてな」

暑い夜のことで、晋は着物を畳んでいた小梅に、戸のことをそう言つた。其の時、不意に、小梅は声を殺して言つた。

「一寸、一寸、早う、晋さん」

庭には月光が水のように流れ、樹々は影を深く沈めていた。遠く池の面には、小波が銀色の魚鱗を撒き散らしたように光り燿いていた。晋は小梅の指差す方を眺めた。築山の上の大きな巖影に一人の男が蹲つていた。それは真吾であつた。真吾はじつと空を眺めていた。が、軈て静に立上つた。真吾は手に不思議なものを持つていた。彼はそれを肩に乗せ首を傾けた。そうして右手に持つていた棒のような物を静に動かし始めた。不意に物哀しい歌声が、妖しい音色に乗つて嫋々《じようじよう》と流れて来た。

3

秋であつた。陽は麗かに照り、稲の穂は香しい匂をたてて稔り、鳴子のカタカタと鳴る音にも群雀がぱつと飛立つような秋晴の或る日、村の街道を一人の盲の按摩が走るように早く歩いていた。細い杖を軽々と左右に動かしながら、盲人とは思われない不思議な速さで、それは歩いているというよりまるで風を切つて突走つているように見えた。彼は章石という中之庄の按摩であつた。章石は不意に立停ると、田の方へ声をかけた。

「孫さん、結構やなあ。今年の稲はよう出けたわい」

畔の上に蹲つていた一人の百姓が一寸顔を振向け、其処に章石が立つているのを見ると、急に微笑を浮かべながら、むくむくと立上つた。

「ほうよな。お蔭さんでなあ」

孫さんと呼ばれた百姓は、そう言いながら緩りと腰を伸した。

「ほれに孫さん、お前はんとこのはまた格別よう出けたな」

「いや、ほんなことはないけんどな」

「いんや、これはよう出けよつた」

章石は杖を軽く突いたまま、さも感心したように頻に首を打振つた。何処かで高く爆竹の音が鳴つた。不意に孫さんは前歯の抜けた空声で笑いながら言つた。

「けど章石さん、なんぼお前はんでもな、盲に稲の出来は解ろまいが」

「なあんの、孫さん。風のあたりが違うわさ」

「風のあたりてなんやいな」

「解らんか。ふうん、割に鈍なもんやな。稲がやな頭よう垂れとるで、風がこう気持よう脛の下にあたりよるが」

「とつと、成程な」

「クックックックッ……」

章石は愉快そうに尻上りに高く笑いながら、またすたすたと歩出した。

章石はこの六荘村の有名な按摩であつた。何処の村々でも、こういう盲目の按摩などとという者は大抵その村の名物者で、彼等の多くは心ない村人や悪太郎連の丁度よき嬲者としてからかわれたりいじめられたりしながらも、そのどこか心善いとぼけた魂を愛されている悲しき愛嬌者ででもあるものだ。が章石はいかにもこの村の名物按摩らしく、とぼけた魂どころか、素晴らしくかんの鋭い、才気溢れるような男であつた。

「章石さん。あんたの杖てえろう細いのやなあ。太いのないのかいな」

彼の杖は誰でも一寸不思議に思うほど細かつた。がそんな時、彼はいつもふふんと鼻先で笑つてから、言うのであつた。

「疎いこと言うてな。盲の杖は猫の髭や。太うてたまるかい」

章石は十三四の時、ぽつこり一人でこの村に現れたのである。村の人達は、彼が何処から来たのか、またどうしてこの村へやつて来たのか、誰も知らなかつた。が、章石の按摩の腕は既にその時分から相当上手だつたとみえ、早くも村中の評判となり、その寄る辺ない境遇も同情されて、彼は次第に方々から招かれるようになつた。村人達は毎日村中を揉み歩くこのいとけない盲目の少年の姿を見ると、いぶかしげにいろいろと噂しあつた。

章石が、驚くべきことには、あの謹厳の評判高かつた先代藤村治右衛門の落し胤だという噂があつた。が、それはただ彼の顔に何処となく気品のあるということや、晩年いろいろと村の世話をしていた先代治右衛門が、彼のために小さいながら一軒の家を与えたことなどから、そんな噂が立つたのであろう。確なことは誰も知らない。また彼はおきんという女の私生児であると、言いふらす人もいた。がそのおきんという女は一体どんな女であつたかを誰も知らなかつた。勿論村のどこの家にもそんな女はいなかつた。すれば――村人達はまたしても声を潜めて言うのであつた。

「あそこさんに、ほんなおきんというような女子衆いたかいな」

邪慳な好奇心から、心ない村人は彼を捉えては何彼と執拗に聞尋ねたが、章石は自分の過去については堅く口を結んで一言も答えなかつた。治右衛門のことを言われても、彼はまるで放心したように物言わなかつた。が流石に彼の美しい顔には、その時、常住の闇にもまして測りがたい彼の運命を想わすような、空しい陰翳《かげ》がさつと漂うのであつた。

こんなふうにまるで迷い鳥のように現れて来た章石も、いつともなくこの村に住みつき最早今では六荘村といえば直ぐにも藤村家か彼の名前を思出すほどになつていた。章石はその按摩の腕前では近在に竝ぶ者もいなかつた。が彼の評判の高いのはそればかりでなかつた。章石はあれでなかなか小金を貯えていて、貸金をして利息稼もすれば、時には相場に手を出すこともあり、それがまた素晴しく当つているのだとさえ言われていた。また或る年の大晦日の夜、村の貧しい家々へ何処からともなく金が投入れられたことがあつたが、施主は藤村や岩井や仲などの分限者衆ではなくどうやら章石らしいと噂されていた。

「なあんの、こつちは頂いた方よ」

彼は勿論堅くその噂を打消していた。が章石は確にそんな噂を立てられるような男であつた。章石は麗かな秋の陽を一杯に浴びながら、街道の一本道を何に心急いでか、さつささつさと走るように歩いていた。その足もとで、蝗《いなご》が重合つて乱飛んだ。不意に一匹の蝗がぴよこんと高く飛上つて、章石の肩先に留つた。

「ちやあんと知つてるぞよ」

章石は嬉しそうに独ごと言いながら、軽く蝗を払落した。丁度其の時、後から真吾が自転車に乗つて通懸つた。すると章石はまた素早くそれと感づいたのであろう。大きな声で呼びかけた。

「真吾さん。今お帰りか」

一寸行過ぎた真吾は急いで自転車を停め、ぐるつと後を振向きながら、章石の顔をじつと覗くように見詰めていたが聽て重々しい調子で言つた。

「ううん、如何にもわしや。けどお前、盲でどうしてそれが解るんやい」

「ほらあんた、第一自転車の音が違う。魚米や、山村教員のとはてんで物が違うがな。ほら怖い自転車やもんなあ。けどな、真吾さん……」

章石はそう言いかけて、不図言葉を切つた。その顔には沁るような人懐しい、しかもそれは盲人なるが故にか、何か気味悪くさえ思われるような一向《ひたむき》な微笑が浮んでいた。

「わしはな、真吾さん、あんたならもう擦違うただけで解りますぞな」

真吾が自転車に乗始めてからもう一年以上になる。が今章石の言つたように、真吾の自転車はそれは「怖い自転車」であつた。

晋は一人庭に下り立ちもうすつかり秋らしく騒々と吹来る夕風に一入涙を誘われながら、今の恐しかつた父と叔父との醜い争ごとを思浮かべては非常な悲しみに浸つていた。叔父がまた無断で高価な自転車とかいうものを買つたのである。が、父は父で何故あのような恐しいことを言つたのであろうか。

「出て行け！　直ぐ出て行け。とつとと出て行け！」と父は呶鳴つたのである。このように樹々の枝々を吹鳴らして風騒ぐ夕暮、何ほど強い叔父であろうと、どうしてこの家を出て行くことが出来よう。それだのに、叔父は言うのであつた。

「よろしい。出て行けと言うのなら直ぐにも出て行きましょう。けんど金は今全部出して貰いたいがな」

「馬鹿！　金なんか一文もやれるか」

「いや別に呉れとは言わん。僕の金があるはずや。それを出して貰えばいいんや」

「そんなものが何処にある」

生来癇癖の強い父は蒼白な顔に眼の縁だけを真赤にして、先刻からただ徒らに大きな声で呶鳴つていた。が叔父は憎々しいまでに落着き払つた声で言つた。

「無いと言うのか。あのお父つあんが死ぬ時僕に呉れた金、それも無いと言うか。どうだ、どこまでも言張るか。よし、そんなら僕もこの家は出られんな。それこそ、立派な横領やからな」

「お黙りなさい。兄の命令もきかんような奴にそんな金が渡せるか」

「ふうん、流石に無いとは言わんな。じや承ろう。兄さん、それではあんたはお父つあんの言われたことを守つているつもりなのか。別荘をこしらえたり、妾を置いたり、ぼろ会社に関係したり、其の上罪もない女中に手をつけて……」

「黙れ！　真吾、貴様は何を言うか！」

父はいきなり立上つた。その父の顔には見る見る恐しい痙攣《けいれん》が引起つた。すると流石の叔父もあの底光する冷酷な眼でじつと父を見上げながら、不意にいつにない激しい語気で言つた。

「兄貴！　こら、美代を、あの美代をどうした！」

嗚呼、またしても叔父は美代のことを言つたのである。真実、父があの優しかつた美代に何か悪いことでもしたのであろうか。晋はいつか忘れるともなく忘れていた、あの美代の悲しい日のことを思出し、不意にまたあの切ない恐しさに襲われた。晋は思わず夕空を仰見た。可愛そうな小梅はいつもお星様に祈つている。此の涙多い晋の眼にもどうか美しいお星様の光が浮びますように……水のように澄渡つた夕空を、二羽の鳥が緩かに羽を搏合つて西の方へ流れるように飛んで行つた。美代はこんな夕空が好きであつた。

夕空晴れて秋風ふき
月かげ落ちて鈴虫なく
思へば遠し故郷のそら
ああわが父母いかにおはす

晋は今も耳を澄せばあの美代の美しい唄声が何処からともなく聞えて来るように思われた。

嗚呼！　白萩の花が、一面に夕闇にもしるく咲乱れているではないか。

どうなることとか！　瞬間、晋はあまりの恐しさにはつと息が詰りそうであつた。が、其の時、不意に襖が開いて仁平が入つて来た。

「真吾さん。お前《ま》はんは、お前はんは先刻から何ということを言いなさる」

「別に何も言うとらん。ただ事実を事実通りに言うとるんや」

「ほの口のききかたはなあんじやいな。真吾さん、あんたはいかん。いかん。ど性根からいかんぞな。わあしは今日まで黙つとつたが、今日という今日は我慢ならん」

「一寸、仁平。お前そう頭を振らんとしやべれんのかい。我慢ならんなら、何も我慢してくれとは言わんが、そいつ一寸目障りやね」

「なあんのなんの、今日は頭でもなんでも振るほん。ほんな、わあしがわあしの頭振るのに何の遠慮が要るもんか」

「ふむ、いかにもお前の頭や。ほんなら振りたいだけ振るがよいわ」

「振るとも振るとも、大振りじや。いんや、振りとうなうても振らんならん。な、真吾さん、お前はんはな、どだいほの性根を直さんとあかん。なんと言うてもお前はんは弟や。弟の分際で兄に勝とうと思てもほらあかん。よいか、お前はんも学のある仁や、歴史本でも読んだやろ。御主人に逆意したやいつ等は、例え弟さんじやろがどんな御身内じやろが、どうなつた。いかに理があろうとなかろうと容赦は出けん。これが御本家を立てる定法というもんや。旦那様は辰二郎さん始めわあしら何百人の御主人や。この御主人にはなんじやろうと勝てん。この道理を腹の底から弁えとかんとあかんのじや」

「話にならんわい。が、まあよい。ただね、仁平、お前のいうようにそれほど有難い主人なら、主人の方でも主人らしくしてほしいね。女中に子を孕ませたり……」

「言いなはんな。ほれを言いなはんな」

「言うね。わしがわしの口で喋るに何の遠慮が要るもんか。なあ仁平」

「黙らんか。黙らんか。ようし、ほの口を……」

仁平はそう言つたかと思うと、いきなり叔父に飛懸つた。が、仁平は忽ち突飛ばされてしまつた。仁平は立上り、痣のある――仁平はよくそれを指で押えては、これ死にぼころどつそ、と言うていた――細い腕を捲上げて、年寄らしい大袈裟な身振りで再び叔父に襲懸ろうとした。がその途端、まるで思いがけぬことが起つたのである。あの恐しい父が不意に仁平の腕に取りつき、込上げて来る悲しみを無理に押籠めようとして、子供のように口を盛上らせながら言うのであつた。

「仁平赦してくれ。わしが、わしが悪かつた」

四囲はいつの間にかすつかり暗くなつてしまつた。松も、檜も、大きな椎の木も、みんな薄黒い姿になつてしまつた。庭には風ばかりざわざわと吹荒れ、冷々と小波立つた池の面には魚の影も見えない。もう家の中には洋燈が点つているのであろう。が、晋は何処で拾つたのか蝉の抜殻を掌の上に載せたまま、いつまでもじつと夕闇の中に立つていた。

それから二三日経つた或る朝、それは丁度激しい嵐の翌朝であつた。空は洗つたようにからりと晴れ、楓や銀杏の緑の葉が、目覚めるばかり庭一面に散敷いていた。万物すべて透きとおるような清らかな朝であつた。晋が青い落葉を踏んで裏庭に出てみると、真吾が輝かしい朝の光にピカピカと光つている真新しい自転車に跨つて立つていた。真吾は、晋をあれほど悲しませた二三日前の出来ごとなどすつかり忘れてしまつたように、むつつりといつものように黙込んでただ一心に自転車の稽古をしているのであつた。が流石に彼も青年らしく心の中の嬉しさを隠しきれなかつたのであろう。晋の姿を見ると、珍しく微笑さえ浮べながら言つた。

「晋、乗せてやろうか」

その日は丁度日曜日であつたのであろう。或はまた無体な真吾のことであるから学校を休んだのであるかも知れない。真吾はその日一日暗くなるまで自転車に乗つていた。晋はこわごわ何回となくそれを覗きに行つた。真吾は一寸走つては倒れ、一寸走つては倒れながら寸時も休むことがなかつた。男衆達は、治右衛門はもう六甲の別荘に帰つて、いなかつたけれど、まるで何か恐しい物を見るように、激しい好奇心を押えて、二人三人、遠くの方から眺めていた。がその翌日、真吾は強情にもまだよろよろよろけながら到頭自転車に乗つて学校へ行つたのであつた。

当時はまだ自転車が非常に珍しい時分で、治右衛門の言うとおり大阪や東京の店でも使用していなかつたほどであるから、真吾の自転車は忽ち村中の評判になつた。「二百両近うもしたんやそうなが、困つた仁がでけたもんや」と言って嘆く人、「ほんでもようあんな輪が二つで立ちよるもんやなあ」と言つて不思議がる人、「どだい早いもんや。まるで宙を飛んでるみたいなが」と言つて感心する人、村の人達は寄ると触ると真吾の自転車の噂で持ちきりであつた。おとさは勿論今にもこの家が潰れてしまうかのように一時は地団駄踏んで腹を立てた。が仁平はそのおとさに言うのであつた。

「大奥さん。まあ自転車くらいよいほん。罪のないもんや。ほんになんやら一寸便利そうなもんやがな」

するとおとさは激しく首を振りながら、しかし流石は母でなければ言うことの出来ない言葉を言つた。

「なあんの、あんな危いもん、怪我でもしたらどうしようと思て」

それから凡そ一年程の間に、村には二台の自転車が増えた。それは、章石が言つたように、一台は村で有名な調子者の魚米の自転車で、今一台は山村という小学校の先生のであつた。が山村先生は自転車に乗つて通勤するために、彼の家が学校から三里以上も離れていること、下宿をするよりは自転車の方がずつと経済であること、其の上家には年寄つた母がいることなど、こまごま書き記した願い書を校長の手を経て村の役員達の所へ差出さなければならなかつたほどであつた。けれども、こうして真吾がその青春を賭してやつと手に入れることの出来た、彼の数少き青春の玩具も、いつともなく早や「便利なもん」になりつつあるのであつた。

　真吾は自転車に跨つたまま、章石と並んで時々緩り脚を繰り動していた。章石は真吾の自転車に後れないように断えず小走りに走りながら、この秀た富士額に汗さえ滲ませて何か頻りに喋続けているのであつた。

「……ほう言や、此の間安こが大阪で会いよつたそうなが」

「安こて、大工の安さんか」

「ほうよな。大工の安こがな、仕事で大阪へ行きよつて、九条の街歩いとると街の角で何やら見たことあるような人が立つたまま蛸の足嚙つているのやそうな。俥曳みたい風ほの人がしてるので、初のうちは誰やらどうしても思出せなんだ言うわい。けんどふつと善太郎さんやいうことに気がついてな、吃驚して安こが、あんた善太郎さんや……言いかけよつたら、ほの人は安この言葉も終らんうちに蛸の足持つたままどいと走つて逃げやはつた、と言うことや。ほら蛸の足やもん。ぴんぴん動きよるわさ。なあ、おみとさんが気の毒なことやわい」

「どうしてるやろ」

「おみとさんかいな。ほらあの人のことやもん、今でも一緒やろわいさ。なあ、真吾さん、あんたの前やが、実の妹がほんなになつていても、大将は知らん顔なんやが、ひどいもんやな。分限者いうもんはみんなほんなもんかも知らんけど、ようほれで心の底が侘しいないぞ。わしらみたい貧乏人には、どんな気持やら、とつとあの人らのことは解《げ》せんわい」

「……」

「善太郎さんいう人は賢い人やつた。まるで智慧の塊みたいやつたが。ほれでいて大人しいな。ところがほれが大将の気に入らんいうのやで無茶やがな。なんでも無理無体に難癖つけて追出さはつたんや言うが。勿論分家金はお取上げよ。ほら誰やてやけにもなるやろかい。ほんまに、あの大将はありやまた格別やな。我利我利も我利我利も、まるで人間の血かよたらへん。そのくせおかしげつたいなところへだけは、結構かよい過ぎるほどかよたるんやが。クックックックッ……」

二人はいつの間にか中之庄の村外れまで帰り着いていた。藤村家の大銀杏の黄葉した梢が、紺青の空高く照映えているのが見える。真吾は右に、章石は真直ぐに帰るのである。章石は暫時何事か考えている風であつた。が、不意にこんなことを言出した。

「けどな、真吾さん。晋さんには何も言わんときや。寝てる子、揺り起こすようなもんや。殺生やほん」

真吾は自転車を一繰り大きく繰ると、後をも見ずに走去つて行つた。

「罪というもんや」

章石は呟くようにそう言つた。そうしてまたさつささつさとまるで走るように速く歩いて行つてしまつたのである。

4

実を言えば、晋は治右衛門の実子ではないのであつた。晋は治右衛門の妹、みとの養子婿である善太郎の長男として生れた。が、治右衛門には子供がなく、また治右衛門夫婦には将来も絶対に子供が出来ないということを医者からも言渡されていたので、晋は生れ落ちるなり治右衛門の実子として入籍されたのである。治右衛門には辰二郎、悌三、真吾と男兄弟も沢山あり、殊に当時世間では何故か真吾が——その頃は悌三も未だ分家してはいなかつたのであるが——治右衛門の相続人になるのだと噂され、またそう信じられていたほどであつたのに、何故このように取急いで、しかもみとの子供を治右衛門の嗣子に定めなければならなかつたのであろうか。

それはすべて先代治右衛門の計であつた。其の頃既に胃癌の宣告を受けていた先代治右衛門は最早死期の余り遠くないことを知り、この大切な相続のことだけは是非とも生前に自分の手で取決めておかなければならないと、思煩つていたのであつた。が先代治右衛門はあれほどの世間の噂にもかかわらず真吾のことは一度も考えてみたこともなかつた。また辰二郎等兄弟達の長子を嗣子と定めておくこともよほど考慮しなければならないと思つていた。何故ならば治右衛門の嗣子となる者は将来十何代目治右衛門を嗣ぎ、一家一族の上に立たなければならないのである。若し治右衛門に万一のことなどあつた場合、果して本家の威令は、すなわち一族の秩序は十分に保たれて行くであろうか。またそのようなことがなくとも、その実の父と養父である治右衛門との関係はどうなるであろう。これを思い、あれを思い、先代治右衛門がいろいろと思悩んでいた、丁度その時、まるで何かの暗示のようにみとが懐妊したのであつた。先代治右衛門は何か言いようのない感動に襲われ、眼に涙さえ浮かべながら――ああ、この人の眼にいついかなる時、涙など浮かんだことがあつたであろうか――なおも要心深く、さながら足踏をするような気持で考続けていた。が、みとは何分にも女である。また善太郎は丁稚小僧の時分から今日までに育上げて来た、恩誼をかけた、所詮他所の者であり、殊に治右衛門には、治右衛門がまだ金之助と言われていた子供の時分から永く仕えて来たのであるから、兄弟達に対するような憂はないわけである。其の上先代治右衛門は善太郎の人物才幹を深く信じていた。それ故、その子供を本家の相続人に定めることによつて、善太郎をして一層と忠誠を尽さしめ、何となく心もとない治右衛門を助けて藤村家将来の安泰を図らしめることにもなるのである。

「よし、善は急げじゃ」

先代治右衛門は心を決して、まだ晋がみとの胎内にいる間に、若しそれが男の子であつたならば治右衛門の嗣子に定めることを一同に披露したのであつた。果して先代治右衛門は晋が生れてまだ三月も経たないうちに、枕もとで治右衛門に晋を抱かせ、それをいかにも満足げに打眺めながら、今こそ何思残すこともない安らかな往生を遂げたのであつた。

善太郎は六荘村からずつと東の方にあたる相谷《あいだに》村という山村生れ、十三の時この藤村家へ丁稚奉公に上つたのである。彼も多くの丁稚達と同じく一年間は江州の本宅で厳しい躾を受けた。丁度金之助が八つか九つの悪戯盛りの頃で善太郎はよくその遊相手に選ばれた。

「どんでん、どでん」

「しあやん、しやんしやんしやんしやん」

店の間から台所、三畳を通つて、蔵前の石段の所へ祭の行列が渡つて行くのである。太鼓は金之助、鉦は善太郎である。が若しこの時少しでも鉦の調子が合わなかつたならば最後、金之助は忽ち火玉のように怒出し、祭の行列は引掻廻わされ、打投げられて、もう滅茶苦茶になつてしまうのであつた。

「どど」

「しやん」

「どど」

「しやん」

「どでん」

「しやんしやんしやんしやん」

鉦と太鼓の口拍子につれて、玩具の行列は徐々に動いて行つた。幟や吹流や篠竹の棹に吊るされた小さな鉦や太鼓やそうして最後に紅白の縮緬の襷を四方に張つた見事な玩具の御輿が並んでいた。

「はいらこ、はいらこ、はいらこ。わつしよい、わつしよい、わつしよい——」

金之助の持つた御輿が最後に動出したのだ。が、善太郎が石段の上に揃えておいた御輿台の位置が若し少しでも金之助の気に入らなかつたなら、またどのようなことが起こるかも知れないのだ。が、善太郎はその切ない思を微笑の下に押隠して、節声も面白く御輿を差招くのであつた。

「はいらこ、はいらこ、はいらこ、はいらこう」

善太郎はこのようにまるで癇癪虫のような金之助に、時には棒切で頭を打たれたり、小便を引かけられたりしながらも、懸命に仕え、いつの間にか金之助の相手は善太郎でなければならないようになつていた。こうして一年近くの後、善太郎はやつと東京店へ行くことになつたのである。出発の日、流石に忍耐強い彼も眼に涙を浮かべていた。金之助はそれを見つけると、鬼の首を取つたように家中を言い廻つた。

「善太郎が泣いとるがな。やあいやあい、弱虫、やあい」

が、東京へ行くことが、善太郎にとつて何の悲しいことであろうか。否、これこそ今日まで待ちに待つた、涙の出るほど嬉しいことであつたのだ。希望に燃え立つたこの少年は如何に勇躍して東京へ上つて行つたことであろうか。

東京店に入店して以来というもの、善太郎は最早何一つ考えることもなくただ一向に働いた。同輩達から何と言われようと、否何一つ言うことも出来ないほど、真先に立つて嘻々として働いた。彼のそのような働振りを見ていると、流石心ない商人達でさえも、何か必死な決意に燃立つているような、その少年らしい切なさに思わず胸を打たれるほどであつた。夜毎、この少年の夢に現れて来るのはきまつて田舎の風景であつた。が、不思議なことには、父の顔も母の顔も、弟や妹達の顔さえも夢には一度も浮かばないのであつた。そうしていつも継々の半纏に着脹れて雞を追つている祖父の姿が現れた。何故か、否何ともなくそれがまた激しく少年の心を刺すのであつた。善太郎は時々深い眠に陥りながら真実ぽろぽろと涙を零していることもあつた。

こうした悲願のような一心に磨かれ、善太郎の才幹は早くから同輩に抜出ていた。が、賢明な彼は決してそれを誇るようなことはなかつた。それ故いつともなく善太郎は店の内外の人々から信望され、敬愛されるようになつていた。そうして流石因襲深い問屋店のことではあつたが、善太郎は次第に重用されていつた。善太郎がまだ三十になるかならない頃、当時東京店の奥帳場には信平、藤十郎、六兵衛などの大番頭が押並んでいたが、既に商売上の実際の仕事は一仕入掛である彼一人によつてなされていたと言つても過言ではなかつた。或る年、古く徳川時代からの同業、呉服木綿問屋土田嘉兵衛店が営業叶わずなり到頭廃業してしまつたことがあつた。それはもとよりこの間まで地方廻りであつた善太郎の手腕というよりは、目に見えない魔のような力がいつともなく嘉兵衛店を喰破つてしまつたのであるが、その時彼は巧に、しかも極めて円満に信越東北奥羽北海道の嘉兵衛店の得意先をすつかりと譲受けたのであつた。先代治右衛門は嘉兵衛とは親しい間柄で、殊に往年天秤棒を担いで共に信州路を売歩いたこともあつたので、この善太郎の働は特に印象深いものがあつたのであろう。間もなく一人娘みとの養子婿として善太郎は迎えられたのであつた。

善太郎は藤村の姓を名乗るようになつてから京都の本店に転じ、藤村家の全営業に采配を振るようになつた。そうして彼の天賦の才能が遺憾なく発揮されたのはこの時であつた。商売、その一語への彼の激しい情熱と自信は誰しもが拒みためらうような火中の栗さえも見事に拾上げた。否、商売というものはそのような単純なものではないであろう。若しそれを例えてみるならば、彼は絶えず悪臭を放ちながら執拗に何ものにも粘着いて離れない黐《とりもち》のようなものを痴呆のように根気よくしかも一瞬手捌きも鮮かに忽ち掌上に取上げてしまうようだとでも云えようか。が善太郎は自分の地位境遇というものを十分に知つていた。だから彼は何事によらず目に立つことを非常に恐れていた。そうして総ての人に極めて謙譲に振舞うことを忘れなかつた。殊に治右衛門には丁度二十年の昔そのままに心から召仕えていたのである。けれどもこの丁稚奉公から叩上げられ、その上このように智才兼ね備つた善太郎と、ただ我儘放題に育てられて来た治右衛門とが到底比較にならないのは当然過ぎるほど当然のことであつた。店の人望は善太郎の心にもなくさながら水の低きに集るように自ら善太郎の方へ集つて行つた。

治右衛門とても馬鹿ではない。善太郎の傑れた才能を知らないのでもなかつた。また彼が自分にとつて如何に必要な人間であるかということもよく知つていた。が彼はそれを知れば知るほど、却つて善太郎に対して何の謂われもない憎しみを感じるようになつた。いかにも自分の才能を信じきつているかのように、いつも人あたりのよい微笑を浮かべているあの善太郎の顔を見ると、ただ無性に腹が立つてならないのであつた。

「この日の下、何がそんなに愉しいのか？」

真実、この店先に押並んでいる顔々を見るがよい。みんなまるで黄疸病みのような顔をして、臆病な眼をきよろきよろと動かし、獅子鼻や団子鼻を膨らませ、或は賤しく突出た唇をぽかんと開いているではないか。それにまたあの顔は何だ。まるで下駄ではないか。それがこてこて髪をチックで塗固め、嬉しさに笑つているではないか。

「儲かりまつか」

「いや、おおきに」

何が「おおきに」だ。儲かろうと儲かるまいとそれが彼等に何の関係があることか。考えれば一体彼等は何のためにあのように頭を振つたり下げたりしているのであろう。まるで拒食を強いられた犬どもだ。何というその不甲斐ないさもしい根性だ。何という露骨な劣情だ。が善太郎はこの悪臭を感じないのか。否！　治右衛門はこの取済した善太郎の顔にこそ、卑しい舌が垂下つているように感じられてならないのであつた。

治右衛門は実は非常に退屈もしていたのだ。彼は毎日昼頃出勤する。すると善太郎は逸速く立出でて、いつも静かな微笑を浮かべながら彼を迎えるのだ。治右衛門はぺこぺこと幾つもの頭が下げられている方など振向こうともせず、時には店先に見苦しい下駄が引くり返っているとか、店の間に紙屑が落ちているとか、そう云つた意味もない叱言を言い捨てさつさと奥の間に入つてしまう。軈て善太郎が書類を持つて入つて来る。一寸微笑しながら会釈をする、その善太郎の恰好が早癪に触るのだ。善太郎は書類を捲りながら一々丁寧に説明をし始める。治右衛門は熱心に眼を配りながら善太郎の説明を聴こうとする。彼はどうか一度でもいい、善太郎が何かに失敗し、あの賢くさい顔を真赤にしてあわてふためくさまを見たいと思つていたのであつた。がそんなことはいつまでたつても起りそうになかつた。すると彼はまたそんなことをいつまでも待つていた自分が無茶苦茶に腹立しくなり、何かぶつぶつと云つている善太郎の口をいきなり抓《つね》上げてやりたいような衝動に駆られるのであつた。

「まあ、こんな足取でございますので」

最後に善太郎は生糸や綿糸の相場を、こんなふうに言終ると、一寸した愛想話をして引退つてしまう。治右衛門は仕方なく新聞を手に取つてみる。が治右衛門にとつては新聞ほど退屈なものはなかつた。みんな他人のことではないか。彼は直ぐばさりと投出してしまう。そうして暫くじつと机に靠《もた》れている。そうしているより他に仕方がないのだ。寝転ぶことは出来ない。何故か治右衛門には絶対に出来ないのだ。が軈て立上つてみる。そうしてぐるぐる部屋の中を廻出す。が、そうしてどうするのだ。立停る。が、そうしてどうするのだ。最早帰るより他にないのだ。が若し帰ろうとする。すると善太郎がまたあの微笑を浮かべながら出て来て、小僧や番頭達がその後からぺこぺこ頭を下げるばかりではないか。するとこの自分は一体どうなるのだ。所詮は自分など居ても居なくても、何の関係もないのではないか。

「一体わしは何だ！　そうして何をするのだ」

治右衛門はまるで病気のように、激しい自嘲と妬心に日増しにじりじりと焼立てられていった。

その頃から間もなく、治右衛門は先代治右衛門や善太郎の反対を斥けて、福井に生糸店を新設し自らその経営にあたることになつた。がもとより治右衛門は福井店の経営は勿論如何にしてもそれを新設しなければならないというような深い考はなかつたのである。ただ一寸言つてみただけであつた。が思わぬ先代治右衛門の強い反対にあい、治右衛門は最早意地にも自分の説を押通さなければならないような羽目に陥つてしまつたのであつた。やる！　どうしてもやらねばならないのだ。がそれはただ、世間から聖人のように云われている父、先代治右衛門の死慾かいたあのけち臭い根性を存分に嘲笑つてやりたいためであつた。そうして善太郎の、彼が京都の本店を離れてもらつては困るという、賢《さか》しらな反対に唾でも引掛けてやりたい思からであつた。然しかかる無法な経営の結果は今更云うまでもないことであつた。が治右衛門は自暴自棄のように無謀な資金を注込み、いつのまにか激しい自虐の興奮に駆られ、まるで子供のように躍起となつて経営を続けていた。が治右衛門がこんな風に福井店の経営に熱中しているため、藤村家の事業は名実ともに善太郎が主宰するようになり、肝心の彼はまるで一福井店の支店長のような恰好になつてしまつていたのであつた。或る時、治右衛門は不図その哀れな自分の姿に気が付き、其の上未練がましくも身を切るような切ない後悔も手伝つて、最早一刻もじつとしていられない激しい怒に襲われた。

「なんでも構わん。利益を挙げておけ」

治右衛門は、恐しい見幕に打驚いている番頭達にただ一言吐出すように言残して、突然京都へ帰つて来てしまつた。しかし流石の治右衛門も、よく考えてみれば今更何の言出すべき言葉があろう。彼はそのまま木屋町の妓楼に入浸つて、酒と女の噎《む》せかえるような臭の中で毎日狂わしい息を吐いていた。善太郎はしかし何事も言わなかつた。がそれがまた治右衛門の激怒を呼起した。彼には善太郎のその思わせぶりな忠義面が我慢ならないのだ。——何故お前はこのような自分を責めてくれないのだ。思切り罵つてはくれないのだ。今、この機になつても、お前はやはりお前の本当の声を聞かせてくれないのか。ああ、お前は今、この、心が解つてくれないのだ。せめて何か一言、それさえも言つてくれないのか！　何という薄情な人間だ。否、その正直面の総てこそ虚偽なのだ。恐るべき仮面なのだ。治右衛門は狂わしい怒に慄えながら、到頭善太郎に対する最後の決意を定めた。丁度その頃先代治右衛門が晋を相続人に取決めたのであつた。治右衛門はそれによつて善太郎を逐放するのに一層都合のよい口実を見出した。彼は先代治右衛門の考を一歩進め、自分の相続人である晋の実の父をこのままこうしておくことは、藤村家の将来のために非常に危険である。如何しても善太郎を義絶し藤村家へは一歩も出入させないようにしなければならないと、無理遣に分別らしく考えたのであつた。

先代治右衛門が死んで間もなく、恰も都合良く——治右衛門は思わずそう思つた——善太郎を貶責するのに恰好な出来事が起つた。それは善太郎が東京店在店中から、紡織に於いてはほぼ完成に近づいて来た日本の綿織物の将来は必ずその染色加工にあるという方針から、宮地という染色工場に属目して、種々それを後援していたのであつた。がその宮地染色工場が突然に蹉跌し、東京店の不当貸付の事実が露れたのである。治右衛門はそのことを知ると、心の中ではこの再とない機会の到来に心を躍らせながら、それを押殺すためいつになく顔を真赤にし、必要以上の激越な調子で善太郎の責任を訊ねた。果して善太郎は治右衛門の永い間望んでいた通り、口惜しそうにいつまでも唇を噛締めていたかと思うと、不意に日頃の彼にもなく愚しい言葉を言つたりした。

「何とかして、解決してまいります」

「今更、そんな曖昧な言葉で、わしは承知出来ません」

善太郎は治右衛門の罵声に追立てられるように悄然と東京へ発つて行つた。然し宮地工場主は永年の知遇を受けた善太郎のために、極めて僅の損失も掛けず潔く総てを解決してしまつた。がそのような過激な解決方法を取らなければならなかつたので、宮地染色工場は最早営業を続けることが出来なくなり、従つて善太郎の大きな抱負も空しく消えてしまつた。善太郎はただそれが口惜しかつたのだ。そうしてあれほど度々注意を与えておいたにもかかわらず、其の場に際して何の対策も講ずることの出来なかつた東京店の人々の不甲斐なさも、今までの尋常ならぬ苦心の故に一層と情ない極であつた。が今更何を思うも愚かなことである。今はただ、堅い信念に燃えながら自分は一職工として染色技術の研究のために、宛も日露の戦勝に湧返る日本を後に英国へ向つて旅立つて行つた宮地工場主のことが、せめてもの心遣になるのであつた。

治右衛門は善太郎の報告が終るか終らんに、突然大きな声で呶鳴つた。

「誰がその金を出した！」

「いや、あれも変つた男でして。大方金目になりそうなものは何一つ残さず、すつかり売払つてしまいまして、さあいかほどになりましてすか、勿論大したことはありませんのですが、それを握ると突然私の肩を叩いて、『わしはこれから英国へ行つて来るわ』とまあこんなことを言出す始末でして……」

善太郎は心淋し気に笑いながら、そんな話をするのであつた。治右衛門は、今は暢気そうにこんな馬鹿馬鹿しい話をしている善太郎の顔を憎々しく打見ながら、それで始めて宮地の貸金が利息も揃つて全部回収されたことに気がついた。またしてもこのように、することなすこと何一つとして間違いのない善太郎の遣方である。治右衛門は口惜しくもついこんなことを言つてしまつた。

「こういう危険なことは、今後は絶対に止めて貰いましょう」

「御心配をかけまして、誠に申訳ございませんでした」

善太郎はただ丁寧にそう応えた。この場合、如何に治右衛門でも最早それ以上どうすることが出来よう。治右衛門は全身に火の出るような羞恥を浴びながら、無念にも一先ず口を噤《つぐ》まねばならなかつた。

治右衛門の慮焦にもかかわらず、それから一年程の間は何事も起らなかつた。が聽て到頭治右衛門がその悲しむべき目的を達する機が来た。其の頃、善太郎は毛織物が将来最も重要な商品となるべきことを確信し、先ず大阪店に毛織部を設け、その当時は未だ殆ど輸入物の無地のモスリン程度であつたが、その取扱を開始させる一方、その製造工場である尾州名古屋在の国光毛織株式会社と密接な特約関係を結んで、徐々にその充実を計つていたのであつた。善太郎からその特約関係の結ばれた報告を聞くと、治右衛門の眼は妖しく光り出した。勿論、善太郎は若かつたのである。が、汲々と保身の卑しさを計るには、彼の事業への情熱は余りにも大きかつた。治右衛門の永い間の恐しい魂胆など夢にも知らなかつた善太郎は、果して治右衛門の予期通り、国光毛織株式会社のためにM物産に対して京都本店の保証を与えたのであつた。その事実を知つた治右衛門はさながら物怪《もののけ》でも乗移つたかのように病的な喜に慄えながら、善太郎に即日退店すべきことを申渡した。善太郎は勿論その保証に対しては国光毛織株式会社から十分の担保を取つていた。が治右衛門はそんなことに耳を貸そうともしなかつた。何事が起つたのか、全然会得することの出来なかつた善太郎は毛織物、殊に国光毛織で目下試織中のセルという織物が如何に有望であるかということ、またポプリンという珍しい織物が研究されている、それらはすべて此の店で一手に販売する特約が出来ていることなど、重ねて満身の情熱を以つて説出した。が狂立つた治右衛門は善太郎の言うことなど最早何一つ聞こうとしなかつた。あまりのことに呆然と立尽していた善太郎は、止むなく治右衛門の気の鎮まるのを待つより他に方法はなかつた。が治右衛門は善太郎の立去つたのを見ると、始めて赤ん坊の泣顔のような無気味な笑を漏しながら、直に善太郎の解雇通知を出してしまつたのであつた。其の上、その通知状には商人にとつて最も致命的な「不都合の廉に依り」という文句が冠せられてあつた。治右衛門は発狂していた。確に彼は永い間の妄執から、精神病的な激情の発作に襲われていたのに相違ない。治右衛門はみとまでも赦すことは出来なかつた。彼は江州に帰るとみとを呼寄せ、一日も早く新宅を引渡しこの村から立退くべきことを命じたのであつた。そうして最後に、例え如何なることがあろうと、母が死のうが、晋が死のうが、勿論晋とは最早何の関係もないのであるが、二度と再びこの藤村家の閾《しきい》を跨ぐことはならない、と言渡した。みとは善太郎からの手紙で既に総てを承知していた。まして病人のような蒼白な顔をして、始終ぶるぶると打慄えているこの恐しい兄に向つて、何の言葉を返すことが出来よう。みとはただ治右衛門の前に頭を下げ続けているばかりであつた。

が、流石にみとは女である。呆然と我が家に帰つて来ると、生れて今日まで夢にも思わなかつた恐しい悲しみが一時に彼の女の胸を押潰してしまつた。涙というものはよくもこれだけ出るものである。せめて涙さえなかつたならばこうも悲しくはないであろうに……晋、晋！　今日まで口にこそ出さなかつたけれど、片時も忘れたこともない晋！　そうだ。今こそ口に出して言うであろう。

「すつちゃん、すつちゃん。すつちゃんはわたしの子。誰が何と言つてもわたしの子」

が、しかし、その晋さえも再び相見ることが出来ないのだ。みとは女心では測知ることの出来ぬ男の世の恐しさに、思わずぶるぶると身を慄わせて立上つた。その瞬間、みとの目の前に思いも寄らぬ善太郎との情景がありありと浮かび上つた。そうして白昼何も彼も打忘れたような激しい欲情が湧起つた。

「ああ、すつちゃんを返しいていな。すつちゃんを返していな」

不意に、みとは絶入るような切ない声で言いながら、くなくなと打倒れてしまつた。暫時、みとの肩先は大きく波打つていた。が突然みとはがばと跳起き、恐しい眼差できつと晋の方を振返つた。が、勿論其処には何者もいなかつた。みとはあわてて乱れた裾を合わし、放心したようにぼんやり宙を見詰めていた。その顔には涙の跡が白々と乾いていた。

流石気丈夫なおとさも、今自分の一人娘と理由もなく永久に別れなければならないのである。が、治右衛門に何と言籠められたのか、ただぷんぷん腹を立てながら、いつものように家の中を歩廻つた。そうして店の間近くになると聞えよがしに言うのであつた。

「善太郎の恩知らずめが。何という恩知らずめが」

するといの間から、仁平の声が聞こえて来た。

「なあんの、なんの、ほうではないのじやわ」

おとさは荒々しく足を蹴立てて歩去つた。がまた店の間近くへ引返して来ると、一層大きな声で言うのであつた。

「飼犬に手を嚙まれるとは、このこつちや。御先代もこればつかりはどえらいおめがね違いじやつたわ」

そうしておとさはさも腹立しげにとんと一つ足を踏鳴らすのである。すると今度はいつになく激しく煙管を叩く音と一緒に、仁平の声が聞こえて来た。

「なあんの、なんの、とことんほうではないのじやわ」

荷物を積んだ馬車が出て行つた。最後にみとが仁平に挨拶をして、俥に乗つた。車夫は静かに梶棒を上げた。女子衆達の嗚咽の声が一時に湧起つた。その時、仁平のはからいで女中に抱かれて見送りに来ていた晋が元気な声で言つたのである。

「バアチャン、イッテマイマー、チケー」

5

秋から冬になると、米俵を山のように積んだ馬車が、毎日遠くの村々から藤村家へ集つて来た。裏の黒戸の大門は朝早くから開かれ、道には黒や茶色の馬が何匹も列んでいた。小作人や馬方達は大きな前掛を威勢よく肩にはね上げ、軽々と米俵を担いでは、長い敷石の上を通つて奥の雑倉に運び入れた。矢立を腰に差し、細長い帳面を手に持つた仁平や安吉や男衆達は忙しそうにその間を行交い、女子衆達は台所や水屋で癇高いおとさの声に追立てられながら右往左往していた。大工小屋には牀几が幾つも並べられ、早赤い顔をした人々が食事を取りながら大声で喋合い、笑合つていた。そうしてその数は次第に増していつた。中には不意に立上つて相撲のように身体を打合つている人、鼻唄で江州音頭を唄出す人、そうかと思うと一人隅の方で先刻から黙々と盃を傾けている人などもあつた。小僧達は手に手に黒い盆を持つて忙しく走廻つていた。

晋は並んでいる馬を見ているのが何よりも好きであつた。時々、草や大根の葉を投げてやると、馬は上手に脣で拾つて喰べた。晋はその馬達に心の中でいろいろの綽名を附けておいた。例えば飛離れて小さい一匹の馬には「小梅」と言う名前を付けた。また額に美しい流れ星のある馬がいた。晋はその馬が余程立派な馬のように思われ「流れ星」を見ると思わず手を打つて喜んだ。が一匹、いつか歩きながら糞をしていた馬がいた。晋はその馬を見るともう無性に可笑しく、一人くつくつと笑が止まらないのであつた。

「また、『歩きうんこ』が来とるがな」

手拭で頰冠をした馬方達は皆同じような黒い髭だらけの顔をしていた。がよく見ていると、目も鼻もそのにつこりと笑う頰のあたりも、それぞれに違つているのがだんだんに解つて来た。そうしてそれは皆うつすらと記憶の底に潜んでいた、去年のままの顔であつた。晋は何故かそれが非常に不思議なことのように思われた。

「ぼん。おつさんの顔よう見ててくれるな」

そう言つて、晋に顔を懸ける馬方もいた。晋は恥しく顔を赤らめながら言つた。

「おつさん、去年も来たやろ、知つてるわ」

「ほうかな。ぼんが知つててくれるかな。ほらとつと嬉しいことやわい」

晋は最後の空馬車ががらがらと佗しい車の音を立てながら、薄蒼い夕靄の中に消えて行くまで、いつもじつと見送つていた。緩く間暢びた馬子唄が晋の耳の底の方にいつまでも聞こえていた。

坂は照る照る　鈴鹿は曇る
逢いの土山　雨が降る

そんな日が毎日続いた。奥の雑倉は最早一杯に年貢米を呑返んで分厚い観音開をぴつたりと閉してしまつていたし、中の雑倉もまたもう直ぐ一杯になろうとしていた。藤村家の裏庭は次第に静かになつていつた。そうしていつともなく伊吹や霊仙の北の山々に雪が来て、その銀色の頂が朝夕美しく輝き始める頃になつた。その頃になると、もう米俵を積んだ馬車は来なくなり、それに代つて東の方の山裾の村々から炭や割木や柴を積んだ馬車がやつて来た。

土蔵の白壁には薄い陽が匂のように仄かにあたつていたけれど、灰色の空には時々白い雪片が舞散つている或る寒い日、晋は馬にも見飽きたのか、裏の郁子《むべ》垣の下で砂遊をして遊んでいた。つやつやしい楕円形の葉の間には、紫ばんだ郁子の実が沢山生つていた。大方夜は雀の塒になるのであろう。白い糞が青い葉の上にも、紫色の実の上にも点々と付いていた。大きな名も知らぬ渡り鳥が棟の赤い実を啄みに盗賊のように仰々しく警《いまし》め合いながらばさばさと飛んで来た。そうして暫くの間ジュクジュク、ジュクジュクと饒舌に囀《さえず》りながら実を啄《ついば》んでいたが、何の物音に驚いてか不意にぱつと羽音高く飛立つてしまつた。その時、向うからちよこちよこと章石が出て来た。おとさを揉みに来ていたのである。章石は片手を物干の棒にかけ、暫くそれを揺振つていたが、丁度其処へ通りかかつた男衆の久助の足音を聞きつけると、その方を振向きながら言つた。

「こいつのてつぺんには、かねい打つたらへんやろがな」

「ほれがどうしたいな。章石さん」

「大奥さんにも似合わんことや。ほれ、もうこないに来てしもたあるが」

そう言つて、章石は盲目の眼を上げながらまた物干を揺振つてみせた。が久助には何が何のことやら、さつぱり合点がいかなかつた。

「何がいな」

「何がいなとは、なんじやい。お前らは一体なんのために結構な眼、二つもつけてもろとくんや」

「まあほんなに言わんでもよいがな。なあ章石さん」

「情ない奴やな。な、ほれ、この物干の頭に金物打つたらへんやろが。ほんで雨がすぐ棒の中まで滲みよるんや。こんなことしといたら一ぺんに腐つてしまうほん」

久助はしよぼしよぼ瞼を屢叩きながら、あわてて物干の先を仰見た。

「なるほど、ござらんわい。章石さん、もうあかんやろかな」

「……」

先刻から章石の前を炭屋の彦次郎が炭俵を担いで何べんも行き来していた。章石は急に久助のことなど忘れてしまつたかのように、無言のまま、何か頻りに杖を振動かしていた。

「なあ、章石さん、どうやろ」

「ううん、ほら今からでも、ないよりましや」

「ほうかな。ないよりましかな。ほらおおきに。ほんなら早速仁平さんにほう言うてこわい」

人の好い久助はそう言うと、急いでどたどたと歩いて行つてしまつた。

「クックックックック」

章石は何か一人で面白そうに顎を動かして笑つていた。が聽て、ただぼんやりと物干に凭れているようであつた。其処へまた彦次郎が通り懸つた。

「彦次さん！　結構やな」

彦次郎は立停つて、この大奥様と仲の良い章石に丁寧な声で挨拶した。

「いや、お蔭さんでな。けんど章石さん、あんたも機嫌良うて結構や」

「あんまり結構でもないわい。彦次さん、時にほれ大分ぼろ口やな」

「何を言うてくれる。ぼろ口相場かいな」

「いんや。ほれがな、先刻からこうしてお前はんの足音聴いてると、不思議なことに通るたんびに違うのや。わしはなんでやろと思うてるのやがな。彦次さん、盲はな、眼は見えんけんど耳がよう利くのでな。困つたことやわい。クックックックッ……」

「章石さん、わしの足音がどうのこうのて、一体ほれなんのことやいね」

「いんや、こつちの話や。なあ、仁平さんも大分やきが廻つたとみえるわい。こんな軽いもん、すたこらすたこら運んでても、知らぬが仏でござらつしやるがな」

「何言うてくれる。章石さん！　あんまり人聞の悪いこと言わんといて」

彦次郎は思わず気色ばんで章石に喰つてかかつた。が章石はにやにや笑いながら言つた。

「阿呆、ほんなにおこらんかてよい。わしはなお前《ま》はんらの邪魔はせんわいな。ほらあんまり人聞の善い話とも言えんけど、なんの、こんなでつかい家や。何構うもんかいな」

このあまりにも意外な言葉に彦次郎はすつかり度を失い、まるで泣いているような笑を浮かべながら、暫くは何をどうしてよいか解らない風であつた。が軈てきよろきよろと辺を見廻わしてから、急に思出したように炭俵を地面に下し急いで懐中から何かを取出し、それを章石の手に握らせようとした。が章石は激しく手を振つて受取ろうとしないのであつた。二人は暫く手を捏合つて争つていたが、途端にちゃんちゃりんと空しい音を立てて一枚の銀貨が甃の上に落ちた。彦次郎はあわてて銀貨を拾うと、それをいきなり章石の懐中に押込み、まるでかつ攫うように炭俵を引担ぐと、とつとと炭小屋の方へ走去つてしまつた。章石はその彦次郎の足音を聴入りながら、暫時その場を動かなかつた。が、突然飛上るように後を振向くと、激しい声で言つた。

「ぼんか！」

晋はその声に吃驚して、郁子垣の蔭から立上つた。吁《ああ》！　それは何という恐しい章石の顔であつたろう。晋は生れて今までこんな恐しい顔は一度も見たことがなかつた。いつもぴつたりと閉合つている彼の眼蓋はひくひく引吊り、今にもかあつと引裂けるのではなかろうかと思われ、唇は醜くひん曲り、物言おうとするたびにぶるぶると慄えた。章石は筋だらけの首を亀のように伸ばし、その恐しい顔を突出して、晋の方へじりじり寄つて来るのであつた。晋はあまりの恐しさに慴《おび》えたように立竦んでしまつた。

「こんな、こんな所で、なにうろうろしてくさるのやい」

章石は低い、しかし憎悪に充ちた声でそう言つて、また一にじりにじり寄つた。が晋は最早どうすることも出来なかつた。逃げようと思つた瞬間、何か首筋のあたりにぞつとするような寒いものを感じたのだ。晋はまるで気を失つたかのように、真白な顔を上げたまままただぼんやりと立つていた。が章石はその時この自分の取乱した馬鹿らしさに不図気がついた。章石はあわてて、しかし憎々しげないつもの調子で高々と笑出したのであつた。

「今に真吾叔父さんが、良いこと言うてくれるほん。クックックッ」

が、その時、晋はもう一目散に駈出してしまつていた。

日頃から臆病な晋はその夜は寝床に入つてからもどうしても眠ることが出来なかつた。早く眠らなければならない。もし今にも祖母が休みに来たらどうしよう。小梅はすぐ出て行つてしまう。そうして祖母は数分と経たないうちに高い鼾を立てて寝入つてしまうことであろう。早く一刻も早く眠らなければならない。晋は意を決して目を閉じる。するときまつて赤や紫や金色の輪が瞼の裏に現れる。輪は大きくなつたり小さくなつたり、時には雲のようにふわふわと一面に拡つたかと思うと、急にまた幾つもの輪に分れてくると渦巻のように廻わり始める。

——何も考えますまい。晋はじつと眼を閉じ、一心にそう言いきかせながらも、却つてその拠り所のない意識の彷徨は益々晋の不安を大きくしていつた。不意に、金色の渦巻がすうと消失せてしまつた。吁！　その一瞬であつた。白い眼を剝出した章石の顔がぽかんと宙に浮んでいるのであつた。晋は思わず蒲団の襟に獅噛みつき、もう再び眼を閉じることが出来なかつた。

「小梅、小梅、いててな」

「ここにいまつせ。ほんで早うお休みやすや」

晋はあの昼の出来ごとを悲しく思出していた。何一つ悪いことなどした覚もないのに、何故章石はあのように怒つたのであろう。彦次郎と喧嘩をしていて、何か思違いをしたのであろうか。

「ぼんか！」

否、章石は確にそう言つて、あんな恐しい顔をしたではないか。或は若し、自分は何も知らずに何か悪いことでもしたのであろうか。ちゃんちゃりん！　不意に晋の耳底にあの銀貨の音がありありと蘇つた。ああ、あの音に違いない。何も彼もあの音の故に相違ないのだ。晋はまるで自分が非常に恥しいことを犯したかのように、一途にそうと思い決めてしまつた。

「どうか悪いことをしませんように。ほして章石さんがあんな怖い顔しやはりませんように。ほしてまたどうか怖い夢見ませんように……」

晋は幾度となく繰返し繰返し仏様に念ずるのであつた。聴て晋はいつともなくうつうつと眠に落ちていつた。が晋はまたすぐ目を覚ました。がそれはほんの一瞬に過ぎなかつた。どどんと戸が重々しく鳴つた。天井に行燈の灯蔭が円く映つていた。またどどんと戸が鳴つた。瞬間、晋は言いようのない甘美な歓びに包まれたように思つた。がそれとても丁度消えてしまつた余韻のようにほんの一瞬間のことであつた。晋は最早すやすやと眠つていた。

冬涸の川底には水はなかつた。所々僅に残つている水溜の上を殊更に飛越えたりしながら、晋は面白そうに川の中を歩いていた。晋が何気なく顔を上げると、遙か向うの方から白い着物を着た一人の女が走るように歩いて来るのが見えた。不意に晋は瘧病のようにがつがつと歯を鳴らして慄出した。それはいつか真吾から聞いた丑時参の女ではないか。そう思つた瞬間、否始めからそうであつたようにも思われたが、女は忽ち異様な形相に変つていた。髪を振乱した頭上には三本の蠟燭を点じ、胸には蠟燭の灯を妖しく映じた鏡が白衣の上に光つていた。晋は咄嗟に橋の下へ駈入り、石崖に身を摩寄せ、息を殺して隠れていた。女は一本歯の下駄を戞々《かつかつ》と踏鳴らしながら、見る見る橋の方へ走つて来た。そうして橋の上まで来ると急に歩度を緩め、胡散臭そうに辺を見廻わしながら言つた。

「人臭い！」

晋は最早生きた心地はしなかつた。そうしてこの次には何ごとが起るか、晋はもうよく知つていた。何故ならば、こう言つた場合晋の身にはいつもきまつて一番恐しいことが起るに相違無いのであつたから。晋は橋の下でじつと身を縮めただ次の瞬間を待つていた。が女は暫くの間橋の上を行つたり来たりしていたが、俄に何か思返したようにそのままとつとと走出してしまつた。晋は思も寄らぬ、このあまりの嬉しさに危く声を発しようとした。が、その時晋は突然異様な唸り声とともに其の場に気を失つてしまつた。その途端、晋は世にも恐しいものを見たのである。それは章石であつた。

「おいおい、ほこや。ほの橋の下にいよるのや」

いつ、どこから出て来たのか、章石が道端の塀に凭れ、杖で橋の方を差し示しながら、にやりにやりと笑つているのであつた……

それ以来晋は章石の姿をちらつと見ると、直ぐこの恐しい夢のことを思出し、もう夢中になつて逃出すのであつた。章石もまた晋のことになると、いつも腹さえ立てて悪く言うようになった。

「あんなこましやくれた子、わしやとつと好かん！」

そうして章石は無暗に真吾のことを賞め始めた。店の間に腰を下し、章石はよく仁平と言争っていた。

「まるで義信翁の生れ代りや」

「なあんのなんの、ほいつはどだい大間違や。先々代様は途方もない情の深い御仁やつたぞな」

が二人はいつまでもそんなことを言争っていることは出来なかつた。あわただしくその年も暮れ、目の廻わるような忙しい正月がやつて来た。藤村家は毎日入代り立代り大勢年賀客が出入りした。番頭や小僧の親達は貧しいながらそれぞれに心を籠めた土産物を提げて出て来た。彼治右衛門はこの親達の愚しい顔を見るのが何より嫌であつたから、この「お正月」の頃には彼は殆ど帰つて来ることはなかつた。それ故仁平は治右衛門の代理として年始廻りにあちらこちらと歩き廻らねばならなかつた。が、この何となく心忙しい「お正月」も、獅子舞の笛とともにいつしか流れるように過去つて行つてしまつた。

暖い風の吹く日が二三日続き、梅林の梅も急に白く膨らんで来た。梢には早二三輪、五瓣の花びらを凛と開いて、咲き誇つていた。庭には何処からともなく沈丁香の匂が微かに漂出した。もう春も近いと思われた。そうして真吾の卒業の日も近づいて来たのであつた。

或る日、真吾は晋に手伝わせながら、二階の自分の部屋を整理していた。晋は美しい絵葉書や、蠟石の文鎮や、硝子のインキ壺などを手に一杯貰つて喜んでいた。真吾が何かを破り捨てようとすると、晋はまだその上慾張つて、手を高く振りながら言うのであつた。

「おくれやす。おくれやす。ほんなら破らんと……」

「こんなもん、どうするんやい」

真吾もいつになく上機嫌で、にこにこ笑いながら、それを晋に与えてやつた。すると晋は喜んでぴよんぴよん部屋中を飛び歩いた。

「おおきん、おおきん。叔父さん、おおきん」

轆てすつかり整頓が出来てしまつた。真吾は窓に腰下して、貰つたものを大切そうに抱きかかえている晋の姿をじつと眺めていたが、不意に低い声で晋の名を呼んだ。

「晋」

が真吾はそのままぷつつりと黙つてしまつた。

「なんどす」

「晋、お前のなあ……」

裏で男衆達の割木を割る音が、バーンバーンと間遠に響いていた。真吾はまたじつと晋の顔を見詰めていたが、突然低い、確つかりした声で言つた。

「お前のなあ、お父つあんや、お母さんは、吃驚するなよ、ほんまのお父つあんや、お母さんでないのやぜ」

「ふうん」

晋は前にも一度誰かにそんなことを言われたことがあつた。が、晋は別になんとも思わなかつた。何故ならば晋は真実の父が、母が、どんなに懐しいものであるかと言うことさえ全然感ずることが出来なかつたからである。

真吾はそれから間もなく、学校を卒業し、京都の本店に勤めることになつた。彼は相変らず嬉しそうな顔も悲しそうな顔もしないで、晋だけに見送られながら、黙々と京都へ発つて行つた。

6

晋は新しい紺絣の着物を着、ただ一人袴をはいて新入生達の中に列んでいた。新入生達はふらふら坊主頭を振動かしながら、横を向いたり、後を向いたり、前の方を列を離れて覗いたりしていた。が晋だけは真直ぐに正面を向いたまま何か一心の籠つたような顔をしていた。

御真影の幕がすうつと下りた。一人の女の先生が静かにオルガンの前に坐つた。

金剛石もみがかずば……

忠、孝二つの掛物が講壇の右と左に掛けられている。その黒地に白く抜出た二つの字が大きく晋の目に写つた。

人もまなびてのちにこそ……

生徒達の歌声の底にオルガンの音が鳴つていた。その低い二重音が此の世のものとも思われないほど荘重に晋の耳に響いて来た。

時計のはりのたえまなく……

左側には校長先生や先生方が並んでい、右側には村の有力者や父兄達が並んでいた。その中には羽織袴の仁平もいた。晋は先刻から生れて始めて知つたこの荘厳な空気に打たれ身も心も宙に浮いていているようであつた。そうしてただ激しい希望だけが晋の胸を動悸打たせ、眼を熱つぽく輝かせた。学校にはただおごそかな立派なものばかりがあるのだ。悲しい思い出にのみ閉ざされたあの物恐しい我が家とは何という大きな相違であろう。晋はきゆつと身を引緊め、口には言うことの出来ない、が晋にとつては全身に痺れ渡るような、ある厳粛な誓を立てた。

いかなるわざかならざらん
女の先生は静かにオルガンから離れた。校長先生がまた講壇の上に上つて行つた。その時であつた。不意に式場の後の方で騒がしい声が聞こえ、皆の首が一斉に振返つた。二三人の人が駆出した。晋達新入生は一番左側の廊下寄りに列んでいたのでその有様をよく見ることが出来た。一人の女のひとが小使に抱きかかえられ、その腕の中で背中を踠いているのであつた。人々が走寄つて来た。がその途端にその女のひとは小使の手を振放し、二三歩ふらふらと走出したかと思うと、急にまた立停つた。吁！　それは美代ではないか！　美代は昔の面影もなく、髪はばらばらに乱れ、血の気の失せた顔は土や垢で子供のように穢れていた。が着物だけ小ざっぱりとしたものを着て、帯の紅い模様が一入悲しかった。美代は素足に藁草履を履いたまま廊下の上につつ立ち、放心したように何処か一と所を見つめていた。そこへ仁平があわてて走って来た。美代は不図仁平の顔に気が付くと、懐しそうににつこりと笑つた。そうして何か頷くように首を動かすと急に何も彼も忘れたように大人しくすたすたと校門の方へ歩いて行ってしまつた。

晋は何か夢を見ているようであつた。が美代の姿が見えなくなると、突然目も眩むような激しい感情に襲われた。

「美代!」

晋は夢中でふらふらと列を離れた。女の先生が走つて来て、晋の手を取つて抱き寄せた。すると晋は何故かそれに激しい怒を感じ、荒々しく先生の手を払い退けようとした。が先生は優しく晋の身を抱いて放さなかつた。晋は暫くその中で身悶えていたが、突然その執拗な白い手に嚙みつこうとした。が嚙みつくことはもとよりよう出来なかつた。不意に限りない悲しみが一時に総ての感情を押潰してしまい、晋はまだ名前も知らない先生の腕に顔を押伏せて泣出した。先生は晋を廊下に連出して、優しい声で言うのであつた。

「さあ泣かないで、泣かないでね」

晋は先生にそう言われれば言われるほど、今までの緊張した感情は弛み、涙が湧くように溢れ出て、先生の紫の袴を濡らした。――先生は何も知らない。が美代はあんなになつたのだ。あのように優しかつた美代が、何の罪咎あつてあんな悲しい姿になつてしまつたのであろうか。もう一度「晋公さん」と言つてくれ。もう一度「夕空」の歌を唱つてくれ。もう一度「このちと、このちと」と言つて抱いてくれ！

「嗚呼、美代！」

美代は何処へ行つたか。美代の処へ行かねばならない。が先生はまた優しくそれを許さなかつた。そうして晋は先生に手を引かれ、もとの列に帰らねばならなかつた。

式は聽て終つた。すると生徒達は一時にどつと晋の周囲に集つて来た。その彼等の眼には何という嘲笑と敵意とが充ち充ちていることか。晋は先生の袴を捉んだまま一歩も動くことが出来なかつた。

「なんやい。小便垂れよつたんか」

そんな声々がして、いくつもの顔が後の方でぴよこぴよこと飛上つた。

「袴みたいもんはいて生意気やぞ」

「さあさあ、皆さん早く帰りなさい」と先生が言つた。するとあちらからもこちらからも急にがやがやと不平に充ちた声が湧起つた。

「ほ！　先生の贔屓やな」

「ほらもう分限者の子やもん」

「ほうよい、贔屓の贔屓よい」

「贔屓や」

「贔屓や」

声々はいつの間にか一つの声になつて、合唱のように響渡つた。

「ひいーき！　ひいーき！」

晋は先生に手を取られ、やつと出口の所まで来ることが出来た。がその時、晋はまたぎよつと立停つてしまつた。今しも章石が校門からいつもの細い杖を右左に振りながら走るように出て行くところであつた。が晋は歯を喰縛つて言つた。

「もう一人で帰ります」

青い空も、白い彼岸桜の花も、晋にはまるで泥絵のように気味悪かつた。地面までが今にもぐらぐらと動出しそうで、何も彼も信じられないように思われた。晋は夢の中で歩いているようにふらふらと歩いていた。その後から五六人の生徒達が随いて来て、いろいろと晋を揶《から》かつた。が晋の耳には何も入らなかつた。晋の頭は乱れていた。昨日まで指折数えて待つていた入学の楽しい夢も、先刻の希望に満ちた厳粛な誓も、何も彼も一瞬に消えてしまつたのだ。もう学校へも行くまい。家へも帰るまい。ただ美代の所へ走つて行きたいのだ。晋はこのような捨鉢的な、それ故に一層激しい、最早頭の破れてしまつたような無茶苦茶な感情に揺動かされていたのであつた。其処へ昨日東京から帰つて来た辰二郎叔父がひよつこり向うから歩いて来た。晋であつた。

「ほほう、すつちん、雨が降りよつたんやな。どうした、どうした」と言つて、晋の頭に手を遣つた。そうして後の子供達の方を向いて、辰二郎は親指を曲げて叱る真似をしながら言うの姿を見ると、にこにこと笑いながら近寄つて来たが、不図晋の赤く脹れ上つた眼を見とめ、

「こら、ぼんらが泣かしたんやな。めん！　めんやほん」

「おつさん、違うほん。違うほん」

子供達は口を尖らして、口々に言つた。

「ほうか。よしよし。日本男子は泣いたらあかん。さあ、すつちん、行こな」

辰二郎はそう言つて、屈みながら晋の手を引いて歩出した。

「ぼんはどこの子や」

突然辰二郎は一人の子供に尋ねた。がその子供は見馴れぬ辰二郎を用心深く不審そうに眺めているばかりで口を開こうとはしなかつた。

「なあ、どこのぼんや」

辰二郎は暢気に重ねて尋ねた。その子供は暫くもじもじとしていたが、やつと顔を赧らめながら小さい声で言つた。

「西村常次の子や」

「ふうん、常さんの子か。常さんならわしよう知つてるぞな。学校おんなじやつた。ぼん位の

時に……」

　そう言つて、辰二郎は片方の掌で低く子供の時分の背丈を示して見せた。

「これ位の時や」

　子供達はこの辰二郎の道化た態度に急に親しみを感じたのであろう。一人の子供が不意に頓狂な声で言つた。

「泣かされたんやろ、おつさん」

「言うてくれるわい、けんどほらたつた二三べんやぞ」

「たつた二三べんやて」

　子供達は面白そうに眼を細くして笑つた。すると辰二郎も一緒になつて笑いながら、またもう一人の子供に言つた。

「君はどこのぼんや」

「わしか。わしはな石田新太郎の子よ」

　その子供は威勢よく答えた。

「新太郎さんのか。お母さんはおちせさん言うやろが。おちせさんともわしは学校一緒やつたんや。よう知つてるわ」

「フフ、また泣かされたんやろ」

　一人の子供が直ぐ起こるであろう大笑を予期した狡い笑を浮かべながらそう言つた。

「阿呆、ほんな女子に泣かされるかい。よう尻まくつてやつた」

果して子供達はどつと声を立てて笑つた。が、その新太郎の子供だけは急に何とも言えぬ恥しそうな顔をして俯向いてしまつた。辰二郎は素早くそれに気が付くと、あわてて口を叩きながら言続けた。

「嘘や、嘘や。ほんなこと嘘やほん。な、嘘やぞな、ほんなこと嘘も嘘も大嘘やほん」

その時、向うから仁平が袴をばさばさ言わせながら走つて来た。晋は胸をはずませていきなり言つた。

「美代は……」

然し一時に湧上つた感情があまりに激しかつたので、声が詰つて最早それ以上言うことが出来なかつた。

「すまなんだ。すまなんだ。ほんまにすまんことやつた」

済むも済まぬも、そんなことではない、と晋は腹立たしく思つた。が今は何より一時も早く聞かねばならない。

「美代はどこにいるんや」

「久助がついて送つて行きましたでな、もうなんにも心配せんとな」

じつと二人の話を聞入つていた辰二郎が不意に口を挟んだ。

「どうしたんや、どうしたんや。美代ててこれの……」

辰二郎は妙な笑を浮かべながら、親指を立てて仁平の顔の前へ突出した。

「なあんの、なんの」

仁平はそう言って静かに顔を横に振った。が辰二郎は今までの暢気な様子が急になくなり、何かそわそわとあわてながらべらべらと喋出した。

「ほしてほの女子衆どうしたんやいな。なんやら、また出て来よつたんかいな、なあ仁平、一体全体どうしたというんやい。なあ言うてくれやい」

「……」

「お美代て、目のぱつちりした、笑うと一寸靨《えくぼ》のある、ほうほう、すつちんの守やつた、うむ流石に兄貴め、うまいとこいきやがつたわい。いやあの娘ならお古でも有難く頂戴や。なあ、仁平さん何とか一つならんかいな。なあおい木彫のおつさん、まあほんな難しい顔せんと、われお美代やぞよ、しつかり頼むぜ」

「なあにをまた阿呆なこと言うてなはる。お美代はあんた気違やぞな」

「へえ、気違。気違とお出でなすつたか」

「ほうよな。ほれで今も、どうして覚えていたもんか、この人の入学を知つてな、学校まで出て来たんやが。気違の一心とでも言おうかいな。お美代は永いこと晋さんの守やつたでなあ」

瞬時辰二郎は黙つていた。が不図仁平と視線を合せると、彼はまたべらべらと喋出した。

「ほうか。ほらまたよい所へ来たわい。ほしてほのお美代今どうしているのやい。なあおつさん、わし一寸くらい気狂うてても辛抱するわ。なんとかならんかい。なあ、われ、まあほう固ならんと、どうやろ、一肌ぬいでくれんけ。功徳やぜ」

そう言つて辰二郎は急に真面目な顔になり、仁平の顔を覗きながら声を落して言つた。

「なあ、おつさん、気違でもあの方は変らへんやろな」

「何を言う。ほんまにあんたらは……」

そう言いかけたが、仁平は不意にむらむらと腹の底から激しい怒を感じた。が仁平の悲しい道徳はそれ以上何も言うことが出来なかつた。仁平はうむと息みながら、声を呑んで横を向いてしまつた。がその時始めて晋がそこにいないことに気が付いた。

晋は草履袋を提げたまま一人で道を急いでいた。そうしてやつと上畠と呼ばれている野原に出ることが出来た。そこからは山裾の村々へ通じている街道が見えるのである。が街道には人影一つなかつた。街道は閑々とうねりうねつて遠く春霞に煙つている森の影に消えていた。この道はどこまで続いているのであろう。晋は不意に涙がこぼれそうになつて来た。街道とは何という寂しい、そうして懐しいものであろう——あの街道を、最早何のあてもなくただとことこと歩いて行こうと、晋は心を決めた。

向うの麦畑では先刻から一人のお百姓がせつせと鍬で土を打つている。その向うの早薄黄色く色づいた菜種畑では、お百姓が畚を担いで行つたり来たりしているのが見える。晋は畔道を一散に駆出した。がそれから直ぐ辰二郎と仁平とがそこへ走つて来た。二人は向うの方を一心に走つている晋の姿を見とめると、互にその方を指しながらその後を追いかけた。そうしてやつと追着くことの出来た二人は挾みうちにして晋を捉えた。晋はもうへとへとに疲れていた。今は何も考える力もなく、ただぼんやりと立つていた。そうして何か頻りに眠いような気がした。仁平は晋の前に蹲つて、晋の手を取つたまま何とも物言うことが出来なかつた、が不意に仁平は高々と晋を抱上げながら、湿つた声で言うのであつた。

「どうじや。西京が見えますじやろが」

「ほうや、ほれがよい。すつちん。おつさんが肩うましてやろ」

辰二郎はまたもとの子供好きな叔父になつていた。が晋は頑に頭を振つた。

「ほうか。肩うまは嫌いか。ほんならな、すつちん、昼御飯喰べたなら、うちへお出でや。東京の御土産上げよほん。ほら良いもんや。何やろ。剣やろか、太鼓やろか、鉄砲やろか。ほしてな東京のお話してやろな。東京の動物園にはな、象がいますぞ。大きいぞうら大きい象やぞう。長い鼻しとつてな、人が行くとほの鼻でくるくると捲いてしまいまつそ。いんやほら嘘や。この叔父さんのお話には時々嘘が入りよるでかなんな。いんやすつちん、すつちん、もう嘘なんて入りよらへんでな。きつと入りよらんでこらいてや。ほの象はな、大人しい大人しいやいつでな、お芋をやるとな、大きな鼻で上手に拾ろて喰べまつそ。ほしてうんこしますぞ。けんどほんなお話は臭いでやめとこな。動物園にはな、ほかにもたんといますぞ。ライオンもいるし、虎もいるし。熊もいますぞ。お話してやろな。ライオンと虎と喧嘩したお話してやろな」

辰二郎の眼にはいつか涙が光つていた。が彼はそれがまた限りなく恥しく、もう自暴自棄のように喋続けるのであつた。

「鹿ちやんもいますぞ。狸やんもいますぞ。兎公もいますぞ。亀も、スッポンも、金魚も、鯛も、駱駝の瘤たんもおりますぞ」

そんな風にして、辰二郎は治右衛門家の門の処まで到頭一人で喋続けて帰つて来た。彼は家の中へ入つてからも、男衆を揶つたり女子衆達を笑わせたりしていたが、軈て、

「すつちん、来いや。お土産上げよな。お土産はなんやろな」と言いながら新宅へ帰つて行つた。

辰二郎が門を出て少し行くと、向うから章石が息を切つて走るように歩いて来た。辰二郎は何気なく呼止めた。

「こりや章石さん、久し振りやな」

章石ははたと立停り、いつものように心持ち首をかしげながら、暫く杖をぶらぶら振動かしていたが、不意に苛立たしく首を振つて不機嫌な声で言つた。

「わからん!　誰やいな」

「辰二郎よいな」

「ああ新宅の旦那さんどすかいな。これはこれは、いつお帰りやつた」

「昨夜帰つたんや。時にお前はんは盲のくせに、何をまたそんなにふうふう言うて走つているのやいな」

「ほれが旦那さん、あんたさんはまだ御存知ないやろが、えらいことが起つたんや。まあず一大事出来ですじやがな。一寸お耳を拝借というとこや」

章石はそう言つて、仰々しい物腰で辰二郎の耳に囁いた。すると辰二郎は大きな声で言つた。

「なんやい、お美代のことかいな。ほんなもんとつくに知つてるが」

「大きな声で、旦那さん」

「かまうかいな、ほんなこと。今も仁平さんに言うてたんや」

そう言つて辰二郎は例の非道極まる淫らな話をまたべらべらと話し始めるのであつた。流石の章石もあまりのことに暫くは返す言葉もなく呆れ果てて聞いていたが、不思議なことにはこの不埒極まる、それでいて何の屈託もないようなのうのうしい辰二郎の話振りに章石は次第に今までの昂ぶつた感情が押潰されて行くのを感じた。——そうだ。章石は村人達から激しい呪詛を予期していたのだ。がそれさえ所詮ただ徒らな茶呑咄に過ぎなかつたではないか。それだのに、章石はそれにも気付かず、今の今までさも大事件が起つたかのように得意げに村中を触れ歩いていたのだ。何という可愛らしい小鬼だ。この男を見よ！

「いやこんなんかなわん。こんなん、とてもかなわんわ」

章石は、不図路上で方角を失つたような、恥しげな微笑を浮かべながら、逃げるようにあたふたと走つて行つた。

「ハッハッハッハ。まあよいがな。われ、もつと聞いてよいやい」

淫らな想念で頭の中が一杯になつている辰二郎は喉の渇いたような引吊つた声でそう言つた。が章石は振向きもしないで走つて行つてしまつたので、辰二郎も仕方なく頭を振り振り自分の家の方へ帰つて行つた。

晋は果しもない高い石段の上に立つていた。足下には真白い石段が何百何千と重なり合つているばかりで、他には眼に入るものは何物もない。不思議なことには地上さえも見えない。一面、灰白色の空は薄明の光もなく、壁のように切断つていた。今、晋はその石段を降りようとしていた。がどうしたことか晋は非常に睡いのであつた。一心に気を張つて眼を開いていようとすればするほど益々激しい瞬きが起り、今にもそのまま二つの瞼が閉合つてしまいそうになるのであつた。晋はその度に危く欄干を握りしめた。晋はやつと欄干づたいに一段降りた。そうして続いて二段目へ足を下そうとした時、最早どうすることも出来ない雨のような睡気に襲われた。晋はくなくなと前のめりに倒れかかつた。——瞬間晋ははつと眼を覚ました。晋はこの間まで真吾の勉強室であつた二階の六畳の間の小さい机の前で、足を曲げて眠つていたのであつた。晋ははつと深い吐息を漏したまま、暫くじつと横になつて激しい心臓の動悸を鎮めていた。昔風な木格子の凝つた窓から青くすんだ四月の空が見えている。まだ若芽を吹かぬ高い銀杏の木の梢に、白い雲が一つふんわりと浮かんでいた。晋は畳の上に仰むきに寝転んでぼんやりそれを眺めていた。真白い、ふつくらと膨らんだ、ほんとに手に取つてみたいような美しい雲であつた。雲は先刻からじつと同じ所に浮んだまま、動こうともしない。晋はいつか眼に涙さえ浮かべて見つめている。不意に白い雲がふわふわと窓辺近く飛んで来た。すると晋の身体も急に軽々と浮上り何処ともなく飛んで行くように思われた。今まで渇ききつていた晋の心の中へ何か暖いものがほこほこと流れて来た。そうしていろいろの楽しい楽しい空想が浮かんで来て、晋は到頭お伽噺の中の童子になつてしまつたのである。

晋は白い雲に乗つてふわりふわり大空を飛んでいた。もう余ほど永い間飛んでいるようである。陽は赤々と西の空に傾き始めた。すると雲は晋の方を振返つて頬笑みながら、見る見る真紅な衣に着換えてしまつた。遠くに見えていた山々がだんだん近くなつて来た。軈て陽は静かに沈んで行つた。雲は高い山の頂近くを相変らずふわりふわりと飛んでいた。見ると雲はいつの間にか今度は水色の衣に着換えていた。丸い大きな月が出たのである。

「さあ来ましたよ」

雲はそう言つて、徐々に下り始めた。

不図気がつくと晋はぽつんと一人山の中に下り立つていた。あたりはもうとつぷりと暮れていたが、月の光が青い水のように流れていて、樹々も、草々も濡れたように白く光つていた。晋は一筋の小径を伝つて何思うともなくぼそぼそと降りて行つた。少し行くと向うに一軒の農家が見えた。晋は思わずその方へ足を速めた。垣根の柴折戸が毀《こわ》れたまま開いていて、其処には崖に添つてあまり広くない裏庭が拓かれていた。晋はその中へ入つて行つた。溪川の水音が急に耳近く聴こえて来た。水車ががたりごとり、瑠璃色の水玉を滴しながら廻つていた。不意に背戸の方で人影が動いた。美代である。美代は紺絣の百姓姿で、手に何か持つて立つていた。が不図晋の姿を見とめると、昔のままの零れるような笑顔で晋の方へ走つて来た……

「誰や！　こんなことしとくのは」

階下で祖母のおとさが女中を叱つている癇高い声が聴こえて来た。その声に晋は不意に我に還りあわてて白い雲を探した。が、白い雲もいつの間にか薄ら煙のように僅に白く消え残つているばかりだつた。晋は不図辰二郎叔父の言つたことを思出した。がこれから新宅へ行こうなどという気持はどうしても起らなかつた。晋は仰向に寝転んだまま、天井の板の模様を見ていた。誰も来ないこの部屋で、こうしてただじつと寝転んでいることが、今の晋にはまだしも一番願わしいことであつたのである。

7

翌日晋は学校から帰つて来ると、流石に子供らしく辰二郎叔父の所へ行きたくなつた。新宅には四つになる初夫という従弟もいるのであるが、晋は普断はあまり遊びに行こうとはしなかつた。何故ともなくはま叔母に親しめなかつたからである。はまは、町の有名な縮緬問屋の森野家の出である。はまの兄である当主森野角五郎は生命保険会社の社長やその他種々の会社の重役を兼ねていて、森野家の家運は隆盛であつた。そうしてそれは本家治右衛門の妻、ふきの里方が遠く昔に没落してしまい、今では一家離散しているのに比べて面白い対照をなしていた。はまは色の白い、どうかすると四角張つたとさえ思われるほど派手な顔で、ねちねちと粘つこい声で物を言い、且つそんな性質の人であつた。こんなことがあつた。それはまだ美代のいた時分のこと、晋が初夫の乳首を玩んでいて、どうした機にかそれを失くしてしまつたのである。美代はもう空へでも飛んで行つたと思うより他に思いようもないほど、一と所一と所丁寧に探したけれど、それはどうしても出て来なかつた。乳首といつてもまさかそれ一つ限りではなかつたであろうに、はまはしつこく美代に言うのであつた。

「ほんまに困つたことしとくれやしたな。おもりさんがついていてどうやつたやろ。そらわたしみたいもん、御本家さんのお方に何にも申すのやおへんけど……」

当時は薬屋——はまは薬屋の品でなければ衛生上信用が出来ないと言うのである——と言えば、東海道線のN駅かT町あたりまで出向かなければならなかつたので、美代は困り果てたすえ、到頭おとさに自分の不調法を詫び、これからN駅まで行かして欲しい、と願つた。するとおとさはいきなり立上つて、大きな声で言つた。

「なあんの、なんの、ほんなもん甚平さん（村の雑貨屋）のであまり八石や。横着もんめが。よろし、わしが行つてまた一とおこりじや」

「いいえ、そんな大奥さん、わたしが悪いのでございますさかい、後生でございますさかい……」

が、そんな美代の言葉などおとさは耳にも入れず、恐しい勢で新宅へ行つてしまつた。それ以来、美代はようはまの顔が見られなかつた。あの白いはまの顔が、それは思うだに寒気立つほど恐しかつた。が日増しに募つて来る言いようのない恐怖のために、美代はもうじつとしていられなくなつた。美代は或る日到頭自分からはまの所へ行き、ぽろぽろと涙を零しながら詫入つた。がはまは、「いいえ」と一言言つたきり口を歪めてしまつた。その時のことが漠然と晋の頭に残つていて、暫くははま叔母が怖かつた。勿論今でははまも晋もそんなことは忘れてしまつていたが、それでもなんとなく晋ははまに親しい感情が持てないのであつた。が辰二郎叔父は面白い人で、それにいつもお土産をくれるのだ。晋は幼い頃、辰二郎のことを「おいやの叔父さん」と呼んで、人々からよくその慾深かを笑われていた。

晋は昼食を終ると、早速表へ駆出し、いつも行く悌三の家の方へは曲らずに真直ぐに走つて行つた。そうして久振りで新宅の門をくぐつた。出潮楓の紅い若芽が晋の眼に珍しかつた。晋は箒の目の美しく入れられた小砂の中へ入らないように気を付けながら、甃の上を走つて行つた。――新宅の万という男衆は世にも珍しい頑固者で、いつも誰彼の容赦なく「砂の中へ入るのはだいつや!」と呶鳴るのであつたから――辰二郎は小座敷で、初夫を側に坐らせて酒を飲んでいた。晋の姿を見ると早赤い顔になつている辰二郎は嬉しそうに立上つて両手を振りながら言つた。

「おお、すつちんか、すつちんか。よう来た、よう来た。さあこつちおいで」

「今日は」

晋はお辞儀をして、初夫の側に坐つた。

「ほうや、ほうや。ほいつを忘れたら大へんやわい。なあ、すつちゃん。ようし今取つて来てやるぞ」

辰二郎はそう言つて奥の間へ行き、軈て細長いボール箱を持つて帰つて来た。

「ほうれ、こいつや。こんな長いもん、なんやろな。へえ、東京のお土産どつそ。さあすつちん開けてみいや」

晋は箱を受取るとそつと畳の上に置いた。嬉しさで胸がわくわくした。晋は箱の蓋を取つた。中には長いほんとのようなサーベルが入つていた。柄には立派な金モールの飾さえ着いていた。

晋は思わずにつこり頰笑んだ。

「どうや、すつちん、気に入つたかな。どうやろ、気に入らんかな」

「いりました」

そう言つて晋はまたにつこり笑つた。

「ほうか、ほうか。気に入つてくれたか。ほら嬉しいこつちゃ。おいね。おいね」

辰二郎は徳利を高く持上げて、大きな声で女中を呼んだ。其の時不意に初夫がサーベルを鷲摑みにして、箱から引摺り出した。辰二郎はそれを見ると、非常にあわてて言つた。

「ぼんぼん、ほれはすつちやんのや。ぼんにもお土産たんと上げたな」

「ううん。ぼくの」

「ほれはな、ぼんぼん、あいたたや。血々出るほん。はよすつちんに『はい』するの。ほんなもん、あいたたのばばちや。ほれはな、すつちん、一寸ほう言うてるだけやぞな。ああ、ばばちのばばちやな。あつ！　ぼんぼん、お庭にほれあんな大きな鳥来よつたがな」

「どこに……」

初夫はサーベルを持つたまま立上り、辰二郎の指差す方を目をまん円くして眺めた。が鳥など何処にもいなかつた。

「あかんなあ……」

「よろしいの、叔父さん。初夫ちやん借したげよな」

「ほうか、ほうか。さすがすつちんの悧巧もんやわい。おうお、こらうちの別嬪さん。一つお酌をしてんかいな」

辰二郎はそう言いながら、徳利を持つて来たいねの前に盃を出した。いねは不器用に赤い手で酌をした。辰二郎の鼻先に丸つこいいねの頰が果物のように紅い。辰二郎の眼がちらと動いた。不意にたらたらと酒が零れた。いねはあわてて布巾でそれを拭つた。

「あの一寸奥様の御用ございますさかい……」

「まあよいがな。われ、ほう言うない」

そう言いながら、辰二郎は盃を手に持つたまま、立去つて行くいねの太つた後姿をじつと打眺めていた。

長いサーベルを持扱いかねて弱つていた初夫は、到頭それを見捨て、

「ぼく、ポチ」と言いながら、両手を突いて犬のようにちよこちよこと辰二郎の膝の所へ歩いて行つた。

「ポチか、ポチか。よちよち」

辰二郎はほんとの犬のように、さも可愛気に何回となく初夫の頭を撫で続けた。

「ちゆちゆむたんもポチ」

一瞬、ほんの一瞬、晋の口元に羞しそうな嬌しい微笑が浮かんだ。が直ぐにこにこ笑いながら、晋も両手をついてポチになつた、すると初夫は喜んで言つた。

「とうたんもポチ」

「よちよち、とうたんもポチか」

辰二郎は盃を置き、四つ匐になつた。

「ハハハ、こりやえらいポチやな。まあポチやな」

「ポチやないもん」

「ほうか、ほうか。ほんならでかポチや」

「でかポチなあい」

初夫は不意に仰向けにひつくり返り、足をばたばた鳴らして怒つた。

「まあ何をしといやすの。見とむない」

はまがそう言いながら入つて来た。辰二郎は四つ匐になつたまま一寸首を上げて言つた。

「ほんでもぼんぼんがせいいうのやがな」

「ほうどすか。ほれはすみまへん。案配よう遊んでやつとくれやして。さあ初夫さん、ほんなことしてんと、こつちへおいで」

「でかポチないもん」

初夫はそう言うと急に泣き出した。がそれは声ばかり大きい空泣きのようであつた。

「なんどすのや。でかポチて。どうぞもうこんな子供に悪いこと言わんといつてやつとくれやす」

「違うがな。ぼんぼんがポチや言いよるで、ほんならとうたんはでかポチや言うたんやがな」

「でかポチやないもん。ポチやもん」

「ほんなあんた、この子がポチ言うたらポチにしといてやつとくれやしたらどうどすのやろ。ほしてまたほんな品の悪い、でかポチてて」

「ほんでもでかいで、でかポチやがな」

「でかポチなあい」

初夫は到頭ほんとに泣出してしまつた。

「ほうか、ほうか。ポチや、ポチや。こらいてな」

「とうさんのあつぼなあ。ほんなでかポチてて、あつぼな人の言うことやな」

はまはそう言いながら、初夫を膝の上に抱上げた。すると初夫は急に泣止み、機嫌のよい声で言つた。

「とうたんのあつぼ」

辰二郎はのそのそ食卓の方へ匐寄りながら、嬉しそうに言うのであつた。

「ほうや、ほうや。あつぼのあつぼや」

晋はこの出来事を始めから不思議そうに眺めていた。が、晋には何のことか訳が解らなかつた。叔父が「でかポチ」と言つたことが、何故あのようにいけないのであろうか。がその不思議な言争いもやつと終つたので、晋は始めてはまに挨拶をした。

「今日は、叔母さん」

するとはまは愛想のない顔で言つた。

「昨日は美代が出て来たんどすて。どうどしたんやいな」

嗚呼！　そうであつた。晋は何か自分のものとも思われないほど見事なサーベルの上にそつと眼をやつた。不意に泣きたいような悲しい情に襲われた。がその時突然辰二郎が手を振り振り、大きな声で言つた。

「あつ、ほれは言わんとき、言わんとき」

「あ、ほうどすか。言うてはいきまへんのどすか。へえ、ほないに怖いのどすか」

「ほら怖いとも、怖いとも」

そう言つて、辰二郎が大きく手を振つた途端、その手が初夫の顔にあたつた。ギャーン……まるで鳴物を叩いたように初夫は一声高く泣叫んだ。そうして二番目の泣声は喉の奥に悶えてしまつたかのように、なかなか出て来なかつた。

「まあ、何をしてやつておくれやしたんや、ほら痛い、ほら痛い。ほらあんなのは痛いわいな」

はまは初夫を大仰に抱きかかえながら、しかし別に驚いている様子もなく、いつものようにねちねちした調子で言つた。

「こらいて、こらいて。ほら悪かつた。どうもならへんなんだやろな」

辰二郎は心配そうに初夫の顔を覗込んだ。その時不意に初夫の小さい手が辰二郎の頰を叩いた。辰二郎はびつくりして突出していた顔を引込めた。するとはまは言うのであつた。

「ほうや、ほうや。もつとしてあげい。もつとしてあげい。あんたもあんなひどいことしやしたんやおへんか。もつと叩かしておやりやすいな」

「ほうか、ほうか。ほんならうんとぼんしてや。あいちや、あいちや」

初夫はもう泣いてはいなかつた。却つて面白そうに辰二郎の顔を叩続けた。二つ、三つ、四つ……

晋は不思議でたまらなかつた。何故初夫は「お父さん」にあんなことをしてもいいのであろう。また何故叔父は腹を立てないのであろう。若し自分が父にあのようなことをしたならば、あの恐しい父はどんなことをするであろうか。晋は不図悲しい記憶を思出した。

ある夏のことであつた。晋は父や祖母と西瓜を喰べていた。晋が真中の一番大きい一切れを取ろうとした時、不意に父の罵声が聞こえ、驚いて見上げた晋の顔へぱつと食いさしの西瓜が飛んだ。晋は思わず声を出して泣いた。

「泣くな！　うるさい」

晋は泣いた時の父の恐しさを知つていた。晋は泣くまいと、唇は固く結び喉を顫わせて一心に我慢した。小さな膝小僧が二つ、行儀よく並んで着物の下から覗いていた。晋は不意に千切れるような、われとわがいとおしい情に襲われた。

坊主、坊主、わしの膝坊主よ！

熱い感傷の涙が音もなく、溢れるように流れ落ちた。

「ひつちゆいた、ひつちゆいた、蛸ひつちゆいた、放さんじよう……」

辰二郎は歌うようにそう言いながら、いつのまにか膝の上に乗せた初夫の身体を抱寄せては幾度となく頬擦をしているのであつた。初夫はその度に身体をくねらしながら、キャッキャッと声を立てて笑つている。晋は急に何故ともなく淋しくなつた。

「もう帰ろ」

不図晋はそう思つた。瞬間、晋ははつと気が着いた。

何処へ！　そうだ。何処へ、晋は帰ろうとするのか。空しい、それは白日の夢であつたのだ。

晋はさながら虚空を摑むような茫々たる悲しみに包まれた。

「さあままにしよ。すつちん、叔父さんまま喰たら、ぼんらとみんな遊ぼうな」

「えらいお早いのどすな」

冷くはまは言い、立上つて部屋から出て行つた。軈て櫃を持つていねが入つて来た。いねは御飯をよそつて差出すと、汚れた物などをお盆の上に載せていた。辰二郎は箸を持つたまま御飯を食べようともせず、それを見ていた。いねはお盆を持つて立上つた。そうして後を向いた。

その時、不意に辰二郎の手がさつと伸びた。瞬間、いねは得体の知れぬ喚声を挙げて飛退つた。盆の上の徳利や小皿が荒々しい音を立てて砕け落ち、喰残された肴などが醜く畳の上に散らばつた。辰二郎は痴呆のような真剣な顔をしてふらふらと立上つた。がいねは遅鈍な恐怖の色を浮かべたまま、ただ呆然と立つていた。

「ももからうまれた桃太郎さん」

辰二郎は不意に子供達の方を向いて、そんなことを言いながら、またそわそわといねの前を歩き出した。そこへ、その物音に驚いてはまが走つて来たのであつた。はまは瞬間はつとその場に佇立した。そうして直ぐその場の情景を直感すると、この言語道断な辰二郎を、じつと見下していた。はまの顔は次第に激しい怒のため蒼白くなつていつた。はまにとつて今この場合辱しめられた者はいねではなく、はま自身であつたのだ。より以上の侮辱を返さねばならない。はまは残酷なほど落着いて言つた。

「ええ恰好どすほん。気張つておしやす」

はまの声で、辰二郎はやつと立止り、呆けた顔をはまの方に向けた。そうしてにやにやと淫らな笑を浮かべながら言つた。

「ほら、おまはんええ恰好や。平べつたい、ええ顔や」

不意にはまは喚び声を挙げて、そこに転んであつた皿を食卓の上に投げつけた。初夫の激しい泣き声が聞こえた。がその時、晋はそつとその部屋を抜出すと、もう下駄を履く間ももどかしく、それを両手に持つと跣足のまま長い甃の上を一目散に駆出した。

その日の夕方、辰二郎は晋の置捨てて行つた土産のサーベルを持つて、いつもの暢気そうな顔をして本家へ出て来た。がその時晋は何処かへ行つていなかつたし、とさは夕食の支度に忙しかつたので、辰二郎はそのまま店の間に上りこんで、仁平と話をしていた。そうして辰二郎は冗談ともつかず、この中之庄を引払つて東京か京都で家を持つと言出した。

「なあに、こんな家、ばんばらばんと叩売つてしもたるが」

思わず煙管で激しく灰吹を叩きながら、仁平は黙つて応えなかつた。が辰二郎は平然と、否むしろ得意気に喋続けた。

「ほら兄貴みたいに別荘の二つも持つてたら文句は言わんわい。なあ仁平さん。この家やかて、まあ見てなはい。おばあの生きてる間だけやはん。おばあ出て来よるのうるさいもんやで、まるで留守番置いとくつもりでこうしときよるのや。ほんな兄貴に御先祖もへちまもあるもんかい。わしらこそ阿呆臭い話や。店もこの頃は儲からん言うて、賞与のしよの字もよこしよらへん。まるで鼻糞ほんの給料さいて、あんなでつかい家きゆうきゆう言うて持つてるなんて、御苦労千万の話よ。我輩はじや、時世の進展に伴い、断乎たる所信のもとにこの愚なる陋習を打破する覚悟である。ねえ仁平さん、こつちは犬養毅で来よるわいね。どうやい」

が仁平は堅く口を噤つて、一言も物言わなかつた。黒々と光つている柱々や、黄色の厚い壁や、もうすつかり赭く変色してしまつていながらも疵一つない堅い畳や、或はまた鴨居に掛けられた定紋付の様々な提灯や、木格子に障子を貼つた奇妙な帳場の衝立や、穴だらけの赭黒い机や、それらこの部屋中の総べてのものの醸し出す古風な幻想の主のような顔を、じつと辰二郎の方に向けたまま、仁平は暫時動こうともしなかつた。その時遠く表の方から小梅の子供つぽい唄が聞えて来た。

山から猿が三匹飛んで来て
先のさあるは物知らず
後のさあるも物知らず

なあかのなあかの小猿が
よう物知つて……

「ほう、ほう。すつちんのお帰りやな。こいつ渡して、わしも早う去のう。家にはぼんが待つとおる」

辰二郎はそう言いながら、サーベルの入つている箱を持つて、格子窓の所へ走つて行つた。向うから小梅に手を引かれた晋の姿が見えて来た。辰二郎は窓から手を出して、激しく手招きしながら言つた。

「すつちん、すつちん、これ忘れて、どうや。叔父さんが持つて来てやつたぞな。早う来、早う来」

8

真吾は京都の本店に勤出してから一年間というものは、相変らず黙々とまるで修道僧のように黙続けていた。「お早う」と言われると「お早う」、「暑い」と言われると「暑い」、「寒い」といわれると「寒い」と答えるばかりで、自分の方からは何一つ言出すこともなく、いつも帳場の片角で算盤ばかり弾いていた。彼は入店すると帳簿方を命ぜられたのであつた。真吾は毎日古ぼけた沢山の帳簿を抱込んで、彼の机の前に坐ると、むつりと黙込んだまま、もう店先でどんな騒々しいことが起つていようと、奥で丁稚達が殴合いの喧嘩をしていようと、顔一つ挙げなかつた。夜、店が閉つてからも、誰と口を利くということもなく、勿論支配人や当番頭の眼を盗んで美しい灯の街へ脱出するようなこともなく、潔癖な彼は何度もがばがばと口を嗽ぎ、顔を洗うと、そのままぷいと二階の自室に入つてしまうのであつた。

　夏の始め頃、真吾は何をどう思つたのか突然未明に起出し、何処へともなく出て行つた。そうして皆の起出る頃、ふらりと店へ帰つて来た。それから毎朝毎朝、雨降りの日も休むことなく到頭夏の終り頃まで続いた。店の人達はこの奇妙な真吾の行を気味悪げにいろいろと噂し合つた。がそれからの噂はどれもこれも全然当つていなかつた。真吾は、先代治右衛門と親交のあつた前の南禅寺管長、宇野雲海老師について参禅していたのであつた。

「大分変つてやはりまんな」

「大分も大分もおお変りやん。商人には困つたもんや」

「えろうむつつりと苦つてておくれやすが、あんさん、なんでつせ、あいの一ぺん女はんにやんわり抱いてもろうとみなはれ。存外けろりといきまつせ」

「いいや、どうなろいな。ほんなんとつと触らん神や。あいのがごてやほん。ほれ、むつつりなんとか言うがな」

「いや、おおきに」

店では真吾の評判は決してよくなかつた。実際、昨日も今日もただ年々の繰返しに過ぎないような、この古い伝統に沈滞し切つた空気の中を、臆病な魚族のような眼を動かしながら、ぺらぺらちやらちやらと喋り廻つている番頭達にとつては、この真吾の存在は欝陶しくも眼障りな、また誠に不調和なものであつた。が真吾はそのようなことを少しでも意に介するような男ではなかつた。彼は相変らず黙々と帳簿を調べ、ぱちぱちと算盤を弾いていた。

そのうちにいつの間にか一年の月日が経つてしまつた。店の中には華やかな春の織物が揃い、ぽつぽつ花の噂も人々の口に上る頃になつた。

「今日一日暇が貰いたい」

「へえ、御用で」

「そう」

「へえ」

或る日、真吾は上田支配人とそんな会話の後、ふらりと店を出て行つた。そうしてそれから数時間の後に、真吾は六甲の治右衛門の別荘の門前に立つていた。

山を負つた庭は広々と果もなく続いていた。遠く向うの屏風のような巨巌からは、白い絹糸を振分けたような滝が淙々《そうそう》と音高く流落ち、珍しく岩々の飛散つている岩間を潜り潜り、水は清らかに澄んだ泉水の中に流れていた。泉水には鮠《はえ》や小鮎や追川などの川魚が群をなして泳いでいる、時々白い腹を飜して跳上つた。あちらこちらに松の老樹が緑青の枝を張り、その上を名も知らぬ小鳥がチッ、チッと鳴きながら渡つて行つた。座敷の床の間には蘆雪の淡彩な画帖が掛けられ、黒檀の薄い卓の上には青磁色の香炉が影を静めていた。勿論、この六甲の別荘へは真吾は始めて来たのである。が真吾はそのようなものには何一つ眼もくれないで、黙然と座敷の真中に坐つていた。

「うん。真吾か」

治右衛門はそう言いながら、険しい顔付でいらいらと座敷の中へ入つて来たが、真吾が座敷の真中にむつんと坐つているのを見ると、流石に一寸薄笑を浮かべて言つた。

「なんという所に坐つている。もつと席を決めて坐るもんや。書生臭い、さあ、下つたり、下つたり」

治右衛門は真吾を手で追いながら、真吾の前に突立つていた。無言のまま真吾が不精に身体を動かすと、彼はやつとそれで気が済んだかのように、床の間を背にして坐つた。そうして直ぐ、否坐ると同時に言つた。

「なんしに来た。ふん、用事か」

が治右衛門は少しも落着かず、首を伸したり、きよろきよろ顔を動かしたりしていたが不意に立上り、畳の上の小さな塵を顔を顰めながら拾つた。そうしてまたそわそわと元の座に帰つた。真吾は先刻から一言も物言わず、ただ鋭い眼でじつと治右衛門のすることを見詰めていた。が治右衛門が少し落着いたのを見ると、真吾は始めて口を開いた。

「もうよろしいか。兄さん」

「何が？」

「いや、そのそわそわしなさるのが。わしはとつとそれが好かんのでね」

瞬間、さつと赤味を帯びた治右衛門の顔には、憎しいとも、恥しいとも、悲しいとも、何ともいうことの出来ない複雑な感情が翳のように浮んだ。がそれはほんの一瞬のことで、悪戯を叱られた子供のような微笑となつて直ぐ消えてしまつた。

「阿呆言うてんと、用事があるなら早くそれを言いなさい」

「じや言いますが、兄さん一つ落着いて聞いてほしい。実はわしは店を止めたいと思うのじゃが……」

「そ、そ、そういことをまたお前は言い出す」

予期していた通り、真吾がまたこんな難題の前触のようなことを言出したので、治右衛門は見る見る顔色を変え、怒つてというよりはむしろ狼狽して、思わず大声でそう言つた。が真吾はまるで他人ごとのように落着払つて、憫むような薄笑を口元に浮かべながら言うのであつた。

「それ、それやで困ると言うのや。あんたはやね、その、人の話を皆までよう聞きもせんとや、まるで竿竹に鈴つけたみたいに、こういきなり頭からガラガラとやれらるのでね。わしらみたいに気の小さいもんはこわうてね。いやこれは冗談やが、兄さん、わしがこの話をするのには深い理由と堅い信念があるんや。先ず第一段や、第一段やぜ。あんたは店へ来られると時々帳簿を見ていなさるようやが、一体あれをどう思つていなさる。あれでよいと思つていなさるのか」

「別に、その、思てんが……」

「わしはともかく御兎蒙る。あんなもんに責任持てん」

「すると何か不正でもあると言うのか」

「不正、今此処では不正とは言わん。が嘘であることは確や」

「ふん、そしてそれは東京店やな。よろし、真ぐ辰、辰二郎を呼びます」

「待つたり。所がそれが東京店だけではない」

「福井もか」

「そうや」

「大阪もか」

「まず、怪しいね」

「け、け、けしからん」

「待つたり。これまでが第一段や、第一段。兄さんは根本的にこの藤村商店の現在の遣り方、成績、前途将来をどう思つていなさるのや。不景気やという。そらいかにも不景気やろ。けど皆不景気や、不景気や言うだけで、それにどう処して行く可きか、ということを考えている人間は一人もいん。日韓併合というような、こんな大きな出来事に際しても、『手拭地出まつせ』や。まるで提灯屋と同じや。そらこれでは不景気も当然、時勢に遅れるのも当り前や。わしはこのままでは藤村商店前途なし、と考えた。そうするとつまり最初に言うた結論が出よる訳なんやが。しかし肝心のあんたは一体どう思うていなさるんや」

「いや、わしもその点、考えんではない」

「考えんではない？　よろし、そんなら言うか、兄さん此処で一つ大改革をやりなされ。——このままではあんた一人がなんぼ力んでいなさつても、まるで泥沼の中でもがいているようなもんや。悪いことは言わん。思い切つてまず株式会社にしなさい。第一、これでは儲つたら皆が取り、損したらあんた一人の責任や」

　そう言つて、真吾は治右衛門の顔を見上げながら大胆にもにやりと微笑した。が人の好い治右衛門はそれには気が着かなかつたようであつた。

「そ、それはいかにもその通りや」

「それになあ、兄さん、あの奥帳（註、奥の帳場）の耄碌《もうろく》達、やつてしまわんといかん。別に悪いこともせんが、役に立たん。古沼のぼう材木や」

「そ、そ、それです。へい」

　突然治右衛門は癇高い声でそう言つた。その治右衛門の顔には今までの不機嫌な翳は跡方もなく消去り、急に不思議な喜色が満ち充ちて来た。頬は紅潮し、眼はぎらぎらと光り口元には妖しい微笑さえ浮んでいた。嗚呼！　あの眼、あの口。それは嘗てかの善太郎を追つた時の眼と口、それそのままではないか。この治右衛門には、何十年という永い間一言の不平も言わず、一度の不始末もなく、ただ一途主人大事お店大事と一心に今日まで勤上げて来た、この年老いた番頭達を馘ることが何故そのように嬉しいのであろうか。そうだ。治右衛門はまたしても悲しい発作に襲われたのに相違ないのだ。今や治右衛門には、この憐れなまでに善良な番頭達の存在が店の不成績の唯一の原因のように思われた。彼等こそ店の毒素なのだ。否そんな店のことなどはどうでもよかつた。それは最早肉体的な嫌悪であつた。あの歯糞の溜つた黄色い歯、死魚のような濁つた卑しい眼、そうして人さえ見ればただ頭を下げてばかりいる奴隷根性。臆病で、無智で、しかもそれは何という貪慾で、醜悪な存在だ。が今こそ彼等を一人残らず馘ることが出来るのだ。治右衛門は身慄いするほど病的な快感に襲われた。彼はいつもの興奮した時の癖である敬語調で、流石にあまりにも意外な変化に打驚いている真吾に早口で言うのであつた。

「やります。へい、断然やります」

「御決心の変るようなことはありませんな」

「ない。断じてない」

「よろしい、やると。しかしその代りや、今度の手当は一つ、もうそんじよそこらの例を破つて吃驚するほど出して貰わんならん。そそれ、あんたは直ぐそんな顔をしなさる。いつもそれや。目先の小さなことばかりけちついて、大局の損徳は少しもお考えにならん。あの連中の退職金位なんです。そんなものは見ているうちに取戻せる。不肖真吾責任を持つて申上げる」

「そんな金のことじやない。いやこんなことはお前には解らん」

治右衛門はそう言つて激しく頭を振つた。しかしそうは言うものの、最初は勿論金が惜しかつたのである。治右衛門は生来非常な浪費家であるにもかかわらず、いついかなる場合にもいざ金を出すとなると、その瞬間あの意地汚い執念が本能的にはつと頭を掠めるのであつた。すると治右衛門はまたそのために堪えようのない羞恥と怒を感じ、狂気のように空しく金を投捨るのであつた。が今この場合は金が惜しいばかりでなく、それをあの番頭達に与えることが嫌なのである。大方彼等は「莫大なお手当を……」などと狡い笑顔で言いながらぴよこぴよこ頭を下げに来るであろう。そうしてそれに何とか答えなければならない自分。何と答える。そも何と答える。思うさえ醜態の極ではないか。斬るなら斬る！　生来治右衛門はそのような生温い、否健全な世間のような方法を取ることが出来ないのであつたが、治右衛門はまたその後に来る底無しの後悔の恐しさを知つていた。その上今は幸なことに真吾が無言のまま、ぐつと胸を張つて治右衛門を見詰めているではないか。治右衛門はさながら真吾の手に取縋るように、やつと嗄れた声で苦しそうに言切つた。

「いや、お前の言うようにしよう」

「結構。それではわしもあなたの命令通り犬馬の労、と言うても犬や馬の真似は出けんが、一兵卒となつて働きます」

「いやもう一兵卒ではどうもならん、将校になつてもらわんならん」

治右衛門はそう言うと、不意に子供のように恥しそうに微笑した。

「御命とあらばじやな……」

真吾は顔色一つ変えずそう言い、それから店の改革方法や将来の方針を諄々と説出した。が真吾は最早自分で断定するようなことはなく、いつも巧に治右衛門の裁断に従うようにしむけていつた。治右衛門は終始非常な上機嫌であつた。このように兄弟二人が心を合わせて話合うということは、不思議にも藤村家の兄弟達には未だ一度もないことであつた。いつか陽は蔭り、山の方から肌寒い風が吹始め、夕靄が緩かに降り下つて来た。滝の音が一際高く響出した。

「真吾、飯喰べて行き」

「喰べよなら喰べるが、喰べてよいのかいな。ここでは飯はよんでもらえんという話やが」

「いや、かまわん。喰べて行き。お前、何がよい」

「そうやな、それでは一つ牛肉をよんでもらおうか」

「牛肉？　ほれでよいのか。フフ、まだ可愛らしいことを言うてるわい」

治右衛門はそう言うと立上り、部屋を出て行つた。このことだけで、今日の治右衛門がいかに機嫌が良いかということが解るのである。実際治右衛門は番頭達は勿論、辰二郎や悌三にも今まで一度も食事を出すようなことはなく、若し彼等が気づかずに食事時分までいようものなら、それが治右衛門のためにどんな大切な要件で来ていたのであろうと、相手かまわず言うのであつた。

「もう時間やが、気の利かん」
が今日はどうした風の吹きまわしか、治右衛門は真吾のいうことが非常に気に入つた。もうすつかり大人になつた。がつちりした真吾の身体つきが、そうしてあの兄を兄とも思わぬ態度までが、却つて何か頼もしくさえ思われるのであつた。

真吾は別の部屋で、じゆうじゆうと脂を飛ばしながらまだ血のにじんでいる牛肉を一人黙々と喰べていた。給仕の女中には一言も物言わず、何杯もの飯を代えた。嫂《あによめ》のふきは一度も顔を出さなかつた。真吾は義姉達の中でふきに一番好意を感じていたのである。否実を言えばかの美代に激しい感情を懐くようになるまでは、真吾はこのふきに微かな思慕の情をさえ感じていたということが出来るであろう。ふきの結婚はふきから総ての美しい希望を奪去つてしまつた。が、世の多くの女達のように優しく諦めたり、或はまた暗愚な反抗を繰返したりするには、ふきの精神はあまりにも潔癖であり、孤独であつた。さながら冴返つた月のように冷然たる彼女の顔には微塵も愛情の翳が見出されなかつた。が、否それ故にこそかの臈たけた肌の下にはどのような情熱が潜んでいることであろう。真吾はいつもふきのことを想う度に白刃の短刀を連想するのであつた。今も大胆不敵な真吾はにやりと妖しい笑を浮かべながら、「留守かな」とふきのことを思つた。がそのようなことを女中に訊くことの出来るような真吾ではなかつた。

真吾は黙々と箸を置いた。そうして治右衛門に挨拶すると、そのまま黙然と京都の店へ帰つて行つた。

それから三日の朝、治右衛門はいつになく勢込んで京都の店へ出て来た。そうして真吾に治右衛門の代理として、帳簿の検査旁〻営業状態の視察に東京大阪福井の各支店へ出張することを命じた。真吾はいつものようにむつりと押黙つてその命令を受けた。がそれは店全体に何か訳の解らぬ不思議な衝撃を与えた。番頭達にとつてはあまりにも意外な、全然想像することの出来ない、それ故に却つて非常に無気味な出来事であつた。彼等から各支店の番頭達へ内密の電報が頻々と発せられた。

9

汽車は静かに新橋駅へ入つて行つた。真吾は赤帽を呼ぶために窓を開けて首を出した。すると丁度その眼の前を出迎えに来たらしい辰二郎や、番頭の茂八や貞三などの見覚えのあるいくつもの顔がすうつと後の方へ退つて行つた。辰二郎は真吾の顔を見つめると、「わあつ、真ちやん、来よつたがな。来よつたがな」と大きな声で言いながら、嬉しそうな顔をしてばたばたと走出した。番頭達もその後に続いて走つた。汽車が停ると真吾は静かに立上り、悠然とプラットホームに降立つた。するとそこへ走寄つて来た辰二郎はいきなり子供のような無邪気な声で言うのであつた。

「いよう、真ちやん来たぞよ。われ、にゆうとこう鷹揚やわいね」

「いや暫く。どうも出迎えにまで来ていただいて恐縮です」

「ほらわれ御出迎いするわい。御名代やぞよ」

「いやいや」

真吾は何気ない調子でそう言つたが、一瞬鋭い疑惑の眼を光らせた。何故ならば真吾の今度の上京の用件は勿論、治右衛門の代理として出て来たことも未だ誰も知つている筈がなかつたからである。が辰二郎は真吾と並んで歩きながら、またいつものように一人で他愛ないことをべらべらと喋続けていた。そうしてその間々に、いかにも嬉しそうに繰返し繰返し云うのであつた。

「ほんでもわれよう来たね。ほんまによう来たぞよ」

真吾は微笑を浮かべ、辰二郎の話を面白く聞いているような風をして歩いていた。茂八や貞三達は真吾の荷物を提げながら、数年前丁稚見習に来ていた頃の真吾の姿を思浮かべ、深い感慨に打たれていた。あの手に負えぬ乱暴者だつた真吾が、いつの間にかこのようにちゃんと威厳さえも備えた立派な若旦那になつてしまつているのだ。大方この人達は生れながらにして人の上に立つように出来ているのであろう。が、それにつけても十年一日のように何の変ることなく、いつもこのように鞄を提げて人の後からちよこちよこと走り歩いている自分達の儚い身の上に一瞬言い知れぬ哀しみを感じた。がそれはほんの一瞬、通り魔のように不図そう感じたばかりであつた。自分達とは生れが違う。調法なことには彼等は腹の底からそう思い切つていた。

「見違えるほど立派になつとれたわい」

「ほおよな。顔も前の大将によう似て来やりはつたな」

彼等は感歎のあまり、ついそんなことを小声で言合つているのであつた。

真吾を先頭に皆がぞろぞろと改札口を出ると、其処に新しい揃えの法被を着た車夫が数台の人力車を並べて待つていた。

「真ちん、これや。これやで、御名代のは」

辰二郎は滑稽な身振りでそう言うと、いかにも慣れた調子で軽々と自分の俥に乗つた。するとその時早く俥の梶棒は上げられ、威勢のよい懸け声とともに俥は走り出した。真吾は、顔にはいつか微笑の跡も消え、不機嫌に黙込んだままのつそりと不器用に俥に乗つた。俥はやつと走り出した。そうして番頭達の俥もその後に続いた。

辰二郎達の俥は一列に列んで、人通りの賑かになり出した夕方の銀座通りを走つていた。辰二郎は時々真吾の方を振返り、手を振つて何か大きな声で喋つていた。が真吾は両腕を組合わせじつと前方を見詰めたまま、眼の玉一つ動かさなかつた。七年昔、よく丁稚車を挽いて通つたことのある街である。向うに通三丁目の鶴屋の昔のままの暖簾が見える。

「ほれほれ、覚えてるやろが。鶴屋さんやで」

辰二郎がまた振返つてそう言つた。が真吾はそんなものには何の興味もないのか、一瞥を与えようともしなかつた。俥は日本橋を過ぎ本町を過ぎ小伝馬町を過ぎてもまだどんどん走続けていた。藤村商店の東京店は人形町の通を東へ入つた新大阪町にあるのである。だから真吾は俥の行く先に少しばかり不審を懐いた。真吾はそのようなことにわざわざ大きな声を出して訊き糺すような小騒がしいことはどうしても出来ない性質であつた。真吾は黙つて目を瞑つた。俥はどんどん走り続けている。否眠つているのではない。真吾は眠らうとはしなかつた。眠つているのであろうか。否眠つているのではない。が真吾はいつまでたつても目を開こうとはしなかつた。真吾は例えばこのように一度目を瞑つた以上、次ぎに何か開く必要があるまでは、他にどんなことが起つていようと絶対に目を開くような男ではなかつた。俥はどこをどう走つているのか、尚も永い間走り続けていた。が軈て俥はやつと速力を緩めたようである。するとその時行交う人のざわめきに混つて、遠くの方から三味線の音が真吾の耳に聞こえて来た。三味線の音は次第に近くなり、またあちらからもこちらからも聞こえ出した。その時不意に俥はぐつと廻り、やつと梶棒が下された。真吾は始めて目を開いた。真吾達は何処かの花街に来たのであつた。が真吾達の降立つた家の暖簾に白く「近はん」と染抜いてあつたので真直ぐ真吾は吉原の遊里へ連れられて来たのであることを知つた。近はんというのはかの豪放無頼だつた先々代治右衛門がこの遊里で流連荒亡を続けながら、横浜生糸の相場を打つていた時分からの馴染深い引手茶屋であつたからである。

「お成りやで。お成りやで」

辰二郎は格子戸を開けながら大声でそう言つた。すると奥の方から一人の若い女が走つて来て腰高障子の蔭に坐つた。瞬間流石の真吾もはつと眼を瞠つた。美代！　否美代そのままの顔立ではないか。真吾は心臓の激しく動くのを感じた。がそれは丁度舟の通つた後に水ばかりが立騒いでいるようなものであつた。彼の頭は直ぐ平静に返つていた。似ている、それは何というけち臭い根性であろう。美代はあの美代でなければならないのだ。若し仮にあの美代と一分一里違わない美代が何処かにいたとしても、真吾にとつてそれが一体何であろう。あの美代は未来永劫あの美代ただ一人なのだ。真吾は落着いた声で言つた。

「茂八さん、一寸尋ねるが、これが藤村商店の東京店か」

「いいえほの一寸、へえ御一服願いましてな。店ではほのあんまりなんでつさかい。へい」

「なんでつさかいやない。これが店かと尋ねているのや」

「いえ、ほらまあ店やごわせん」

「店やない？　わしは店へ行く。俥屋、日本橋区新大阪町三藤村商店まで行つてくれ」

「真ちやん、われほんな所で何ごてごてしているのやい。坊主の問答みたい顔して」

女将達に迎えられた辰二郎は玄関の上から首を突出して言つた。

「ここ、店やない、て言いはるのや」

貞三がそわそわと両方を見比べながら言つた。

「わつはつはつはつ。おもろいやつやな。ほんなもんきまつたあるがな」

「ほんで『わしは店へ行く』こうでんのや」

「ほんな阿呆な。真ちやん、われ、ほんな阿呆な、田舎臭いこと言うない。まあ早う来いやい。

われ、ほんな野暮な、ほんな阿呆な、ほんな……」

　が真吾は怪訝そうに躊躇している車夫を鋭い眼で促し、俥に乗つた。俥は、手を振り大声を出して騒いでいる辰二郎を残して走出してしまつた。

　真吾は店に着くと、打驚いている総支配人長平に碌々挨拶もせず、

「これ」と言つて、治右衛門の手紙を差出した。長平は手紙を読み終ると、あわてて真吾を奥座敷へ招じ入れた。そうして自分は遙に下座に坐り、両手を突いて頭を下げた。

「この度は、御無事で……」

　この世にも珍しく情に脆い、その上主家を思う一念より何物もない老人は、真吾の成人した姿を見ると、もうそれ以上物言うことが出来なかつた。その時、茂八達番頭だけががやがやと帰つて来た。長平は急いでその方へ出て来た。

「お前はんらは、どうしたんじやいな」

　そうして茂八達から一部始終を聞くと、長平は半白の頭を振り振り、

「ほんで言わんことやなかつたんやが。いや年甲斐もない話じやわい」と唸るように言うのでつた。

　夜の十一時頃、奥座敷では真吾の前に長平は坐り、その筋張つた顔を一層引緊めて無言のまま俯向いていた。

「事務やぜ。君、単なる数字の問題や。そう一々力まんと、もつと簡単に出けんのかい」

真吾は心憎いまでに落着いて、普段のままの声で言つた。その前には古臭い大福帳や、横綴の罫紙の帳簿などが積重ねてあつた。

店の間では当番交替の受渡しが行われていた。

「大鋏二十梃渡し」

「一梃二梃三梃四梃……二十梃、確に受取りまいらせ候」

「小鋏三十梃渡し申し上げてけつかり候」

「……三十ちようー、確に受取りー」

小僧達はあちらこちらで思い思いの節真似面白く道具類の受渡しをしていた。この店には古くから荷造り道具とか、鋏や物差などの店用の道具の係当番があり、当番の小僧達はこうして就寝前に明日の当番達に引渡してしまうまでは、一梃の鋏にも一本の物差にも命の縮むような重い責任を持つていなければならなかつた。が今夜の道具の引継ぎは何の故障もなく終ろうとしていた。

「最後のおしやげにお残り惜うは候えどおおも、糊壺十個お渡し申し上げまあすうる」

一人の小僧が江州音頭の節でそう言つた。するとそれを受取つた小僧が数を数え終り、糊壺の入つた箱を大原女のように頭の上に載せて、黄色い声で言つた。

「お花いりまへんかあ」

その途端、店の表戸が荒々しく開き、ふらふらに酔払つた辰二郎が帰つて来た。

「阿呆たれ。がしんたれのすつぽん。なんやい、ほんな田舎つぺのすつぽんでお江戸の商売が出けるかい。ほしてまた、われなんでほんな長い顔してるんやい。よいかと思て、あんな糞たれ親爺に似やがつて。汗拭くのに途中で一ぺん一服せんならん。気つけてよ、牡《ぼ》た馬に出逢うたら。いきりよるほん。いや、わんら今のはちよちちよちあばばやぞよ。ほれよりすつぽん、やないわい、真ちん、真ちんは何処にいるのやい。われ出て来いやい。われは、阿呆たれ、折角今まで兄貴と喧嘩ばつかりしてたくせに、何やい、急に仲良さそうになりやがつて。どだい解せんやないかい。ほれとも兄貴、わしが何かしとくとでに思とるのか。ちやんちやら可笑しくつて、と来よるわい。ほんなもん、手前等すつぽんに見つかるかい。阿呆な、阿呆な、違うがな、ほんな何も見つかるも見つからんもあらあへん。このわしがほんなことしとくかい。しとくかしとかんか、しとかんかしとくか、えい、もう面倒臭いわい。見つかるなら勝手に見つけてみい。なんぼでもまどたるが。株売るがな。家売るがな。仏さん売つたるがな。うちの仏さんは値打ちもんやぞよ。死んだ親爺がほう言いよつたんや。若し嘘やつてみ、こつちからあの世へ化けて行つたるが。阿呆たれ、けちけちするない。こつちは江戸つ子だい。今に見てろ、株でぼうんとやつたるが。ほしてほうや、思出したがな、ほうやがな、真ちん、われもあるがな。ほれ分家金、あれがうんと預けたるやないかい。ほれどうした。ほの金どうした。よし、糞たれ、こんどはこつちから調べたる」

その時、奥の方から真吾が笑いながら出て来た。それを見ると、辰二郎は急にてれ臭そうに声を立てて笑つてみたり、怒つたように肩を張つてみたりした。真吾はその辰二郎の耳元で、小声で言つた。

「そうやがな。それなのやがな。ほんでまああんたはそうぎやあぎやあ言わんと、細工はりゅうりゆうや、酒でも飲みながら仕上を御覧じや」

辰二郎はまるで蛙のように暫時ぽかんと真吾の顔を見ていたが、急に吃驚するような頓狂な声を出してまた喋り出した。

「なあんやい、真ちん、ほうなのか。ほんならほうとわれなんで早う言わんのやい。ほしてまたなんで帰つたんやい。よいもん見せたろ思てたのに。真ちん、われほらよいもんやぞよ。あいのが、われみたいな唐変木、いや、ちやう、ちやう。怒りなや。言い違いや。われみたいな固やんには持つて来いなの、おぼこのおぼこのぼこぼこや。ほんなもの、男の指一本触つたらへん。ほんの一遍、わしが口説いたつただけや。あつ、どうしよ、また嘘や。あの君、わしが時々嘘言うこと知つてるやろ。ほれや。ほの嘘や。口が勝手に辷りよるんや。あつ、ほれにほれがやがな、真ちん、真ちん、われ先刻一寸も見なんだけ。ほれが一寸似とるのや。ほれ、ほのほれ、あの何とか言うたね。あのほれこれの女子衆よい、江州の。ほれに似とるのや。行こ、真ちん、われ似とるぞよ。行こ、行こ、われ早う行こまいかい」

「こいつはかなわんわい。こりや御免や」

流石の真吾も呆れ、追縋る辰二郎の手を振切つて、急いで奥の方へ逃げて行つた。

「真ちん、真ちん。なんやい、ほんな阿呆固いこと言うない。真ちん、われほら薄情と言うもんや」

辰二郎はそう言いながら、不意にしくしくと泣出してしまつた。

翌日真吾は、またどんなことをしだすかも知れないという、番頭達の恐怖に近い心配に反して、一日中何する風もなく店先でただぶらぶらしていた。北海道や東北地方を得意場に持つている東京店は関西方面に比べて時季がずつと遅れているので、店は春物の二期戦で相当忙しかつた。仕入方の所へは、中形の時季を控えているので、染工場の親爺や番頭達が今日も大勢出て来ていた。またいつものように桐生や伊勢崎や秩父あたりの機屋の親爺や買継屋達も入れ交り立ち交りやつて来た。貞三始め伊太郎与助の三人の仕入方はその相手に算盤を離す暇もないほどであつた。算盤を傾け、勢よくじやつと玉を弾くと、重々しく力を籠めて玉を上げ、

「こうしとき。どうや」と言いながら、早別の売手と冗談話を始めたりしていた。が今日の彼等の様子は明かに少し変であつた。いつになく妙に固苦しく、借ものののような熱心さが却つて余所余所しく感じられた。目先の利く、小才者の伊太郎などは、時々殊更に声を張上げて呶鳴りつけたりした。

「そんな無茶な、いや今日はもう退却致しますよ。どうもこりやお天気の工合でござんしような」

そう言つて、さつさと帰つて行つた機屋もあつた。

奥帳場では辰二郎が昨夜のことなどけろりと忘れてしまつたような晴やかな顔をして、ぷかりぷかり敷島の煙ばかり吹かせていた。長平は腰の低い障子格子の衝立の中で、鼻の先に眼鏡を載せ、筆で帳簿を記けていた。貞三は仕入の係長を兼ねているので、今日は一日中仕入場へ行ききりであつたが、茂八はぱちんぱちんと暢気な算盤の音をさせていた。辰二郎は時々店に出て、客の相手をすることもあつた。彼は殆ど実際の商売に口を出すようなことはなかつたけれど、彼が坐つた所からはいつも必ずどつとばかり高い笑声が湧起るのであつた。辰二郎はまた二階の商品陳列場を、客達に愛想よく挨拶しながらぶらぶら歩廻つたり、気が向くと仕入場へ顔を出したりした。辰二郎の姿を見ると、売手の連中は声を揚げて彼を迎えた。彼は此処でも滅多に取引に口を出すようなことはしなかつたけれど、若し一度彼が買おうと心を決めると、辰二郎は度胸よく徹底的に買い捲つた。それは微塵未練の翳のない、誠に胸の透くような鮮かさであつた。その上それは殆ど相場に外れるようなことはなかつた。だから彼等売手達は辰二郎の姿を見ると、急に何か心がはずみ出し、取引まで思わず活気立つのであつた。実際辰二郎という人は、商売に関する限りにおいては、彼の顔を見ていると、どんな商売人でも自分が商人であるということが何故ともなく愉しく思われて来るような、不思議な魅力を持つた人である。

辰二郎はこうした真面目な日課の他に、今日は真吾に耳打ちするために度々自分の席を立たなければならなかつた。彼はその度に真吾に言うのであつた。

「真ちん、われ今晩は行こまいかい。あの似たあるの、われ良いぞよ」

夕方になると、市内廻りの若い番頭達が小僧達に挽かせた呉服車の後を押しながら、相続いて帰つて来た。間もなく夕食の拍子木が楽しく店内に鳴渡るであろう。その時、突然真吾が言つた。

「犬猫の他、この店で直接飯を食つているものは全部、店の間に集つてくれ」

そら始つたとばかりに、大勢の番頭や小僧が或は心配そうに、不思議そうに、仲には面白そうにぞろぞろ店の間に集つて来た。すると辰二郎は嬉しそうに走寄つて、真吾の耳に言うのであつた。

「真ちん、われ一席弁じるのけ。それすんだら、われほれ、行こまいけ」

「席順に従つて坐つてくれ」

真吾の言葉で、長平を始めにして番頭達はぼそぼそと坐出した。が若い番頭達や小僧達はがやがやと騒いでいて、なかなか席は決まらなかつた。

「饅頭でも貰えるのかい」

「風月の春日野で辛抱しまつさ」

弥次馬達の連中は口々にそんなことを言合つていた。

「早うしなはい」

突然長平が大きな声で呶鳴つた。連中はやつと静かになり、順々に坐つて行つた。皆の坐り終つたのを見ると、真吾は言つた。

「順番に一から番号を言つてくれ」

「一」

長平は謹厳な声で言つた。

「二い」と茂八が言つた。すると後の方で一時にどつと笑声が起つた。長平の皺深い顔が再び上り、後の方を睨みつけた。三、四、五と番号は進んで行つた。真吾の眼はその度にその一人一人の上に鋭く注がれた。声はだんだん若々しい声になつて行つた。六十七、六十八、六十九。番号は其処で止んだ。そうして不意に可愛らしい声が言つた。

「もう終点でありまあす」

皆が思わずまたどつと笑つた。が、その時これはどうしたのであろう。不意に辰二郎が憤怒の物凄い形相で真吾の前に詰寄つて行つた。

「こら、阿呆も休み休みしやがれ。まるで兵隊ごとみたいなことしやがつて。こら、真吾。いんや理窟もんには理窟で言うたる。こら、兄貴の代理もん。われはこの大事な店のもんを数で数えやがつたな。どうするか見てていやがれ」

そう言うと、辰二郎はいきなり真吾に飛懸ろうとした。がその時、長平はしつかり辰二郎の腕を押えてしまつた。辰二郎は長平に抱かれながら、顔を真赤にして言続けた。

「離してくれ。長平、無念や。判官さんや。離してくれ。こんなことさして、わしが黙つていられるかい。代理もんのきん玉一つやつたらんと承知出けん。腹の中がでんぐり返つて、泡だらけやが」

真吾は始めて一寸驚いたようであつたが、直ぐ冷然と辰二郎の狂態を眺めながら、落着払つて言つた。

「兄さん、それは悪かつた。けんどわしは一寸急ぐのでね。一々に挨拶してられなんだんや。いや、とにかくしかし、わしはこれで失礼する」

真吾はそう言うと、長平達が哀願するように押止めるのも聞かず、その言葉通りそのまま長平と茂八と伊太郎に見送られて東京を発つてしまつた。辰二郎は真吾が出た後もぷんぷん一人で腹を立てていたが、不意に子供のような嬉しそうな声で言つた。

「よいこと考えた。そうや、貞しゆう、貞しゆう、塩や塩や。塩撒いて清めたるんや。どうや、よかろが。ほして貞しゆう、行こまいか。清め祝やん」

そうして辰二郎はにこにこしながら、本当に店の間へばさばさ塩を撒散らすのであつた。

10

真吾は大きな鞄を提げ、人力車の沢山並んでいる福井駅の構外に降り立つた。店からは誰も出迎えに来ていなかつた。真吾は一台の俥を呼び、いつものように黙然と腕を組んで乗つた。檐廂の深い古風な福井の街を俥は勢よく走つて行つた。足羽川の堤には匂うような仄かな早春の光を浴びて、早摘草をしている人の姿がちらほらと見られた。俥がその足羽川の木橋を渡ると、S町の支店は直ぐだつた。

俥を降りると、真吾は直ぐ店の中の普通でない気配に気付いた。店先には若い番頭がただ一人ぽつねんと坐つているばかりであつた。そうして、不意に小僧が一人奥の方から走つて来たかと思うと、またあわてて走去つてしまつた。がそれはほんの一瞬時のことであつた。

「あつ、これは、お着きで」

真吾の姿を見ると、その若い番頭はそう言いながら、びつくりして走寄つて来た。そして真吾の鞄を受取ると、また不思議なほど落着かぬ声で、

「その、実は竹谷さんがえらいことでございまして、皆その方へ行つておりますので、直ぐ呼んでまいりますで、へえ、一寸どうかお待ちを、その願いとうございますので」と言うと、挨拶もしないで奥の方へ走つて行つた。そうしてそのままいつまで経つても出て来なかつた。が、真吾は別に驚いた風もなく、と言つて怒つている様子もなく、知らぬ顔をして店先の椅子に坐つていた。

こうした場合、若し真吾でなかつたならば誰でもじりじりと腹を立てるであろうほど永い間経つて、やつと先刻の若い番頭を交えて四人の番頭が息急き切つて帰つて来た。

「とつと申訳ございません。お出迎も致さんと。いや申し遅れまして、私、山田九蔵でございます」

一番年長と思われる四十近い齢恰好の、早大分髪の毛の薄くなつた一人の番頭が真吾の前に進み出で、ぺこぺこ頭を下げながら言つた。

「実は支配人が、その竹谷はんが、いえ竹谷支配人が昨夜から急に悪うならはれましたんで、へえ、それはもう御承知のように永い間の病気でございました所へ、無理に無理を重ねられましたもんでございますので、へえ。それで入院やら何らで、飛んだもうえらい御無礼を致しまして誠にはやどうも申訳ございませんことで」

「うむ。で、竹谷が入院した後は誰がこの店を預つとるのや」

「へえそれがでございます。竹谷はんは昨夜はもうまるで譫言《うわごと》みたいなことの言続けでして、今朝はまたなんやかやと用がございまして、へえ、そのとんと放してもらえまへんので、ついこないにお店を開けときまして、へえ」

「いや、そんなことは訊いてやせん。竹谷に代つて、今この店の責任者は誰か、それを聞いているのや」

「へえ、それはその及ばずながら手前でございますが」

「君か、山田九蔵君と言うたな。では、これ」

真吾はそう言つて、治右衛門の手紙を九蔵に渡した。が九蔵にとつてはそのような恐ろしい手紙はどうでもよかつた。九蔵はその手紙を押戴くようにしながら言つた。

「いいえ、もう手前どもは、このような、ほんのなんでございまして……」

「違う。手前どもじやない。君はこの店の責任者ではないか。つまりこの福井店に関する限りに於いては、主人を代理しているのではないか。すればや、主人の命なき限り誰何人に対しても主人の権限を持つて臨まんければならんのだ」

「へい」

九蔵は返事をしてもつともらしくお辞儀を一つしたけれど、まだ手紙を見ようとはしなかつた。真吾は苦々しく微笑を浮かべながら言つた。

「解らん人だね。その手紙を読みなさいと言うのやが。第一その中に何と書いてあるか例えば君の給料を上げると書いてあるか、この真吾を打てと書いてあるか、何も解らんではないか」

九蔵は何か日頃の常識を逆撫でされているようで、この突然目の前に現れた恐しい無法人に対して何と言つて良いのか、何をして良いのか、まるで見当がつかなかつた。がともかく言わるるままに九蔵はやつと手紙の封を切つた。が勿論、こんな手紙など読まなくとも何も彼も解つていた。これがために毎晩あんな遅くまで大騒ぎをしたのではないか。そうして竹谷支配人はこのために到頭倒れてしまつたのではないか。九蔵は手紙を読み終ると、否、最早字など一字も眼に入らなかつたので、読終つたような風をして、また、

「へえ」とお辞儀をした。

「解つたか」

「へえ、いやもう良く承知しておりますので、へえ」

「承知しております、読んでみねば解らんじゃないか」

「へえ」

「へえ、て、そうじやろが」

「へえ、いえごもっとも、おおきにその通りで、へえ」

「どうも君のは朦朧たるもんやね。いやまあよし。それでは君、机一つ、椅子一つ、形はいかなるものでもよい。帳簿全部、それに最近の、いや十二月、一月、二月及び昨年の六月、十二月。一昨年の六月、十二月の棚下表計七部、出しておいてくれ。わしは一寸顔を洗って来る」

真吾はそう言って、鞄の中から手拭や石鹸を取出し、それを持ってずんずん奥の方へ歩いて行った。

「こちらで、その、へえ」

九蔵はあわててそう言いながら、真吾の後を追いかけて行った。

「怖いのやね」

「ぎくぎく理詰やで、聞いてるだけで、身体がこう棒鱈みたいに堅うなりよるな」

「ほんまにいな。流石のならこま屋はんも大分汗かいてくだはったわい」

「ほら一寸けつねやたのけの話みたい按配式にはいかんでな」

「ああ言う人には学校の生徒みたいのが、きっと良いのやぜ。わいは一つほいっでいってみたろ」

番頭達はそんなことを小声で言合つていたが、その彼等は皆真吾より齢上なのであつた。其処へ九蔵がいつになく真面目な顔をして、急いで引返して来た。すると一人の番頭が狡い笑顔で言つた。

「九蔵さん、ほんまに豆狸ていますのかいな」

「阿呆なこと言わんといてくれ。今日はほんな豆だのの話なんかしてられるかい」

芝居の真似事と馬鹿話の中にだけ生きているような、この九蔵と言う人は、山鳥が夜空を飛ぶ時にはきつとお尻に提灯を点していると言つてきかなかつた。また麦藁を永い間水に漬けておくと、柳どんじよになると信じていた。

「ねえ、ならこま屋はん、ほんな阿呆話してられまつかいな。なんせ今日からは、ほの、誰何人に対しても主人の権限で、なんしやはりまんのやがな」

一人の番頭がそう言うと、皆くつくつと声を忍ばせて笑つた。すると九蔵は世にも悲しい顔をして――否、最早それは滑稽な顔であつた――言つた。

「おい、ほんな暢気なこと言うてくれるない。もうわしのなんやら、先刻から宙に浮いとるのやがな。もうわしらこれやがな」

そう言つて九蔵は自分の首根を押えた。するとまるで何か恐しいものの足音を聞いたように、彼等は急に黙つてしまつた。殊に思わず調子に乗つて真吾の口真似をした番頭は、鬼を嘲笑つたもののみの知る、あの取返しようのない恐しさに襲われた。彼は子供のような悲しい顔をして言つた。

「悪うおました。つい口を辷らして。いや、いつもこの口がいかんのや」

こういう場合、このような素直な言葉というものは却つて聞く者の心に何かあまりにも露なものに触れたような堪えがたく切ない感情を起こさせるものなのであろう。誰一人それに答える者はなかつた。そうして皆は九蔵の後から黙々と机や帳簿類を奥の間へ運ぶのであつた。

真吾が奥の間の机の前に坐ると、番頭達は一人一人その前へ行つて恐る恐る挨拶をした。そうしてそれが済むと九蔵はまたしどろもどろになつて言つた。

「その実は竹谷さんが、へえ、もしその若大将がお着きになつたら、是非そのなんでございます、直ぐお目にかかりたいと、こうまあ言うてはりますのですが、へえ……いえ、それでほのこれからでもお出かけ願われますでしようか、願われませんでございましようか」

「うむ、行きもしよう。しかしわしは主人から命ぜられた用務を持つているのやから、それを終らぬうちは何処へも行くことは出来ん。そう伝えてくれ」

真吾はそう言つて机に向うと、昼食の時一寸休んだきりで、そのまま夕方まで一心不乱に算盤の玉を弾き続けていた。店の間では、帳面を取上げられてしまつた九蔵や番頭達が何することもなくただ徒に立つたり坐つたりしていた。殊に毎日あのようにはずんでいた馬鹿話が出来ないので、九蔵はもうすつかり悄気返つていた。そうしてそれは何か店全体が手持無沙汰なようであつた。この福井店は市内や近在の羽二重工場へ生糸を売捌いているので、来る客は皆機屋の親爺や仲買達であつた。が日頃は元気で無作法な親爺達も、今日は店の中に入つて来ると、いきなり心配そうに尋ねるのであつた。

「どうですな。竹谷さんは」

客の顔を見ると、番頭達はほつとしたように急に元気づき、口々に言つた。

「いや、おおきに。今朝方からずつと持直らはりましてな。へえ、お蔭さんで」

「けど大将、今日は一寸しつかりでつせ。商売は商売でつさかいな、一つどうです」

「いやいや、今日は商売じやないわ。竹谷さん、その後どうかと思てな」

「竹谷さんが入院されたてな。ど、どないしたんじやい」

中には呶鳴るように言いながら、飛込んで来る人もいた。そうして勿論商売どころではなかつた。

「して九蔵さんは病院行つてやせんのか」

「いえ、その先刻まで……」

「先刻までじやないわ。何をこんな所でまごまごしてるんじやい」

そんな風に、今日は一日中竹谷支配人の容態を案じて尋ねて来る客ばかりであつた。病院からは二三度電話がかかつて来た。が誰も病院へ行く者はいなかつた。夕方、九蔵は真吾の所へ行き、人の好い顔を精一杯に引緊めて言つた。

「あの御飯は、へえ」

「いえ、そのどちらかへお伴をでも、如何でございましょう」

「飯か。飯は喰べる」

「わしのためならよい。けど君達が行きたいのなら、行ってもよいがね」

九蔵はこういう場合、一体どうすれば良いのかもう訳が解らなかった。それで九蔵はただ一つお辞儀をして引退ってしまった。

翌朝、真吾は九蔵に案内させて、倉庫の商品を調べていた。高い窓から僅かに薄い光の差込んでいる二番倉庫の奥で、真吾が不図、そこに積まれてある生糸の梱に手を突くと、その途端に一番上に乗っていた木箱がかたんと小さな音を立てて動いた。その一瞬であった。この空しい木箱の音が総てを定めてしまったのである。見る見る真吾の眼は鋭く輝いた。真吾は九蔵に気づかれないように要心深く数を数える風をしながら、次ぎ次ぎに押してみた。すると積重ねられた箱はどれもぐらぐらと動くのであった。四列目から箱は最早微塵も動かなかった。軈て真吾は元の所へ引返し、まだ順々に押して行った。九蔵の方を振返って言った。真吾は思わず会心の微笑を浮かべながら、

「九蔵君、さあこれで済みだ。これから病院行きとしようかな」

九蔵はこの思いもよらぬ真吾の言葉に吃驚して、お辞儀ばかりしながら流石に嬉しそうに言うのであった。

「へえ？ 病院へ、これから、お出で願われますので。へえ、有難うす」

竹谷次郎兵衛は寝台の上で仰向いて寝ていた。が真吾の入つて来たのを知ると、静かに寝送りを打つて真吾の方を向いた。その痩せ衰えた顔に、さながら魂だけが活々と生残つているような初々しい微笑が浮かんでいた。真吾は次郎兵衛の前に行き、進められた椅子に黙つて坐つた。

「ようお出で下さいました。それに私がこんな身体になつてお迎いも出来ず、済まんことでございました。がまあ、大きうお成りになつて」

次郎兵衛は恰も子供に言うような優しい、しかし少しも感傷を帯びない、落着いた声で言つた。が真吾は一寸頷いたきり、一言も物言わず、じつと次郎兵衛の顔を見詰めていた。最早、眼窩は落ち、頬はこけ、唇の色はもう殆ど死んでいた。次郎兵衛も暫く黙つて真吾の顔を見ていたが、聽てまるで何事でもない普通の話をするような静かな調子で言出した。

「実は、もうお気付きでございましようが、私は飛んでもない無調法なことを致しておきますので。何とも申訳のないことです」

しかし真吾もまた少しも驚いた様子もなく、微笑さえ浮かべて聞いていたが、流石に真面目な顔になつて言つた。

「第二番倉庫の」

次郎兵衛は静かに頷いた。

「第五列以後の箱のことか」

次郎兵衛はまた頷いた。

「あれは風呂の焚付にするなり、いやまだしつかりしているようだから箱屋に売つた方がよかろう。だがその他にも、まだ合点のいかぬ点が多々ある」

「面目ない次第で。どうか御存分の御処置が願いとうございます」

「竹谷さん、所がそれは嘘だ」

「いいえ、まるで天罰の見本ですわい。実はあなたのお出でになるまでにと思いましていろいろ無理を致しました挙句が、つまりこの始末でございますのじや」

「いや、君の心中は解らんこともない。だがもうそんな古臭い人情は止めにしたらどうだ。心中立、最早そんなものはなんにもならん、いや、なんにもならんばかりやない。店のためにも、特に主人のためにはそれが一番害毒になるのや」

「何か、あなたはお考え違いをしておられる」

「何程、とぼけても、そんな誤魔化しは喰わん。尤もらしく帳面を誤魔化す振をしてみたり、また殊更自分の口からそれを言出してみたり、まあ病気だけはまさか仮病でもなかろうが、誰に習つたのか御丁寧に空箱を積んでみたり、いやはや御苦労さんやつたわい。しかし竹谷さん、それでも君はこの明々白々の嘘を何処までも押通す気か。すれば君には気の毒でも止むを得ずそれに対する処罪を取らんならん。君にも妻や子があるのや。こんな下らん人情のために、それは何という惨酷な、そうして意味のない犠牲だ。それこそ君のいう天の理に合わんではないか」

「わしは、一寸も誤魔化していん。わしは、ただ本当のことを言うて、お詫びしたのや。もとより、覚悟は致している。ああつ、今こそわしの心は極楽や。どうか、真吾さん、もうこれで御勘弁が願いたい」

「うむ、いかにも君の口からは言いにくかろう。よろしい、ではわしから言う。君はただ黙つて聞いてさえいればそれでよい。黙つて、よいか、黙つて。万事はそれで済むのだ」

流石に真吾とても若いのだ。真吾は突然立上り、次郎兵衛の手を取らんばかりにして、一語一語に力を籠めて言つた。

「竹谷さん。君はあの倉庫の空箱を、本当は兄貴から引継がされたんであろうが。その上、その当時の空箱の数は今の三倍近くもあつたであろうが。この福井店は君が引継ぐようになつてからは毎期利益を上げている。君はその度にその利益をあの空箱の中に詰め入れていたのであろうが。どうだ。その通であろうが。一体、君という人間が、例えどんな術を弄そうが、不正などの出来る人間か、人間でないか。不肖真吾、如何に若輩とは言えこの二つの眼は曇つていんわい」

真吾は青年らしく昂然と言切つた。がその真吾の言葉の終つた時、次郎兵衛は静かに首を左右に振つた。そうしてそのまま眼を閉じてしまつた。真吾は突然何者かにからからと嘲笑されたように思い、限りない人生の侮辱を感じた。

「螺蝶のような解らず屋だ。気のついた時には、一山十銭の類だ。忠義立、そんなものが今の時代に何の役に立つ。主人であろうが誰であろうが、正は正、不正は不正、それが真の正義なのだ」

「なんの、そんな御主人に正も不正もあろうものか」

次郎兵衛は眼を開き、息をはずませて言った。すると真吾もいつになく吐出すような調子で言った。

「こんなのがまだごろごろしているのだ。古臭い。息が詰りそうだわ」

「いやわしは、お気には召すまいが、もっと古臭いことを一つだけお願いしたいのじゃ。真吾さん、あなたはしっかりした御気性や、何も申すことはない。ただどうかいつまでも御兄弟仲良く、御老母様に御孝養をお尽し下され。これが次郎兵衛の最初で最後のお願でございます。この阿呆者の、今生せめてものお願でございます」

不意に寝室の裾の方で、九蔵の噎び泣く声が聴えて来た。真吾は聞くも忌々しげに、次郎兵衛に挨拶の言葉も言わず、憤然と部屋を出て行こうとした。が急に思返したように引返して、言った。

「竹谷さん、しかしまだ遅くはない。もし思返すことが出来たら結構や。直ぐ大阪の店の方へ報らせてほしい。電報でも、一本打ってくれればよい。では失敬する」

そう言って、真吾は店に帰ると、直ぐ俥を命じ、大阪へ発って行ってしまった。

B町にある大阪店は丁度夕方前の混雑に湧返つていた。店の前には大小莚造の荷物が既に檐近くまで積上げられ、数人の小僧や若い番頭達が口々に罵合いながら、縄を切るもの縄を引くもの、針を通すものなど、なおも荷造の最中であつた。店には大勢の客達の罵声や笑声に入交つて、番頭達の客を呼ぶ声や商品を照合する声々が騒々しく渦巻いていた。が奥の間には此処でもやはり例の息の詰るほど古臭さそうな連中が物静かに並んでいた。

一番奥の机に向つて、今ぱちりぱちりと算盤を弾いているのが、「いいえの庄兵衛はん」と言われている総支配人山田庄兵衛であつた。庄兵衛は勿論、長平や次郎兵衛のように頑固でもあつたけれど、それにもまして執拗であつた。彼が一度「いいえ」と言出した以上、それはまるで「石崖の間に入つた蛇のように」誰がなんとしても、彼の説を曲げさせることは出来なかつた。が彼の田舎の家には九人子供があつた。殊に昨年九番目の子供が生れた時には、流石口さがない店の連中も啞然と驚入つてしまつたほどであつた。その庄兵衛の次ぎに、でつぷり太つた、太鼓腹を突出してゆつたり敷島の煙を吐いているのが支配人平四郎である。彼は酒のために今になつても殆ど何の貯もないであろうと言われているような、豪放無頼な酒徒で、腹の太い、極めて磊落な人であつた。が彼はまた一面、非常に感じ易い性質を持つていた。ある夏のこと、平四郎の腕に一匹の蚊が血脹れになつてとまつていたので、それを見た若い番頭が蚊を打とうとすると、平四郎は狼狽ててそれを押止めながら、

「おお、おお」と言つて、その蚊を逃がしてやつたのであつた。そんな性質の彼は、それ故小

僧達にまで「うちの西郷はん」と言われて、親しまれていた。その横の机の上に臂を突いて、その上に顎を突出して乗せたまま、何することもなく眼を開いたり閉じたりしているのが、仕入係長の六之助であつた。彼は貧しい家に生れ、あらゆる辛酸を嘗め尽して今日の地位を築上げたのである。それ故彼はこの世の中に何恐るるものもなく、何憚るものもなかつた。彼は彼の目的のためには、何の情容赦もなく――否、情とはどんなものであるかを彼は知らなかつたのだ――手段をさえ選ばなかつた。そんな余にも辛辣な彼の遣方は、取引先の人達には勿論、店の連中にまでひどく評判が悪かつた。が彼はまた、まるで糸の中から生れて来たような人間であつた。殊にその柄組に致つては機屋も及ばぬ天賦の才を持つていた。彼は彼にも似ず草花を非常に愛好していて、その天然の色調の不思議に屢〻歎息の声を発していた。庄兵衛と向合つて、金庫を背にして坐つているのが、ただ律義一点張で今日まで勤上げて来た与市であつた。そうして彼と並んでもう一人の帳簿方、芳造が坐つていた。が彼等は、今真吾が着いたという番頭の知らせに驚いて、一斉に立上つた。そうして内玄関に立並んで真吾を出迎えた。真吾は軽く会釈をしながら、悠然と外套を脱ぐと、直ぐ支店長室、即ち悌三の部屋に案内された。がその時丁度悌三はその部屋にいなかつた。番頭達は、京都店で真吾とは既に顔見知の庄兵衛の紹介で更めて順々に挨拶をした。

が真吾はその挨拶の終るのを待兼ねたように言つた。

「悌さんは」

「おいでてございますんですけど、一寸何処かへ。直ぐお知らせしてまいります」

そう言つて六之助が急いで部屋を出て行つた。悌三の紫檀の机の上は綺麗に整頓されていて、塵一つ散つていなかつた。硯箱も水差も算盤も、皆きつちりと真直ぐに置かるべき所に置いてあつた。そうしてその机の真中に「田舎源氏」が一冊置かれてあつた。

「一寸、徒をしていたのでね」

そう言いながら悌三が六之助と一緒に入つて来た。

「暫く。用事だつたん」

「いんや、一寸本箱を造ろうと思てね」

「本箱？　造るの」

「ふん、板を焼いてね、やると、手製やけど節痕なんか出てね、一寸面白い味のあるもんが出来るんや。出来たらまあ見とくれ」

「相変らず、悌さんやね」

「ふ、ふん。いや、時に今度はえらい御苦労やそうやね」

「なあに。まあ、辰二郎やないが、われほう冷やかすない」

「いんや、なかなか御苦労さんや。けど、どうや、今日はこれから何処かへ飯でも喰いに行こうか。君の都合はどうか知らんが」

悌三はそう言つて、帯の間から時計を出して見た。すると真吾はいつになく素直に言つた。

「そうか、じゃお伴しましょう。一寸あんたに話したいこともあるし」

「じゃ、芳さん、すまんが俥を二台、そう言うていな」

そうして暫く皆と雑談していたが、聽て俥が来ると、真吾は始めて普通の兄弟のように悌三と肩を並べて出て行つた。

翌日も真吾は非常に機嫌が良かつた。朝、悌三は微笑しながら言つた。

「しかし、何か帳面でも出させようか」

「そんなもん、もうよいがな」

が、真吾はそう言つて、帳簿一つ調べようともせず、何か興味ありげに店先にばかり坐つていた。呉服部、木綿部と並んで洋反物部にはキャラコやポプリンやトブラルコなどの広巾の反物が積まれてい、当時はまだ内地製品は少なかつたので、ネルなどもイタリヤ（註、伊太利産の下級の綿ネル）、フランネル、英ネルなどと呼ばれていた。また時々、川口筋の支那人などが片言交りの日本語を喋りながら入つて来ることもあつた。街には日報屋が飛走り、洋服を着たブローカー達が伊達に俥を走らせていた。そのような活々として総ての空気が、若い真吾には何か新しい時代の波が、既にこの店先にまでひたひたと漂寄せているように思われ、真吾の胸に、さながら波打際に立つて大洋を望むような激しい青年の決意が湧上るのであつた。

午後、真吾が店先に坐つていると、小僧が一通の電報を差出した。真吾はにやりと会心の笑を浮かべながら、その電報を開いた。がそれは意外にも次郎兵衛が死んだという通知であつた。

真吾は丁度其処へ同文の電報を持つて驚いて出て来た悌三の顔を見上げながら憎々しく言つた。

「人情悲劇、主従美談、前巻の終や」

「ひどいことを言うね」

そう言つて呆れたように立つている悌三の肩を、真吾は突然ぽんと叩くと、そのまま、種々の報告や福井店のその後の処置の相談のために、急いで六甲の別荘へ治右衛門を訪ねて行つてしまつた。

11

晋は庭の池の水際に立つて、鯉に麩をやつていた。晋が麩を投げると、鯉は大きな口を開き、重なり合つて麩を追つて行つた。そうして瞬くうちに激しい水音を立てて食つてしまつた。が時々鯉達は麩を見失い、まるで反対の方へ口を列べて押合つて行くこともあつた。そんな時、始めのうちは晋は独り心の中で手を打つて面白がつていた。が、その鯉達のあまりにも一生懸命な顔をじつと見ていると、晋は急に鯉達が堪らなく愛おしくなつて来、急いで鯉達の押合つて行く方へ新しい麩を投げてやるのだつた。

築山には沢山の楓樹が滴るような新緑の枝を重ね、池の面は染つたように碧い。その築山の頂近く、晋の曾祖父、先々代治右衛門が獅子岩と呼んでいた大きな岩が池の方へ突出ていた。大きな瘤を付けた数条の藤の枝が岩の上を縺《もつ》れ絡み合いながら這上り、岩の肩のあたりにぐると一とまき巻着くと、そのままだらりと池の上に垂れ下つている。その藤の枝の若葉若葉の間には早三四寸も伸びた蠟細工のような花房が薄紫の色を漂わせていた。庭一面、天鵞絨《ビロード》を敷詰めたような青苔の上を、赤や黒の御歯黒蜻蛉が飛んでいる。花々の甘い香を含んだ微風の中に虻の羽音が物憂く響いている。樹々の若葉に、池の面に、陽は麗かに照り、今にも遙か遠くの方からしやらりしやらりと春の囃子の音も聞えて来るような、そんな春の日の午下り。何処からともなく白い花びらがひらひらと舞い散つて来た。晋は無心に麩を投げていた。がその晋の手には最早小さな麩のかけらが一つ残つているばかりだつた。晋はそれをぽんと投終ると、何かほつとしたような微笑を浮かべながら其処に蹲つた。

不図見ると水面に、数匹の目高が円くなつて、白い花びらをつんつん突いていた。晋は膝の上に零れていた麩の屑を指に摘み、そつと水の上に落した。目高らは驚いて一寸の間水の中に沈んだが、直ぐ一匹二匹と浮き上つて来、かたみに麩をつつき出した。

「よう知つてよる！」

不図そう思つた瞬間、晋は何か言いようのない感動に襲われた。そうして、その感動があまり大きかつたので、それが少しばかり意地悪なことであることには気もつかず、或る素晴らしい実験を思いついた。晋は膝の上や足もとに落ちている小さい麩の屑を丹念に掌の上に拾い上げた。そうして枯れた檜の葉屑や、そんな軽く浮きそうな塵と一緒にそれを水の上に撒いてみた。すると目高らは思つたよりも大きな口を開き、巧に麩の屑ばかりをつついつと吸うようにして喰べて行くのであつた。思わず、晋は深い吐息を洩らした。白い花びらは重そうに縦になつて水面に浮んでいる。が目高らは最早振向こうともしないのだ。すれば先刻まで目高らがその白い花びらをつついていたのは、決して自分達の食物と思い間違えていたのではないのだ。目高らは遊んでいたのだ。何か人間などの思いもよらぬ楽しい楽しい空想に耽りながら、何の故もなくただうつらうつらと白い花びらをつついていたのではなかろうか。此の思いつきは晋を幸福で有頂天にしてしまつた。晋はいつの間にか腹匐になり、さながら自分も目高らと一緒に遊んでいるかのようにうつとりと水の面を見詰めていた。晋は何気なく顔を水面に近づけると、今まで青い空を眩しく映していた水の中がどうしたはずみにか泥を沈めた水底まではつきりと見られるようになつた。そうして丁度数匹の小蝦が脚のような尾鰭を車輪のように速に動かしながら、悠々と並んで泳いで行くところであつた。晋は何か例えようもない珍しいものを発見したかのように目を丸くして水の中を覗き込んだ。よく見ると、泥の上には蟹が一匹、頻に赤い鋏を振動かしている。岩には小さな川沙魚が胸鰭を拡げて何匹もとまつている。不意に、鋏を持つた土色の変な虫が大きな頭を下にして、長い脚をもじやもじや動かしながら泳いで来た。

「あんな奴まで出て来よつたがな」

晋は思わず首を縮め、顔を慄わせて微笑した。こんな水の中にこんな楽しい世界があつたのだ。晋は今このような思も寄らぬ面白い遊び場所の見付かつたことが、もう無性に嬉しかつた。

こんどはどんな奴が出て来るであろうか。晋は子供らしい飛び離れた好奇心に胸をはずませながら、また一心に水の中を覗き込んだ。

「晋さん、ほんなとこで何してるのや」

不意の人声に、晋が驚いて振返ってみると、そこにこの間新しく来た金太郎という丁稚が竹箒を担いで立つていた。晋はあわてて立上り、ぱつと顔を赤く染めながら細い声で言つた。

「浮んちよ（目高）見てましたんや」

金太郎は血色のよい赤黒い顔に、大きな目玉をぎよろつかせながら、怪訝そうに身分卑しい微笑を浮かべて言つた。

「へえん。浮んちよみたいもん？　ほんなもんが面白いのか」

晋は何とも答える言葉もなく恥しそうに伏し俯向いた。金太郎は暫くじつと晋の顔を見まもつていたが、何か思切つたように一寸あたりを見廻してから、急いで晋の方へ顔を寄せ、口早に囁いた。

「あのな、晋さん、お父つあんにな、わしのわる口言わんといてな」

思も寄らぬこの金太郎の言葉を聞いて、晋は不意に何か白い紙を穢されたような不快、否むしろ言いようのないあまりな恥しさで、身体中がかつと熱くなるのを感じた。が晋はやつとの思で顔を上げ、消え入るようなかぼそい声で答えた。

「ほんなん、ほんなん、言いしまへん」

「きつとやほん。な、頼むさかいほんまに言わんといてな」

金太郎はそう言うと、流石にあの倣岸無頼な顔にも一瞬、泣くような物哀しい微笑が浮んだ。がその瞬間、金太郎は突然くるりと身を飜したかと思うと、一散に向うの方へ駆去つて行つてしまつた。

ついこの間まであれほど怖しかつた金太郎ではなかつたか！　それがまたどうしてあのような恥しいことを言つたのであろうか。晋は少年の心ではどうしても測り知ることの出来ない、大人の世界の何か物怖しいような不思議にはたと閉ざされてしまつた。晋は金太郎の走り去つた後を何見るともなくただぼんやり見送つていた。

金太郎は学校中の暴れ者であつた。彼はいつも数人の手下を引連れて、傲然と胸を張つて学校中を歩き廻つていた。金太郎は背はあまり高くはなかつたが、肩幅は広く、腕には力瘤が盛上つてい、何より恐しいことにはその赤黒い顔に見るから残忍そうな眼がぎらりと光つていた。生徒達はどんなに遊びに夢中になつている時でも、そのような金太郎の姿が近寄つて来るのを見とめると、直ぐこそこそと片隅に逃げ集つてしまうのである。が、生徒達がこんなに金太郎を恐れ警めているにもかかわらず、殆ど毎日のように二三人の犠牲者があの恐ろしい金太郎の手に首筋を摑まれ、悲鳴を上げながら引摺り廻されるのであつた。其の上、この非道な金太郎は時には先生にさえ腕を振上げて手向つて行くこともあつた。勿論流石の金太郎も先生にはかなわなかつた。金太郎はいつもその無法な争いの後、先生に手を厳しく捻上げられ、襟首を摑まれて教員室へ引張られて行くのであつた。がそんな時でも金太郎は決して悲鳴など上げなかつた。さも無念そうに歯を喰縛つていたが、時々顔を上げ、遠くの方からこわごわ首を伸してこの恐しい有様を見ている生徒達の方を向いて、にやりと不敵な笑いをさえ浮かべるのであつた。そんな時金太郎はいつまで経つても教員室から出て来なかつた。金太郎がいなくなると、生徒はそれがため却つて秩序が乱れたかのように一時にどつと騒ぎ廻つた。が、翌朝、生徒が学校へ行つてみると、金太郎はまたいつものように新人の子分を引連れて、学校中を我もの顔で歩き廻つているのであつた。晋もこの金太郎には、二度ばかりもう言いようもないほど恐しい目に遇わされたことがあつた。

一度は晋が学校へ上つて間もない時のことであつた。晋が講堂の片隅にまだ友達もなく一人しよんぼりと立つていると、不意に三四人の六年生がどやどやと晋の前に現われた。そうして背の高い一人の生徒が何事かと打驚いている晋の鼻先へいきなり拳骨を突きつけて言つた。

「おい、分限者の子やおもて威張つててみやがれ。こいつを一つぽかんとお見舞申すほん」

その生徒は又七という村の魚屋の息子であつた。又七はそう言うと、口許にいつも白いあれのある大きな口を開いて、拳骨に噛みつくばかりにはつと息を吹きかけた。晋はじつと又七の顔を見上げていた。こんな恐しい人達に何の抗うすべなどあろうか。少女のような孅い晋の顔にはもう何事も観念したような白く空しい翳が漂い、それ故にまた一層美しくさえあつた。が流石一心に堅く引結んだ口許には言い知れぬ不幸が籠つていた。

「ほうよい、こいつすましてやがるやないかい、ほんまにごつんとやつたろか」

また、別の生徒がそう言つた。いつの間にか大勢の生徒達が晋の廻りを取囲んで、いかにも面白そうに眺めていた。晋はただそれだけが悲しかつた。何一つ悪いことなどした覚えもないのに何故自分だけがいつもこのような非道な目に逢わなければならないのであろうか。章石の時もそうであつた。あの時も郁子垣の下でただ砂遊びをしていただけであつたのだ。それなのに章石はあのようた恐しい顔をして摑みかかろうとしたではなかつたか。人々は大人も子供も二つ目には「分限者の子」「分限者の子」という。分限者というものはそんなに悪いものなのであろうか。がそれとても自分の知つたことではない。若しや自分の身体の中には何か目に見えぬ恐しいものが潜んででもいるのではなかろうか。そうしてそれが自分の何も知らない間に、これ程までに人々から憎まれねばならないような恐しい罪業を絶えず何処かで積重ねているのではないだろうか。そうだ。それに違いないのだ。それ故にこそ、春秋の彼岸会に寺の御堂に掛けられる地獄の御絵が自分だけあのように怖いのだ。お石様が怖いのだ。お石様というのは村外れの稲荷社の石段の上に並んでいる二つの大きな巌である。若しも罪深い人間がその間を通ろうとすれば、巌は忽ち相寄つて、その人の姿は二度と再び此の地上には見ることが出来ないと言われている。嗚呼、このような惨らしい報がまたとあるであろうか。思うてもみよ、あの大きな巌がさながら生きもののように音もなく動き出した瞬間を！　晋にとつてそれは最早想像を絶した、思うだに身の毛もよだつような恐しい真実であつた。それ故に多くの村の子供達の中で悲しくも晋ただ一人だけ、一度もあの巌の間を通つたことがないのであつた。嗚呼、これこそ祖母から聞かされた数々の怖しい話のように前世からの因果なのではなかろうか。

「どうか悪いことをしませんように」

ただそれだけ、晋は繰返し繰返し朝夕仏様に念じている。——が、私の罪はもつともつと重いのだ！

「あかん」

晋は最早魂が抜けてしまつたようにぽかんと口を開き、痴呆のように立つていた。その顔はただいたずらに白かつた。

「こいつか」

大人のような強い声に晋ははつと我に返つた。其処に金太郎が立つていた。晋は思わず顔を背けた。金太郎は赤鬼のような顔に気味悪い薄笑をさえ浮かべながら、じつと晋を見据えているのである。晋は最早何を考える力もなく、ただ痺れるような肉体の恐怖にぶるぶる身体を慄わせていた。

「白い顔、してけつかるな」

金太郎は意外にも静かな声でそう言つた。が、その途端、不意にぱつと晋の顔に唾を吐き懸けた。

「ふ、ふん」

金太郎は暫く晋の顔を見ながら笑つていたが、不意に、

「さあ、行こ。又公来い」と言捨てると、また悠然と胸を張つて歩いて行つた。

「やつたらへんのか」

「やつたろまいかい。なあ、金太やん」

そんな又七達の声や、取囲んでいる生徒達の嘲笑の声々を聞きながら、晋はじつと伏し俯向いていた。そうして永い時間が経つたように思われた。生徒達はまたもとのように嘻々として戯れている。不意に晋の黒い睫の間から、涙がぽろぽろと零れ落ちた。が、泣かない、泣かない、泣きません。晋は一心に耐え忍びながら、額に懸けられた唾を静かに袖で拭つた。

それから一と月ほど経つた或る日、それは五月の美しい日のことであつた。昼の休みの時、晋達は運動場で滝先生という受持ちの女の先生を取囲んで遊んでいた。丁度晋が滝先生の手にぶら下つてぴよんぴよん跳上つていた時、晋は不図向うからこちらの方へ歩いて来る金太郎達の姿を見たのであつた。晋は何か悪いことでもしていたかのように、あわてて先生の手を離すと、いそいで先生の側から離れようとした。が、滝先生はにこにこ笑いながら、両手を拡げて晋の後から追駆けて来た。そうして晋に追着くと、先生は後からかき抱くように晋の小さい身体を袂に包んでしまつた。晋はその先生の手を払退けようと、袂の中で一生懸命にもがいていた。

「離しませんよ」

滝先生は笑い声でそう言いながら、晋の身体をしつかりと抱押えようとしたが、晋があまり激しく本気になつて逃げようとするので、不思議に思いながら手を離した。がその時、金太郎は恐しい顔をして二人の前に立つていた。

「チェッ！　穢いことしてやがる。なんやい、分限者の子やおもて、贔屓するない」

金太郎は滝先生の顔をぐつと睨みつけながら、胸を張り顎を突上げて言つた。が、滝先生は静かな声で言つた。

「先生は少しも贔屓などしませんよ」

「贔屓や、贔屓や」

「ほれが贔屓やがな」

金太郎の後から数人の生徒達が口々に言いたてた。

「なんやい。出た、出たここが」

一人の生徒が突然片手で自分の額を叩きながら、憎々し気に口を尖らしてそう言つた。皆は一時にどつと笑いながら囃立てた。

「ほうよい。出た、出た、ここが」

「出た、出たここが。出た、出たここが」

滝先生の束髪の庇髪はいつもふつくらと突出ていたからである。滝先生も流石に苦笑して言つた。

「しようのない人たち」

が、金太郎だけは先刻から不機嫌に押黙つて、じつと滝先生の顔を睨み続けていた。その金太郎の眼は、水に濡れた燐のような光を帯び、その口は何か耐え難い憎悪を忍んでいるかのように引曲つていた。

「だいたいこいつが生意気なんや。やつたろまいかい」

癇癖の強い、それ故金太郎についで生徒達から恐れられている外吉という生徒が不意にそう叫びながら、腕を上げて晋の方へ迫つて来た。

「何をするのです」

滝先生はきつとなつて、外吉の前に立塞がつた。

「なんやい、なんやい」

外吉は「噛み犬」という綽名のように、もう無茶苦茶に両手を振り動かしながら突進んで来たが、滝先生に阻まれて、それ以上どうすることも出来なかつた。滝先生は美しい張りのある声で激しく言つた。

「あなた達はいけない人です。こんな小さい人達を苛めるなんて、ほんとに卑怯な人のすることです」

「何を！」

その時であつた。金太郎は一声低く唸るように言うと、不意に滝先生の腰の辺に飛びついて行つた。先生は不意を襲われて思わず二三歩後によろめいたかと思うと、何か言いようのない表情を浮かべながら、どつと後向きに打倒れた。紫色の袴の裾が散り、赤い下駄の鼻緒と白い足袋を履いた美しい足とが目に沁みた。が、その瞬間、先生はぱつと顔を赤く染めながら、必死の素早さで、袴の乱を押えた。ああ、何というその女らしさ。何というその悲しさ。晋は一瞬はつと眼を覆いたいような感情に襲われた。がその感情は聽て切ない余韻を曳いて、晋の心の中に沁入つた。

女とは何故こうも悲しいものなのであろうか。先生さえも矢張女だつたのだ。その故にこそこんな悲しいことが起るのだ。嗚呼、美代もきつとそうであつたに違いない。人々は晋の養父《ちち》のために死児を産まされたのだと言う。が晋にはそれが何のことであるか解らなかつた。が、今こそ美代の受けた悲しみの何であつたかを知つたのだ。否知つたのではない感じたのだ。今までただ恐怖と悲哀の中に秘められていたあの美代の悲しみを、瞬間、晋は匂のように生々しく感じたのであつた。がそれにしてもあのように敬い慕つている先生さえも……滝先生は直ぐさま立上り、最早先生としての威厳を取戻した、心持美しい怒をさえ含んだ表情で、今にも機を窺つて再び飛掛ろうとしている金太郎を静かに見下していた。が、晋は何かただ一人波のまにまに揺られているようであつた。そうしてその放心したような晋の頭の中に、あの瞬間の紅い下駄の鼻緒と、足袋をきつちりと履いた先生の白く太つた足首とが無惨にもまざまざと浮上り、悲しくて悲しくてもうどうしようもないのであつた。

晋にとつてはそんなに恐しい金太郎であつた。その金太郎が晋の家へ丁稚に来たのである。それはこの四月始めの或る日のことであつた。晋が学校から帰つて来ると、父らしい人に連れられた金太郎が、多くの新しい丁稚達と同じように、木綿縞の着物に、仕立下しの小倉帯の結手をぴんと押立てて、中庭の玄関に腰かけているのであつた。晋の姿を見ると、草鞋履きに、尻紮げを下した着物の裾から紺股引を覗かせた父らしい人はいきなり立上り、びつくりして思わず立停つた晋の前にぺこぺこと頭を下げた。その上金太郎までが立上り、流石に一寸気恥しそうな微笑を浮かべながらも、丁寧にお辞儀を一つしたのであつた。晋はもうどうしてよいか解らなかつた。晋は夢中になつてお辞儀をすると、逃げるように二階の勉強部屋へ駆上つた。

先生にさえ手向つて行つた金太郎ではないか。どうして祖母や番頭の仁平など年寄達の言うことなど聞いていよう。嗚呼、今にまたきつと恐しいことが起るであろう。晋は最早金太郎と顔見合わすさえ何か恐しいように思われるのであつた。が金太郎はその日から他の丁稚達と少しも変ることなくまめまめしく立働いていた。

「ほれほれ、誰や。勿体ない、ほんなにお醤油かけて」

そんな風に一々口喧しく祖母のおとさに叱られながら、朝薄暗い間に朝御飯をすますと丁稚達は手を別けて洋燈や火鉢や煙草盆の掃除をするのである。昼は男衆の政吉や、あのお人好の久助にまで呶鳴られながら、庭掃除や草捲りの手伝であつた。夜は店の間で仁平の前に古風な手文庫を並べて、読み、書き、算盤の稽古が始まるのであつた。

「御破算願いましては……ぼん」と仁平は煙管を灰吹に叩きながら、ゆつくり言うのである。「一円五十三銭なあり……ぼんぼん、じゆうじゆう」とこんどは身体を曲げて煙管の脂を吹く。そうしてまた新しい煙管につめながら、

「続いて二円八十八銭也一円六十七銭也大きく十七円とんで五銭なありい……」と、また煙草に火をつける。

そんな風に仁平の算盤の稽古は、女中達までが「ほらまた始まつたほん」と袖を引き合うほど暢気なものであつた。が、金太郎はいつも黙々と、否何か深く決する所があるかのように熱心に、顔中活々とさえ見えるほどであつた。従つて家中での金太郎の評判は非常によかつた。

一体、何があれほどの暴れ者だつた金太郎を、こんなにまるで生れ変つたように変えてしまつたのであろうか。晋はそれが不思議で不思議でたまらなかつた。が、それは金太郎ばかりではなかつた。又七もそうであつた。或る日、又七が風呂番の時、無精をして落葉を燃さず、薪を多く使つたと言つて、おとさに皆の前で激しく叱責されたことがあつた。が、又七は一言の口答えもせず、ただじつと俯向いて、眼には涙さえ浮かべながら詫入つていたではなかつたか。

殊に定吉のことを思うと、晋は何の故とも解らないままに、ただ言いようのない心苦しさに胸が迫るのであつた。上田定吉は村の模範生徒であつた。定吉の家は貧しく、その上母は長い患いの床に就いていた。が定吉は学業は勿論優等であり、家では父を助け、弟妹達の世話をよくした。殊に弟の手を引き、妹を負つて、毎日のように母の薬貰いに通う定吉の姿は、流石口

さがない村人達の口をも噤ませた。そうして彼等はただ自分達の子供を叱る時にだけ、きまつたように「定吉やんを見てみい」と言うのであつた。晋は、いつも口を堅く引結び、じつと一と所を見ているような、それでいて時には運動場で相撲を取る時など莞爾と笑いながら金太郎にさえも負けることのない男々しい定吉の顔を何か近寄り難い畏敬の念を持つて始終打眺めていた。定吉は卒業の時、その善行を郡長から表彰された。晋はその卒業式の光栄をいつまでも忘れることが出来なかつた。

「本日茲に生等のために盛大なる卒業式を挙げらる。生等の光栄何物か之にしかん……」

定吉の透き通るような声が凛然と講堂中に響き渡つた。晋は身慄いするような緊張感に打たれながら、この栄ある定吉の姿を一心に見詰めていた。が不思議なことには、聴て定吉の声は次第に行止まり行止まり、到頭激しく打震えて来るように思われた。

「今や懐しき母校を去るに臨み、万感胸に迫りて……言う所を知らず。唯謹んで諸先生の……」

定吉は最早それ以上言うことが出来なかつた。不意にあちらからもこちらからも歔欷の声が悲しくも美しい感情の泉のように湧起つた。男の先生達は静かに顔を伏せている。女の先生達は早半巾で眼を覆うている。晋も何故知らず、急にしみじみと眼がしらの熱くなつて来るのをもうどうすることも出来なかつた。が、その時、定吉の一句一句振絞るような声が聞こえて来た。

「卒業生総代土田定吉」

が、嗚呼、その定吉までが晋の家へ丁稚に来たのである！　晋はもう定吉の顔を見るさえ恥しかつた。晋は何か自分が悪いことでもしているかのように無性に切なく、心苦しかつた。

「なんでまた、あんな強い人やら、丁稚みたいもんにならはつたんやろ」

然し如何に考えても考えても、晋にはどうしても解らないのであつた。

「なんでやろ。なんでやろ」

晋は最早目高など見たくはなかつた。家の中へ帰ろうか。家の中には今日六甲の別荘から帰つている父が特に不機嫌で、また何か悲しいことを叫ぶであろう。裏へ行こうか。裏には丁稚達がいるようだ。晋はどうすることも出来ず、ぼんやりと立つていた。その時、向うの梅林の方からがやがやと人声がし、久助をまるで学校の先生のように先頭にして、定吉や金太郎や又七等十数人の丁稚等が、手に手に箒や熊手や塵取などを持つて列んで来た。久助は晋の姿を見とめると、顔中崩れるような笑いを浮かべながら、大きな声で言つた。

「晋さん。なんぞいますかな」

晋は、皆こちらの方を向いてにこにこと笑つている丁稚等の顔を見ながら、あの人等が京都や大阪や東京の店々へ行くのはいつ頃だろう、そうして誰が一番先きだろう、などとただもうぼんやりとそんなことを思つたりしていた。

12

或る日、晋は信太郎という友達と遊んでいた。信太郎の家は百姓家で、道路に沿つた表の入口の所に自然石の五六段の石段があつた。晋はそれが非常に珍しかつた。

「わしらここから跳べるわ」

信太郎はそう言つて一番上の段からぴよんぴよんと跳降りた。が晋には何か危く思われたので、晋は石段を汽車の線路に擬え、

「おつ！　おつ！　おつ！」とさも勇ましそうに言いながら、両腕を汽車のピストンのように動かして、石段の上を上つたり下りたりしていた。

「何して遊ぼ」

「何しよ」

単調な遊びに、聴て倦きてしまつた二人は石段の上に腰を並べて坐つていた。一匹の黄色い蝶がひらひらと舞上つて行つた。信太郎の家の裏は、直ぐもう畑だ。吹くともない春風がたえず菜の花の甘い香を漂わせていた。

其の時、不意に向うの街角から一台の人力車が現れた。続いて二台三台四台、五台もの人力車が列んでこちらの方へ走つて来た。二人は驚いて、思わず眼を見張つた。俥は見る見るすさまじい車輪の音を響かせながら、次ぎ次ぎに二人の前を通り過ぎて行つた。晋はあまりのこと

に吃驚して、ただ呆然と見送つていた。が不図、俥に乗つている人々の顔が何か見覚えのあるようにも思われた。が勿論そんなことのあろうはずはなかつた。晋は時々このように知らない人の顔を知つているように思つたり、知つてる人の顔を知らないように思い違うことがあつた。そんな場合、晋はいつも、悲しくあせればあせるほど、丁度夢とも現ともつかぬ、あの眠りの前に味わうような一種言いようのない不安に襲われるのであつた。晋はただぼんやりと石段の上に突立つていた。

「あつ！　おつさんや」

突然、信太郎が夢から覚めたように叫んだ。そうして眼をまん円くして、晋を見上げながら言つた。

「あのな、あのな、ほれ、健ちやんとこのおつさんや」

「ほうか」

信太郎は最早一散に駆出していた。晋も思わずそんなことを言いながら、信太郎の後を追駈けた。俥は向うの方をぐんぐん走つていた。そうして軈て石橋の上を左の方へ曲つて行つた。

「晋さん。人力な、おまはんの家へ行くんや」

「なんで？」

信太郎はまた不意に立停り、息をはずませながら言つた。

「きつと、ほら、きつとやほん。おつさん帰らはつたんや。行こ。早う行こ」

二人はまた駆出した。石橋を渡り、新家の前を右に折れて、二人はやつと晋の家の門の前まで走り着いた。が、門前には五台の空俥が梶棒を下して並んでいるだけであつた。二人は何かもつと大切なものを見失つたかのように、うろうろと空の俥を眺めていた。間も無く、車夫達が小門をくぐつて出て来た。そうして、暫く汗を拭いたり、煙管を銜えたりしながら、思い思いのことを言合つていたが、驄て梶棒を上げてそれぞれに帰つて行つてしまつた。二人は先刻から物を言わず、固く閉ざされてある大門の前にただぼんやりと突立つていた。が信太郎がやつと思出したように、元気のない声で言つた。

「な、わしの言うた通りやろが」

「……」

晋は一体今どんなことが起つているのか、また自分は何をしているのか解らなかつた。そうしてすつかり途方に暮れていた。が信太郎はつかつかと小門の方へ歩み寄つて、一寸晋の顔を窺つてから、思切つて門の中を覗いてみた。邸内は何の物音もなく静まり返つてただ土蔵の白壁に陽が閑々と照り映えているばかりであつた。信太郎は不意に物怖じたように急いで顔を引込め、ちつらと晋の顔を見ると、一瞬少年らしい切ない微笑をほんのりと浮かべた。

「どうしよ」

晋は何と言う言葉もなく、急いで同じように言つた。

「どうしよ」

がその時、信太郎は突然素晴らしい思付きに声をはずませて言つた。

「あつ、ほや、健ちやんとこへ言うてこ。な、健ちやんとこへ言うてこ」

晋は黙つてただぼんやり信太郎の顔を打眺めていた。

「な、言うてこ。晋さんも一緒に言うてこ」

信太郎はそう言つて、晋の肩を組んで一人で走り出そうとした。それ故、晋も仕方なく走り出した。

「健ちやん遊びにお出でやす」

「健ちやん遊びにお出でやす」

健三の家の門の前に立つて、二人は一心に声を張上げて健三を呼んでいた。健三は信太郎の従兄で、五年生であつた。軈て裾の短い紺飛白《こんがすり》の着物に、黒い兵児帯をきちんと締めた健三が、手に少年雑誌を持つたまま出て来た。すると信太郎はいきなり健三の手を取らんばかりにして、口籠り口籠り言うのであつた。

「あのな、あのほれな、健ちやん、おまはんのな、お父つあんがな、帰つて来やはつたんや。ほしてな、お父つあん、今、晋さんの家にいやはるのや。ほんでな、二人でな、走つて来たんや。来てみ、健ちやん、早う来てみ、ほんまやほん」

暫く健三は呆気に取られて立つていた。が最早信太郎は晋と肩を組んでまた走り出してしまつていた。それで健三は寸時訝しげにためらつていたが、軈て雑誌を懐に入れると、流石に心をはずませて足早に二人の後を追つて行つた。大通に出ると、信太郎はまた大きな声で言つた。

「健ちやん、ここから行かはつたんや。俥に乗つて。な、晋さん、五台も俥列んで通つたがな」

しかし健三は一寸微笑しただけで、何とも答えなかつた。健三は信太郎達とは少し離れて、始終黙々と歩いていた。間もなく、三人は晋の家の門の前に来た。が大門は以前のままぴつたりと閉ざされてい、門の中は人の気配もなく静まつていた。信太郎は再びそわそわと狼狽てだした。

「俥屋さんの帰らはるの、見たんや。五台あつたわ。な、晋さん」

信太郎はそう言つて、恥しいような悲しいような、そうして到頭まるで泣出しそうな微笑を顔中に浮かべた。が不意に晋の手を取つて、細い声で言つた。

「な、な、晋さん、中へ入つたらいかん?」

晋は瞬時はつと当惑した。こんなに大勢の客があるのに、家の中でうろうろ遊んでなどいようものなら、あの祖母はきつと口喧しく叱るに相違ないのだ。そうでなくとも、日頃からこの家の中には、こんな広い家の中に、子供達の遊ぶ所とてはなかつたのだ。がこの場合晋はどうして信太郎の言うことを拒むことが出来よう。

「ほんなん、かまへんが。来」

晋はそう言いながら、思わず健三の方を見た。すると信太郎も目をくりくりと輝かせながら健三の顔を見上げた。今まで二人から離れて向う側にただぼんやり立つていた健三は不意にあわてて言つた。

「あ、わし、もう帰るわ」

「なんでや。なんでや。ほんなん、なんでや」

「ちよいと用があるのや。ほしてほんな君等みたい小さい子と遊んでたら、第一おかしいが」

健三はさつと顔を赧らめ、如何にも恥しそうな笑を口元に浮かべながら、くるつと身を翻すと大胯に歩き去つて行つた。晋はその短い着物の裾から露な白い太股を、何か非常に美しいもののようにじつと打眺めていた。

「ほんなん、ほんなん」

信太郎は道の真中に立つて、まるで地団駄を踏んでいるようであつた。が到頭泣きそうな声で、

「わしも、帰るわ」と言うと、もう一散に、転ぶように駈去つて行つてしまつた。

晋は一人門の前に取残され、何か解き得ない悲しみの中に立つていた。そうして今のまるで狐につままれたような、変な、それでいて何か悲しい信太郎のことを思い考えていたが如何に考えてみても、何のことか解らなかつた。晋はただぼんやり、紫色に霞んだ深い深い空の色を眺めていた。が軈て晋はふらふらと歩き出した。そうして小門を潜ると、ちよこちよこと家の中へ歩いて行つた。

店の間では番頭らしい人達が仁平を相手に声高に話したり笑つたりしていた。番頭達は今度の藤村商店の改革のため、止むを得ず勇退させられた東京店の長平、茂八、貞三、伊太郎と福井店の九蔵の五人であつた。が彼等は誰一人として不満そうな顔をしている者はなく、皆いかにも心愉しげに笑い続けていた。殊に仁平はまるで久振りに友達に逢つた子供のように嬉しそうであつた。

「ほして伊太郎さんわいな」

「ほら、ここらは元気やわいな。なんせ、齢がおまはん」

そう言つたのは、一番年上の長平であつた。長平はもう六十に近く、ぴんと撥上つた、その特長のある眉さえ半ば白かつた。

「『なんの、まだ、娘じやがな』どつしやろ」

伊太郎が頭を掻きながら、いつも口癖のようにそう言うある得意先の老婆の口調を真似て言つた。

「いやおおきに」

皆はどつと声を立てて笑つた。彼等は今「これからのこと」について語合つていたのである。が、彼等の多くは幸にももうそんなことを考える必要がなかつた。何故ならば彼等の行路は最早終りに近かつた。否、既に終つてしまつたのである。そうして彼等に残されたものはもう何もなかつた。ただ「迎えの日」の来るまでの、何の意味もない、がそれはこのような心善い人達にのみ与えられる静かな安息があるばかりであつた。しかし彼等はただこの幾十年という永い間の奉公が大した過もなく、今こそ無事に終ろうとしている、その安堵と喜びで今は一杯であつた。そうして何者へともない感謝とともに、さまざまの思い出ばかりが楽しく思い浮んで来るのであつた。

「そ、そ、そこやつたんやな。もう、まるで、眼で見るみたい」

健三の父である茂八が、不意に眼を細めながら言つた。皆は思わず不思議そうに茂八の顔を見た。が彼等は直ぐそれがどんな種類の話であるかを知つたので、長平がにつこり笑いながら促した。

「何がいな」

茂八は暫く息が抜けたような笑い方で、ほつほつほつと笑つていたが、漸てやつと笑いを殺して言出した。

「あの、ほれ、『身は六荘』どすのよな」

「ああん、ほすと、茂八さんはあの仁と一緒やつたんかいな。何とか言うたな。ほれ、ほれ……」

「松蔵よな」

「ああん、松蔵、松蔵。ほう言うたな。暫く信州廻りかしとつた」

「ほうどすがな。ほの松蔵がな、あの丸い顔して、ほれ、ほこの、ほの簓戸のとこいちよこんと坐りよつてな、下段《げだん》を上ろうとしてなはる、前の旦那さんの前へ、紙の挟んだ竹をな、ちゆつと差出しよつたほの時の恰好たらな。今もほんまに、ほのまま眼に浮かぶがな」

皆は思わず声を揃えて笑出した。

「真面目とも、ほら大真面目でよな。ほうや、時候も丁度今頃やつたやろ。わしがこちらい寄せてもろて間も無い時のことやつたで。けんどな。わしはほの時旦那さんがどうしなさつたやら、とんとはつきり覚えてんのや。なんでも静かに紙を取りなさると、『身は六荘、心は東京の御支店へ、やらしておくれよ、旦那様』『うむ、身は六荘』かそうおつしやつて、そのまますつと奥へお入りになつたように思うのやが、ほいつは一寸頼り無いのや。どうやら後で見た芝居とごつちやらけになつとるらしいのやが。けんどな。わしはあの時の旦那さんほど、立派な、偉いお方やと思うたことは今までに一遍もなかつたわ」

「身は六荘か。やつてくれやはつたもんやわい。けんどいまんな、一人や、二人は。きつと変りもんが。時にほの松蔵さんと言う人は、どうしてやはりまんな」

「死なつたがな。ほら、もうずつとずつと前やがな」

「ふうん。貞さんは茂八さんらと一緒頃と違うたんかいな」

「へえ。四五年後ですね。わたし等は京店の新さん、今村の末さん、ほれに狂人にならはつた大阪店の福さん、ほれにほれ、はつはつはつは……」

貞三は突然途方も無い大声で笑い出した。すると皆も何の事とも知らずにただ一緒に声を合して笑うのであつた。

「いますがな。ほれほれ、二人で逃げかけよつた。ほれなんとか言うた、ほうほう勘助、勘助。勘助に渡三」

「ううん、勘助か、いよつた、いよつた」

「どうでした。あの路地を逃げよる時の恰好。二人とも尻紮げしよつて、荷物担いで、おまけに御丁寧に抜き足差し足までしやがつて、はははは、ほれがどうです。こつから覗くとよう見えまんのや。まる見えでんのや。褌出して、ほれになんやら合図みたいことしよつてな。文四郎さんが、確、文四郎さんやつた思いますのやが、『こら！　ほれ何の真似してるんや』て言わはつた時の恰好、尻もち突きよつてな、いやもうあんな可笑しかつたことわしは知らんわ」

「わつはつはつはつ。ほんにほんなこともあつたな。いや、可笑しかつたこともいろいろとあつたわい」

長平はそう言うと、急にふつと黙つてしまつた。一瞬、まるで涙のようなものが懐しく胸の中に湧上つた。……何か恐しい夢でも見ていたのであろう。はつと眼を覚ますと、行燈の火影がぼんやり天井に映つていた。そうしてその下には母が丸く背を屈めて、せつせと針を運んでいた。が、今は、もうその薄い火影さえ無かつた。ただ茫々と暮れ果ててしまつた年月の真暗い闇であつた。そうしてその限り無い闇の中に、あの時この時の自分の姿が切ないほどありありと浮かんでは消え、浮かんでは消えるばかりであつた。九蔵の間伸びた笑い声が不意に長平の耳に入つた。長平は吃驚したように声を挙げ、思わず一緒になつて弱々しい声で笑い出した。先刻まで春の斜陽を浴びて赫々と照り映えていた土蔵の白壁ももうすつかり陰に覆われ、僅か上の方に細長い三角の形が淡く照り残されているばかりであつた。そうして部屋の中もだんだん薄暗くなつて行つた。

「どうやな。一つお庭の方から、こうぶらぶらと見せて頂いて来うか」

「結構ですな」

皆はそう言つて、ぞろぞろ立上つた。長平はすぽんと高い音をさせて、煙草入の筒を抜いた。

長平達はまるで子供達のように口々に話合いながら、庭の方から梅林の方へあちらこちらと歩廻つていた。

「いつも見ても豪儀なもんやな」

「あの巖の辺、どうです。ほしてこの新緑がまた格別やわい」

「ほんでも、ここの掃除には呆けましたな」不意に九蔵が途呆けたように言つた。

「ほうや、松葉や檜のちつちやい葉が多うてな」

「ほれに、一寸荒うやると、直ぐ苔が痛みよるので、よう叱られてな」

「よう『ほんなもん手箒でこいこいこいこいや』言われましたけんど、こんな広い庭ですもんな、ほんなことしてたらほれこそ、今日もこいこいこいこい、明日もこいこい……」

「あ、あ、阿呆な」

皆は思わず吹出した。長平は仕方なく苦笑しながら言つた。

「相変らず九蔵式やな」

「いや、おおけに」

「貞さん、あんたらの時分にはもうこの梅林あつたかいな」

「いいんえ、まだあんた、北の裏の方へずつと竹藪でしてな、その堀割に仰山雑魚がいよつて、捕りたかつたもんや」

「ほうやつた。ほうやつた」

茂八は如何にも懐しく思い出したようにそう言いながら、頷いた。皆は梅林を通抜け、小門を潜つて、納屋や炭小屋や雑倉の並んでいる裏庭へ出た。此の辺は彼等にとつては特に懐しい所であつた。あの納屋の隅、あの雑倉の蔭で、彼等は幾度人目を忍んで泣いたことであろう。叱られても泣いた。朋輩と争つても泣いた。父を母を、否あの広々とした故郷の野面を想つては泣いたのだ。がまた愉しかつた。何故ともなくただ愉しかつた。まして東京や大阪や京都のことを思うと、もうそれだけで躍り上りたいほどであつた。がそんなものはもう遠い昔何処かへ消果ててしまつていた。

「でこうなつたもんやな。わしらの時分には、ほうや何も覚えてんくらいやでなあ」

長平はそう言いながら、大きい銀杏の幹を両手を拡げて抱きかかえた。すると茂八も同じように手を拡げて幹を巻いた。

「まだ、足りんわい」

「ほほう」

そう言つて、今度は貞三が走寄つてまた同じように手を拡げるのであつた。

ささやかな最後の晩餐が終つても、長平達は何処へも帰ろうとはしなかつた。彼等はこの最後の夜を最初の夜と同じようにこの江州の本宅で過さねばならなかつたからである。が勿論それは永い間の奉公を無事に勤終つた者だけに限られていた。病に倒れた者もいた。金や女に身を滅したものもいた。そうしてまた永い間、一人去り二人去り、いつともなくあの最初の夜を共にした彼等の多くの朋輩達はもう一人もいなくなつてしまつていた。彼等は思わず顔見合わせては、また同じように誰れ彼の思い出話を繰返すのであつた。が九時頃話疲れた彼等は、幾十年前と同じように大奥様おとさに「お休み」を言うと、二階の八畳と六畳の間に床を並べて寝についた。

「火の要心、火の要心」

冴えた柝の音につれて、郷愁を帯びた丁稚達の声々が聞えて来た。彼等はじつと身動きもせず、身に沁入るようなその音に聞入つていた。柝の音は近くなり遠くなり、聴てもう聞えなくなつてしまつた。そうして彼等もいつとなく眠りに陥ちていつた。ただ伊太郎一人が、何故か闇の中でいつまでもぱちんと目を開いていていた。

翌朝、長平達はそれぞれ同じように信玄袋を担いで、仁平や安吉や丁稚達に見送られて帰つて行つた。伊太郎の他は、もう皆涙に噎入つて碌々挨拶の言葉も言えないほどであつた。仁平が元気な声で言つた。

「ほの信玄袋の中はなんじやな」

「いや、おおきに」

皆は涙の顔を振向けて、思わずにつこりと笑つたのだつた。が家の中では最早そんな彼等のことなどに関つてはいられなかつた。おとさは女中や丁稚達を叱りながら、食器を洗つたり、夜具を干したり、一としきりその後始末に忙しかつた。が仁平だけは相変らず店の間に坐つて煙管を叩きながら、まだ昨日からの思い出の中にぼんやり浸つているようであつた。軈て次第に後始末も片付き、家の中はいつともなく鎮まつていつた。そうしてまたいつものような静かな日が続いた。がそれから数日の後、また四人の番頭が俥を連ねて帰つて来た。今度は京店の番頭達であつた。

「どうしたんじやいな。ほんな一遍に」

仁平は今度はもう前のように喜んでばかりはいられなかつた。一時にこんな大勢の退店者を出したことは今までに一度もないことであつたから、仁平には何か徒《ただ》ならぬものが感ぜられた。が番頭は非常に満足そうであつた。殊にそのうちの一人は意外なことを仁平の耳に囁いた。

「こんどは、ほんまに莫大なお手当に与りましてな」

そうしてその翌朝、番頭達は仁平達に見送られて、同じように別れを惜みながら帰つて行つた。おとさはまたその後始末に忙しかつた。が今度はおとさも、台所へ来る度にわざわ仁平の耳に聞えるように言うのであつた。

「治右衛門は、また手紙一本よこさんと、どうしたんじやろ」

するとは仁平は煙管の脂を吹きながら、渋り渋り言つた。

「こんどは、癇虫の故ばかりでも、なさそうじやが」

二人がまだそんなことを言合つている或日、突然辰二郎と悌三とが帰つて来た。辰二郎は京店へ、悌三は東京店へ替ることになつたのである。仁平は、おとさの所へ挨拶に来た辰二郎にいきなり言つた。

「どうしたんじやいな。辰二郎さん。お店の方、えろうざわざわしているようやが」

辰二郎は仁平の鼻先へ親指を突出して言つた。

「御命のままよ。ほんなこと、わしが何知ろかい」

それで仁平は仕方なく続いて挨拶に来た悌三に尋ねてみた。すると悌三は何の興味もなさそうに言つた。

「何やら、真吾が一生懸命にやつてよるようやがな。別に、もうそんな、大したこともないやろ」

何気ないこの悌三の言葉を聞くと、仁平は一時に総てのことがはつきりと解つたように思つた。真吾！　あの仁であつたのか。すればこの上まだどんなことをしでかすか。仁平は思わず慄然と戦いた。瞬間、あの癇癖が強いばかりで、真底心美しい――仁平は誰が何と言ってもそう信じていた――治右衛門の傷々しい顔が思い浮かんだ。それにしてもこれほどの思い上つた無暴を誰一人として阻む者はいないのか。一体、重兵衛までが何をしているのであろうか。

が果して仁平の不幸な予感の通り、悌三が東京へ発つて間もなく、今度は大阪店の番頭達が十人近くも帰つて来たのであつた。仁平は玄関に並んだ番頭達の顔を見ると、さながら何かが一時にどつとなだれ落ちて来たように思つた。仁平は思わず部屋の真中に両手を拡げて立上つた。が聴て一人の番頭が、そんな仁平に一通の手紙を渡した。それは大阪店にいる仁平の息子、寛二からの手紙であつた。手紙には今度真吾について朝鮮へ新販路の開拓のため出張する由が書いてあつた。その手紙はあまり長くはなかつたけれど、覇気の溢れるような手紙であつた。だからそれは単に寛二一人の意気込を語るばかりではなく、急に潑剌と動出そうとしている大阪店全体の空気をさえ十分に伝えていた。仁平は今藤村商店の中に目に見えぬ大きい渦巻が捲起つていることを感じた。が果してそれは喜ぶべきことか、悲しむべきことか。そうしてこれから一体どうなつて行くことか、仁平にはもう解らなかつた。

村人達は種々な噂を立て始めた。按摩の章石はまた忙しそうに村中を走り廻つた。殊に茂八の所へは足繁く出入するようになつた。が茂八はあの日の翌日から毎朝かかすことなく、おとさの所へ朝の挨拶にやつて来た。そうして挨拶を済ますと、そのまままさも快さげにちやらちやらと雪駄の音をさせながら帰つて行くのであつた。或日、おとさを揉みながら章石がこんなことを言い出した。

「大奥さん。わたしやとんでもないこと聞きましてな」

「ほう、どんな、おおよう効く」

「わたしや、もうびつくりしてしまいましてな」

「うん、ほしてほれはどんなことやいな」

「いいんえ、ほれが大奥さん、辰二郎さんのことやが、辰二郎さんが、なんならすつかり家閉めて、御一家皆京へ行つておしまいや、言うことやが、一体ほんなこと、何かありますのかいな」

「ほ、ほんな阿呆なことあるかいな」

「ほうどうすやろな。わしもほうは思てたが、あんた、辰二郎さんが『あんな家、今にばんばらばんと売つてしもたる』言うてなさるて、皆が皆言うとるのでな。わたしやもうびつくりしてしまいましてな」

「阿呆にもほどがある。一体誰がほんなこと言うたんやな」

「ほれが、大奥さん、皆が茂八さんが言わはつた言うとるで、わたしや断じてほんなことない思いましてな、一人一人虱潰しに訊いてみましたんや。ほしたら大奥さん、ほれが誰やと思たら万どすのやが」

「万？　万てて新家の万かいな」

「ほうどすのやがな。なんでもこの間辰二郎さんがお帰りやつた時、ほう言いなはつたて、万は言うとるそうどすが」

「なあにを言うてる、あの阿呆めが」

早速、仁平が事の真偽を問い糾すことになつた。仁平は苦い顔をして辰二郎の家へ出向いて行つた。が万吉はけろんとした様子で言うのであつた。

「へえ、一遍章石のやいつを、騙かしたろと思いましたじやがや」

仁平は呆れたように暫く万吉の顔を見ていたが、その顔にも似ぬ細い眼を見ていると、最早どうしても疑うことが出来なかつた。が声だけは厳し気に言つた。

「冗談にもほどがあろ。どたい、ことによりけりや。第一ほんなことが村の人達に聞こえるとじや……」

その時であつた。門の外の砂地の上に咲乱れている薄紅色の野茨の花に誘われてか、一人の子供がふらふらと砂地の中へ蹈入つた。一目それを見た万吉は、もう如何なる人の前でも我慢することが出来なかつた。

「だいつじや。砂の中へ入るのは」

万吉は大声で呶鳴りながら、肩を振つて、もう一散に駆出してしまつた。そうしてあまりのことに仰天して泡のように消えてしまつた子供の小さな足跡を、ぷんぷん怒りながら熊手を持つて掻ならしているのだつた。

聽て梅雨が来て、毎日毎日雨が降り続いた。そうして藤村家の種々な噂もいつともなく雨の中に消えていつてしまつた。が家の中はまるで古沼のように薄暗く澱んでしまつた。丁稚達は所在なさそうに軒端に並んで、いつも雨雲ばかり眺めていた。しかし茂八だけは毎朝毎朝変ることなく雨の中をやつて来た。そうして或日、秋頃から呉服の小売屋でも始めてみようと思つていることを仁平に言つた。

「こうして遊んでいても勿体ないと思うてな。ほれに健三な、あいつは是非ともまたお願いしたいのやが、ほの時のなんかの足しにもなろうでな。こう一つ、あかんなりにもわしがとつくり教込めばな」

「いや、ほいつは結構や。ほら結構や」

夏が来た。家の中は急に忙しくなつて来た。

「ほれほれ、鋸挽き。（行きと帰りに仕事をせよと言う意味）ほれを向うへ持つて行くのや」

おとさは一日中そんなことを口喧しく言いながら、もう忙しさに夢中になつていた。仁平はこの頃急によく外出するようになつた。そうして夕方、時には夜になつて、糊で強々の帷子を流石にびつしより汗に濡らして帰つて来た。誰言うとでもなく「真吾のお嫁さん探しや」という噂が立ち出した。或日、出嫌なおとさが珍しく着物を換え、仁平を連れて俥に乗つて出て行つたので、もうその噂は皆にすつかり信じられた。家の中は急に何となくざわめき立つようであつた。が、それきり別に何のこともなく、日は過ぎて行つた。

陽の光はまだ厳しかつたけれど、空はもうすつかり秋の色を湛えて澄渡つていた。晋は信太郎や四五人の友達と手に手に日の丸や朝日の旗を持つて道端に立つていた。今日は茂八の店の開店であつた。辻々には開店大売出しの広告が貼られ、東西屋も来るという噂であつた。今日こそ、信太郎はもう躍上りたいほど嬉しかつた。

「さあ、行こう」

信太郎はそう言うと、先頭に立つて旗を振り振り歌出した。

朝日屋さんの売出しや、
赤い饅頭、欲しやな……

皆は声を揃えて歌出した。が晋は何となく恥しく小さい声で歌つていた。軈て赤い旛や紅白の幕で飾られた茂八の店に近づいて来た。店先には健三が引緊つた顔をして、茂八と並んで坐つていた。その上、金太郎ともう一人の丁稚が、襷姿も甲斐甲斐しく手伝つているのであつた。晋は不意に涙が出るほど嬉しかつた。晋は思わず声張り上げて歌つた。

朝日屋さんの売出しや
赤い饅頭、欲しやな……

13

「ほいつは、わしや、もうずつと前に感づいてたんやがな」

章石が裏庭の牀机に腰かけ、安吉や男衆を相手に話しながら、頻りに何事か考え込んでいた。

雪もよいの空には灰色の雲が東へ東へ走つている。遙か北の方の空にまるで刷き残されたように青空が薄く流れ、伊吹《いぶき》や霊仙《りようぜん》の山々の頂が今年も早真白に光つていた。が今年はどうしたのか秋から冬になつても、例年のように米俵を積んだ馬車はもう一台も来なくなつた。晋は毎日表へ出て淋しそうに道の上に立つていた。「流れ星」と呼んでいた馬はどうしているであろう。小さい「小梅」はそれでも少しは大きくなつたであろうか。一体あの人達は今年はどうしたのであろう。しかし晋がいつまで待つていても、馬車の来るわけはなかつた。治右衛門が去年から今年へかけてその持田の大部分を、ただ時勢に合わぬという理由で売払つてしまつたのである。それ故秋になると去年まであのように賑やかだつたこの裏庭も、今はひつそりと静まつて、ただ時々思出したように村の小作人達が米俵を積んだ荷車を曳いてやつて来るばかりであつた。が今日は珍しく一台の馬車が来た。晋はそれを見ると胸を躍らしていきなり駆出して行つた。がそれは炭俵を積んだ馬車で、馬車は積荷を下すと直ぐ帰つて行つた。それで見る間に仕事のすんでしまつた男衆達はまたいかにも手持無沙汰そうにこうして永い一服をしているのであつた。

「雲がえろう多賀参りしとるな。こりやことによると雪になるぞよ」

皆と離れて一人ぼんやり空を眺めていた久助が独言のように呟いた。が誰もそれには答えなかつた。そうして安吉が章石の顔を伺いながら言つた。

「ほしてほらまた、どう言うこつちやいな」

「大分前の話やが、ほれいつかのバイオリン、あいつがどうもおかしいんじや」

「何やて。ほの今何やら言うたの」

「ほれ、いつかの夏、変な音聞えて来たことあつたやろ。ウーウ、ウーウてな。ほれ、大奥さんがびつくりしやはつた。あれがバイオリンというもんじやがな、あれは真吾さんが鳴してやつたんや」

「ふうん」

「いつやつたかな、あの頃や、学校の帰りのな真吾さんに出逢うてな、わしや始めてほれを知つたんやが、ところがほの時や、ほれはモスリンの袋に入つてて軽いもんやつたが、わしが何気なしに手に取ろうとした時や、不意にぷんと鼻へ来よつたんや。女の、いや女のやない、白粉の匂がぷんと来よつたやないかい」

「ふん、白粉のな」

「ほうよ、白粉のや。ほんでほらほれだけではいきなり『女』とは言えんがな」

「なるほどなあ。けんど章石さん、ほんな女の匂や、白粉の匂やて、あんたには解るんかいな」

「ほら解るわさ。これでな盲人にはまた盲人なりのいろいろ面白いこともあるものでな。クックックックッ……」

大工小屋で今までせつせと鉋を使つていた大工の常松が、にたにた笑いながら煙草入の筒を握つたまま出て来た。するといきなり章石が言つた。

「ほほう、到頭、常さんもお出ましじやわい」

「えろう耳よりな、いや鼻よりな話やな。けんど章石さん、ほらほんまかいな。ほんなこと」

「ど助平。ほんまも糞もあるかい。女の話やいうと急ににやつきやがつて。ほらな、お前はんみたいに、ただ団栗眼剝いてるだけでは解らんわい。ほんまに目あきというもんはなんでこう何も彼も解らんのじや」

章石は何に怒つてか、さつと険しく顔色を変えて言つた。が不意に久助がまるで思いも寄らぬ長閑な声で言出した。

「ほんでもな、章石さん、ほれでよいのやほん。皆うまいこと神様がしといておくれるのや。あんたは目が見えんで気の毒やけんど、智慧があるし、わしらはお蔭さんで目は見えるけんど、智慧なしであかんし、ようしたもんやがな」

「いや参つた。ほらほうや。いかにも久さんの言う通りや。こら参つた。参りました」

章石は何か堪え難い想念を追払うかのように、激しく首を左右に振つた。が安吉は頓着なく言つた。

「ほれより章石さん、ほの白粉の主、ほれからどうなつたいな。ほのままか」

「いや、ところがほれがまた不思議なんや。ほうれ、あれから暫く経つてな、八木荘のあの小川儀兵衛さん、あつこで御隠居さん揉んでたんや。するとどうや、不意に聞えて来よつたやないかい。ウーウーとな。わしや思わずはつとしたが、何知らぬ顔してな、あれは一体何の音でございますやろ、て聞いてみたんや。すると御隠居がな、なんやらあんなおかしなもん鳴らしましてな。今の娘にはほんまに困つたもんですわ、と言いなさつた。わしや思わず言うたな。ほほう、お嬢さんでございますか、てな。儀兵衛さんの娘さんいうたら名高い別嬪さんやし、Hの女学校出やはつたんやし、これが白粉の主でのうてどうたまろいな」

「ほんでも章石さん、ほれは一寸おかしいぞ、あの儀兵衛さんの娘さんなら塚本の庄助から話があつたんやが、真吾さんがどうしても承知しなさらんいう話やが」

「ほうよな、ほんなもん、今更庄助でもあるかいな。実を言うとや、もうとつくの前に直接話済みやがな。真吾さんがぽんとはねつけはつたんや。ほんで娘さん、自殺の真似みたいなことしやはつてな。勿論これは内緒やがな」

「ふうん、なんやい、ほんなのか。ほんでも章石さん、あんたようほなに何でもかんでも知つてるな」

「ここまではつきり解つたるのやが、これからが迷宮や。わしやほの時からこれには何かあるぞと思つてるんやが、解らん。正直解らん。するとまたバイオリンやが、第一あの真吾さんがなんでまたあんなもんを鳴らそうと思わはつたんか、ほれからして解せんのやが、とにかくこの嫁貰いは難物やぞよ。何が飛び出すか解つたもんやないわ」

章石はそう言うと、また小さく杖を振りながら考え込んでしまつた。が男衆達は考えるというようなことはまるで自分達の役目でないという風にまたわいわい喋り出した。そうして話はいつか淫らな話になつて行つた。

「ふふん、気楽なこと言うてるわい。さあ、ぼつぼつ帰るとしようか、ほう、まるで雪おろしやな」

そう言いながら章石は立上り、杖を振り振り行つてしまつた。が、それから間もなく、まだ裏庭の大工小屋では男衆達の馬鹿話が続いている頃、突然章石が表門から仁平の所へ盲人とは思われないような勢で駆込んで来た。

「一寸、仁平さん、おかしいのや」

その言葉は短かつたけれど、一目で非常に興奮していることが解つた。仁平は急いで立上つた。

「何やいな」

「新家さんや」

章石は激しく杖を振りながら、流石に盲人の悲しい姿で走出した。仁平はその後から大股で歩いて行つた。

「ほんなに急いで、ころけんといてや」

「大丈夫とも」

その頃、辰二郎一家は昨年の噂の通り、おとさや仁平の反対や哀訴を振切つて、既に京都へ引移つていたので、家はずつと戸閉めになつていた。それで二人は裏門の方へ廻つて行つた。が暫く行くと、不意に章石はぴたと路上に立停り、じつと耳を傾けた。薄闇に篠竹が騒々と乱れ騒ぎ、塒を求める雀の声々がけたたましく風の中に飛散つていた。聽て章石は決然と言つた。

「どうや。屋根の樋、何ともないか」

「なに、樋？　あつ！　ない」

今度は仁平が真先に駆出した。章石はさながら奇蹟を行つた人のように、一瞬会心の微笑を浮かべた。が直ぐ仁平の後を追つて急いで歩き出した。裏門の枢を上げて、家の中に入つてみると、所々に、例えば三和土の隅や砂地の上に幾つもの足跡が残つてい、一見して盗難に逢つたことが解つた。

「ほう、仰山の足跡や」

「ほうか、ほいつは仁平さん、消さんようにしとかんと。よう見たら違うのがあるはずや。なんせこんな仕事は一人では出けん。なんぼ夜中でも一人やつたら音がしてほらやりきれまい」

仁平は家中を丁寧に調べてみた。盗られたのは樋だけのようであつたが、樋は二階の横樋の他は全部持去られてしまつていた。

「なんせ、銅《あか》やでな」

二人が帰つて来て、そのことが家人達に伝わると、家の中には急にただならぬ気配が漲つた。まるで事あれかしと待つていたように男衆達はおとさや仁平の目を盗んでは新家の方へ走つて行つた。そうしてわいわいと勝手勝手なことを言合つた。それは却つて普断如何に平凡な日が毎日毎日続いていたかを示すようであつた。が晋はその話を聞いても始めのうちは別に何とも思わなかつた。勿論泥坊は恐しかつた。が同じ泥棒と言つても、空家の樋など盗むような泥坊は、何かその恐しさが実感されなかつたのである。然し夜になつて巡査が剣の音をさせながらやつて来たのを見た瞬間、晋は不意に言いようのない恐怖に打たれ、さつと顔の色を変えてしまつた。晋は幼い時から巡査が病的なほど恐しかつた。巡査と言つても、衛生掃除の時とか、転任の時挨拶に来る駐在所の巡査であつたけれど、晋は一目その姿を見ると、急に顔色を真青にして、一散に奥の間へ逃げ隠れてしまうのであつた。始めのうちはあの剣が恐しかつた。がそのうちに縄の方が一層恐しくなつた。「くくられる」この言葉ほど晋にとつて恐しい言葉はなかつた。

「なんで巡査みたいもんいやはるのやろ」

勿論泥坊がいるからである。が何故泥坊のような悪い人がいるのであろう。そうして若し泥坊がいないようになつたら、巡査はいなくなるのであろうか。嗚呼！　どうかそのような美しい世になりますように！　つまり晋は最早巡査が恐しいのではなかつた。巡査のいるようなこの世が悲しいのであつた。然し今、眼の前に巡査はいる。しかもそれはいつもの駐在所の巡査ではない。泥坊がいたのだ。泥坊は今も何処かで必死の身構を以て潜んでいることであろう。そうしてこの二人の人間は、しかも大人同志が、いつか暴力を以つて相向わねばならないのだ。嗚呼、その時！　晋は泥坊の切なさは勿論、巡査への悲しささえが犇《ひし》と胸を打つのであつた。この平田巡査にも晋より一年下の英雄君と、小さい女の子とがあるではないか。その上、このような恐しいことが起らねばならない原因と言えば、あんな樋如き物ではないか。晋はせめて泥坊がいつまでも捉らないで、うまく逃げおおせてくれることを祈るのだつた。

翌日、村中はその樋泥坊の話で持切りであつた。八日市の町から巡査と平の巡査よりもう一つ位の上の巡査とが来たという噂であつた。そうして仁平と章石とは午《ひる》まで駐在所へ呼ばれていた。が章石の話はすつかり田舎の巡査達を感歎せしめてしまつた。章石は盲人であるが故に、自然耳から聞こえて来るものにいろいろの愛着を持つていた。殊にあの途は朝夕殆ど毎日のように往き来する途なので、その途すがらあの銅特有の爽やかな樋の音を聞くことにいつとなく幻妙な魅惑を感じるようになつているのだ。春雨の長閑かな雨滴の音には、雨に煙る春の野山を想い、小鼓を打つたような雪溶けの音には、冬の去つて行くのを感じた。また夏の夕風にそよぐ篠竹の葉ずれの音に、美しい星の光を感じ、秋風に鳴る樋の音には、思わず無量の秋思に浸ることもあつたのだ。所が昨日は珍しく橋詰の方へ揉みに行き、朝はその途を通らなかつたので、帰途には章石はいつにない期待に心を緊張させながら、道を急いで行つたのである。が昨日に限りどうしたのかあの音が聞こえないのだ。章石は思わず立停つて、一心に耳を澄した。が、雪もよいの風はあのように吹荒れているのにただ徒に篠竹の乱れ騒ぐ音ばかり、章石は最早呆然として佇立していた。がいつまで経つても、あの音は聞えて来なかつた。遽然《きよぜん》、章石は海に底に沈んで行くような絶望を感じた。盲目の身に一体これはどうすればいいのか。章石はただあああと思うばかりで、到頭もう何物をも信ずことの出来ないような恐怖に襲われ、無我夢中で仁平の所へ駆込んで行つたのであつた。

この章石の話は、感歎の声とともに、直ぐ村中に伝つた。そうして村人達を一層樋泥坊の噂話に夢中にさしてしまつた。がその翌々日の夕方、樋泥坊は他愛もなく捕えられてしまつた。しかもそれは村の俥曳の乙五郎であつたのだ。乙五郎は両手を後に縛られて八日市署へ引立てられて行つた。

晋は床の中で、そつと両手を後に廻してみた。このままぎゆつと括られる！　晋は狼狽てて両手を引いた。なんでこんな悲しいことがあるのであろうか。幸にも晋が始め恐れ悲しんだようなことは起らなかつた様子である。がそれだけに一層乙五郎の心の中が悲しいのである。乙五郎は貧乏であつた。だから嘉六や嘉蔵の俥は新式のゴム輪であるのに、彼の俥だけは古ぼけたがらがら俥で、誰もよほどのことでなければあんな俥には乗らなかつた。が乙五郎は決してそんな悪い人でない。若し貧乏でさえなかつたならば、彼はきつとあんなことはしなかつたであろう。章石を始め、仁平さえそう言つているではないか。否誰が何と言おうと、晋は今こそ信じることが出来るのだ。乙五郎は善い人だ！　そうして若しもこの世は貧乏というようなものがなくなりさえするならば、泥坊などいなくなるに相違ないのだ。そうすれば勿論巡査はいなくなる！　晋は一瞬激しい希望のようなものを感じた。が一体その貧乏とは何であろう。余ほどのことでなければ、人間、誰が括られるような恐しいことをするものか。すれば貧乏とは！　晋は今一つの謎を解き得たように思つた。が忽ち新しい謎に包まれてしまつた。ああそれに乙五郎には子供が多かつた。おますにお千代に新一に竹二郎に、それにまだ名もないような赤ん坊までがいた。嗚呼！　そのお父さんが括られる！　晋はもうこんな男の世界の恐しさに堪えられない思いであつた。女になりたい。勿論、女とても悲しかつた。がまだしも女の世界には何か甘美な涙があるように思われた。女になりたい！　晋は必死にそう願つた。そうしてその愚しい願の悲しさに声を忍んで泣入つた。

14

結婚！　何と言う醜態だ、真吾の頭の中に得体の知れぬ感情が湧上つた。そうして不意に兄達の結婚式の情景が思出された。紋付の羽織袴で分別らしく並んでいた親戚達の馬鹿面、怯懦《きようだ》な小獣類のように早くも好色の光に眼を赫かせながら、晴がましげに坐つていた兄達の恥知らぬ顔、がそれにもまして何よりも我慢出来ないのは、あの義姉達のいかにもうら恥しげな花嫁姿であつた。それは何という嘘八百だ。否、もつと忌々しいことには最早それは無恥に近いのだ。

「白狐ども、ひん剝いてやる」

真吾は何者へともない、ただ訳の解らぬ憎悪の感情に燃えたつた。が、如何に激しい感情でもそれを外面に表わすというようなことはどうしても出来ない真吾は、いつもと少しも変らぬ落着いた声で言つた。

「いや、そのことなら、今までに何遍もお答したはずですが」

「けんどもお前、少しはわしの身になつて考えて見なはれ。お前さんももうよい齢をして、よい加減に、ほのなんや、決めてしまわんと。世間でもほんまに変に思いなはるほん」

真吾の縁談のために、何年振りで治右衛門の六甲の別荘へ出て来たおとさが、いかにも場所を得ぬような落着かぬ様子で、気の故か日頃の勢も幾分鈍つているようであつた。

「その世間は世間、わしはわしや。世間の奴等が何と思おうと、好きなように勝手に思わしとけばよい、あんたも齢を取つて、いらん心配せんほうがよいぞな」

「何がいらぬ心配や。口の達者な。わしはもう毎朝毎晩仏様にお参りするたんびに、お父さんの御位牌に何と申し上げてよいやら、ほんまに下げたお頭《つむ》の上げようもないのや。お仏壇の中に、お父さんの眼が光つているようで、今にも何かお小言がどこからか、いいや、もうほれは天井からに違いないのやが、天井からいきなり『おとさ!』と言いなはりそうでならんのや」

「それこそ口の達者な。親爺の生きてる間はあないに喧嘩ばかりしてた癖に。いやまだあんたは喧嘩したりんのかな。けどなんぼ物好きな親爺でも、眼光らしてるとしても、そりゃ仏壇の中だけで、わざわざ喧嘩しに此処までは出て来まいて」

「真吾、そ、そんな馬鹿なことというものじゃありません」

苦笑しながら、始めて治右衛門が口を挟んだ。が治右衛門にとっては、こんな気難しく理窟つぽい真吾の縁談などどうでもいいことであつた。第一、一文の得にもならないではないか。ただ母の手前、こうして此処に坐つているのである。が治右衛門はそう思おうとすればするほど、何か言いようのない不安が湧上り、生来癇癖の強い治右衛門は先刻からもうじつとしていられないような苛立たしさに襲われていた。

昨年の春以来、治右衛門と真吾との間は、今までに引替え非常に工合よく運んでいるように思われていた。治右衛門は真吾の建言をいれ、藤村商店の改革を行つたし、真吾は合併後日尚浅い朝鮮から、更に北支へ、いかにも真吾らしい遮二無二な冒険旅行を行つて販路を拡張し、帰店後は自ら大阪店を支配して、その業績は大いに見るべきものがあつた。そうして真吾は始終六甲の別荘に姿を現わし、治右衛門の指図を受けることを忘れなかつた。が治右衛門の悲しい心の中には、信頼の日既に猜疑の鬼が生じていたのだ。幾度治右衛門はこのあくまで執拗で冷酷な真吾の振舞に地団駄踏んで怒り苦んだことか。が治右衛門は真吾の姿を見ると、まるで金縛りにかかつたように、思わず譫言のようなことを言つてしまうのであつた。一方真吾は治右衛門の機嫌が良かろうが悪かろうが一切頓着しなかつた。そうしていつも彼の思う通りの指図を受けると、ただ黙々と帰つて行つた。こんな真吾が、今何の理由もなく、あくまで結婚を拒むのは、何故か。それにはきつと何か深い魂胆があるに相違ないのだ。治右衛門も頭の中に不意に忌々しい疑惑が湧起つた。分家金のことか。否、ことによると、そうだ、この真吾のことである。きつとそれに相違ない。治右衛門はある想像に思わずびくりと身体を慄わせた。治右衛門はあの晋の弱々しい姿を思い浮かべたのであつた。

「真吾、君がどうしても結婚せんというのには、しかし何か訳でもあるのか」

「理由はなし、です」

「うむ、それではこれは、その、なんだ、どうか隠さず言うてほしいのやが、言つてくれますか」

「しかし、それは少し無理やな」

「無理か！　わしのこれまでに言うことが無理か」

「そりや無理だな。わしの今聞いたのは『その、なんだ』ばかりで、何を答えてよいやら、肝心のことはまるで何も聞いてやせんのやで」

「いや、ほれは今これから言うが、その何か、結婚とは別にしても、そのつまり露骨に言つてしまえば、何か好きな女というようなものもないのか。あつたら、どうか隠さんと言うてほしいのやが」

その時であつた。真吾の顔に見る見る恐しい変化が生じたのである。今まで心憎いまで落着き払つていた真吾が、突然何に激怒してか、憎しみに燃えるような眼で、ぐつと治右衛門の顔を睨みつけた。太い眉を吊上げ、歯を喰縛り、若しこの時治右衛門が何か一言でも言つたならば、忽ち恐しい暴力が湧起つたであろう。が治右衛門は何故に突然真吾がこのように怒り出したかを解することが出来ず、ただ驚き怯えるばかりで、一言も物言うことが出来なかつた。が人間は時に、思いも寄らぬ瞬間にまるで思いも寄らぬことを思い出すことがあるものである。今も一瞬、不意に真吾の頭の中にさながら神秘な幻のように浮んだのは、不思議にも美代のあの零れるような笑顔であつた。

美代を犯したのは誰だ！

ありとあらゆる神の名において、否それは悪魔でも神でもよい、この一匹の人間こそ、この世の一切の汚辱と醜悪を以つて罰せられなければならないのだ。真吾は治右衛門の顔を睨みながら、今の今まで夢想だにしなかつた不思議な怒のため、あれほど強靭な自分自身さえ今にも見失つてしまうような激しい感情に襲われていた。が真吾にとつてはこんな気紛れ風のような感情こそ最も軽蔑すべきものであつた。否、感情こそは真吾の羞恥なのだ。真吾は、今眼に入るすべてのものに限りない憎悪を感じながら、一心に心の動揺を堪え忍んでいた。それはさながら嵐の中に揺動く大木のようであつた。が、風は次第に静まつて行くようであつた。

真実、このような真吾にも美しい時代はあつたのだ。その頃、真吾は恋をさえ感ずることが出来たであろう。が、その美代はどうなつた。美代は裏の納屋の中で血に穢れて倒れていたではなかつたか。嗚呼！　一体このようなことがあり得ることであろうか。これが人間の真実の姿なのであろうか。真吾の前に、美代の裸形が浮んでいるのだ。あの可憐な顔にはあまりの切ない恥羞に涙さえ流れているのに、ああその白い肉体は蛇のようにうねりくねり、ありとあらゆる醜悪な行を行うのであつた。真吾は今まで口にするさえ恥しいほど大切にしていたものを、不意に何者かに叩き落され、何の容赦もなく見るも無慙に打砕かれてしまつたのである。真吾は最早取返しようのない悲しみに、足を踏鳴らして怒つた。そうか、人間とはこんなものであつたのか。否、これこそ人間の真実なのである！　その時以来真吾の心の底に秘められていた美代のあの零れるような笑顔は、さながら治右衛門の顔を圧し潰したような死児の顔に取換えられてしまつたのである。真吾はありとあらゆる美しきものを穢した。正しきものを憎悪した。そうして真吾は一塊の醜悪な呪の岩に化してしまつたのである。

このような俺にしたのは誰だ！

が最早真吾の怒は弱々しいものであつた。思えばまるで通り魔のように不意に湧起つたこの不思議な怒は、丁度今にも消えようとしていた灯の最後の一閃のようであつた。真吾は今はもうすつかり前のような落着きを取返していた。そうして微笑さえ浮かべながら、静かな調子で言つた。

「あんたと違うし、ほんなもん、ありますかいな」

「ふふん、阿呆なこと言うてる」

しかしそれは事実その通りであつた。真吾には「そんなもの」は何もないのだ。美代への思慕も、治右衛門に対する怒も、今はみんな嘘だ。それは彼の彼自身への最後の思わせぶりに過ぎなかつたのだ。そうしてそれは失敗に終つたけれど、彼の身内に棲む魔神を呼び覚ます迎え水であつたのだ。それにまた真吾の結婚に対する激しい嫌悪も嘘なのだ。それこそ正真正銘の嘘だ。否、反対に真吾は結婚したいのだ。正直に言えば、彼の肉体は激しく女の肉体を欲しているのだ。それでは何故に真吾は今までの縁談を何の理由もなく断り続けて来たのであろうか。勿論、実子ではない治右衛門家の相続のことも考えないでもなかつた。兄二人は既に分家をして、残つているのは真吾一人である。がそれは仮に結婚をし、分家をしても少しも差支えないことであつた。何故ならば現在の真吾にとつては、先刻治右衛門が想像したような、治右衛門家の相続などは問題でなく、目的は治右衛門や晋や、そうしてそれに関係のある人々をほんの少しばかり咬合わせてみたいだけであつたから。

結婚！　何と言う醜態だ。

実際はやはりこの言葉の通、真吾は結婚ということがただこれほどまでに恥しいのである。が今は結婚自体がそんなに恥しいのではない。それが満座の中に、しかも例えようもない馬鹿者達の中に引出されるのが恥しいのだ。まして母や兄の言うままに満座の中でお目出度く結婚するというような醜態が、如何にして我慢出来よう。よし仮に最早結婚も恥じない、馬鹿者達の満座の中も我慢するとしても、真吾にとってはただこの『お目出度い結婚』ばかりは、例え如何なる幾千万の侮蔑に堪え忍ぼうとも、断じて許すことの出来ないことであつた。彼は甘つたるい平和を憎むのだ。お目出度い善行を憎むのだ。彼は悪魔の名においてこそ結婚を望むのだ。

「しかしほんならお前、いつまでそうしていても仕方がないじゃないか。殊に今度の話は、たしかに一考すべきやと思うがな。まあ難点と言えば、先方の状態やが、何せあんだけの由緒ある家やし、それにまあ、お前の考え如何で、そのなんや、わしも、その一つ、その点は、考えてみてもよいと思てるのやが」

「治右衛門、よう言うてやつとくれた。わしもな、今度の話はほんまに申分ないと思うのやがな。ほら先方の工合があんまりようないということはわしも聞いたが、ほらほのほうがよろし。後の付合も気楽やし、ほれにほういう風やと、第一嫁の頭も自然と低うなるもんや」

「ほれに第一本人が良さそうです。何もその家の財産を貰うのやない。娘を貰うのやからな」

治右衛門はこのありふれた鈍臭い言葉を、いかにも真吾の意を迎えるように言つた。がその時、真吾は不意に思いも寄らぬ調子で言い出した。

「しかし向うがほんな経済状態やと少し心細いな。誰でも嫁の里が潰れかかつているのに、全然知らん顔もしていられんやろでな。勿論これは仮定やが、こう言うことは最悪の場合を考えとかんならん。少くともそれは、そらその方がよろしい、というような希望条件ではなさそうやな」

「いや、そりや尤もです。少くとも希望条件じやない。いや如何にもその通りや」

治右衛門はそう言つて、愉快そうに声を立てて笑い出した。が治右衛門は実はまたもこの思わぬ真吾の変貌に狼狽し、さながらどちらを向いても何か怪しい影が潜んでいるかのような、一層の不安に襲われたのであつた。どうしてもこの気持の悪い化猫の尻尾を引摑まなければならない。治右衛門は苛々と急込んで言つた。

「けんど、すると、お前は若し仮に、仮にやぞ、よいか。仮に先方の経済上の点で心配さいなくなつたら、お前はほの、この話を一考してみる気はあるのかいな」

「いいえ、別に、あるという訳ではないけんど」

「それでは何故、今の今、あんなこと言出したんや。少くとも希望条件やない、などと言うたんや」

「あれは一般論として、ほの一寸口を辷らしたんですが。実は私はその関野という人を一寸知つてるものでや、つい」

「何、関野氏を知つている？　ほれは一体どうしたんや」

「勿論それは間接にですが、例の協和生命のことでね。極く最近のことやが」

「うむ、それは初耳や。いや、これは不思議なことや」

治右衛門は今までのあれほどの不安も、何かすつかり消えてしまつたかのように、急に晴々とした気持になつてしまつた。が真吾はまるで他人のことを話しているかのように、いかにも興なげに話していた。

「それにその娘さん、淑子とかいうのやな。ほれは少しばかり前から知つてるのやが」

「ほれはまたどうしたんやいな」

「いや、別に。ただわしの友人が大津にいるのでね。美人や言うて評判らしいが、大津なんて、市やいうても小さいもんな」

「いや、これは驚いた。見合はもうすんでいたんや」

「まあ、そんなもんですな」

治右衛門はすつかり上機嫌であつた。が急に人の好い真面目な顔に改つて言出した。

「真吾、わしは今お前の話を聞きながら思うたんやが、これはまたとない良い縁やと思うがな。それでただ先方の経済上の問題やが、その方は万一の場合には、わしがきつと責任を持つ。絶対君には心配させせん。だから、君にもそりや色々考もあろうけれど、一つほんまに素直な気持になつて、この話別に今すぐ取決めなくともよいのやから、よく考えてみてくれんか」

「治右衛門もあないに言うてくれはるのや。ほういつまでも強情張つてんと、よい加減に決めるもんじゃや」

「けんど、兄さんにほんな迷惑かけてまで、この話でなけんならんということもなかろがな、娘は方々にあるじやろで」

「いや、真吾、お前がその気にさえなつてくれるんやつたら、わしは少しも迷惑やない。喜んでわしが引受けて上げます」

「しかしどうもあんたの話は時々変りよるのでね」

「いや決して変らん。望みなら筆でも書きます。それなら心配はなかろが」

「まあほれなら心配はなかろうがな」

「それでは、お前は、兎も角、その結婚する気になつてくれたんやな」

「わしは結婚はせん。それは今まで何度も言うた通りです」

「何！　人を愚弄するか」

治右衛門はあまり激しい怒に我を忘れて立ち上つた。が真吾は何知らぬ顔で、平然と煙草の煙を燻らせていた。

「な、我慢しとくれ、我慢しとくれ」

おとさがいつにない悲しい声を立てて治右衛門に取縋つた。その時不意に治右衛門は最早子供のように声を立てて泣き伏した。

「あんまり人を……。あんまり人を……」

早春の空は美しく澄渡り、縁側には暖い陽が差していた。庭の松の木の枝を二羽の小鳥がぴよんぴよんと渡つて行つた。治右衛門の嗚咽の声は次第に低くなつて行つた。不意に違棚の置時計の微かな音が、何か白昼時を刻む虫のように響いて来た。三人は最早誰一人物言おうとするものもいなかつた。真吾はぼんやり庭の方へ目を遣つていた。が、軈てその真吾の顔にまた激しい変化が現れ出した。それは何か恐しい苦悩に堪えているようであつた。が言々振絞るような悲痛な声で言つた。

「買うのだ」

真吾はそう言つて、にやりと微笑した。そうしてそれからはまるで堰を切つて迸るように喋出した。

「そうです、買うのだ。わしは今言うたように、そうして今まで何遍となく言うたようにわしは絶対に結婚せん。が買うのだ。わしはあの娘を買う。わしはただあの手形の肩替をすればよいのです。またあの家はそうしなければならないのだ。すればあの娘は白い生贄としてわしの祭壇に捧げられるに違いない。ただそれだけでよい、後はすべてあなた方二人に任します。藤村真吾の嫁にしようと何にしようと、あなたらの勝手です。よいようにして下さい。わしはそれを藤村家のために従う。絶対に従う。紋付も着る。白足袋も履く。式もやります。式は田舎の本宅が結構。兎に角、藤村家の末弟の身に相応した、藤村家の掟通の結婚式を挙げて下さい。真吾は喜んで出席します。然し、繰返して言うが、わしはあの娘を買うだけです。わしは絶対に結婚はせん」

真吾は永い間の心の苦悩が見事に糜爛《びらん》して、一時に潰え出たような快感を味つた。真吾はいかにもほつとしたように一寸息を継いで、再びいつもの調子で言出した。

「それから一つお願があるんやが。それはこの話を運んで貰うのは、今言うたように、すべてお二人に任します。ですからこの話に関する限り、どうかお二人で然る可く取計つてもらつて、今後一語もわしの耳には入れてほしくないのや。勿論、命令は聞く。が相談は絶対に御免蒙りたい。このことは特にあんた、お母さんに忘れないようにして欲しい。これはわしの真剣の願です。若しそれにもかかわらず、お忘れになるような場合には、わしも今言うたこと忘れてしまわんならんようになるかも知れません。最後にわしは兄さんに心から礼を言います。若しそうでなかつたら、わしはあのような塵ほども値打のない重荷を有難そうに背負つて、一生苦しみ通したかも知れん。いや、少くともこんな素晴しい結婚、もう結婚と言つてもよろしい、結婚は出来なかつたでしよう。これはわしだけが知つている。そうしてこれはわしだけの感謝です。然しわしにとつては最早これで最後です。決して、断じて始りではないのです。では、これで失礼します」

真吾は言終ると、いきなり立上り、さつと部屋を出て行こうとした。が急に思返したように坐り直して言つた。

「では、兄さん、先刻の一筆、一寸願いたいのやが」

「何、それを、わしに、ほんまに書けと言うのか」

「勿論」

「いや、そら、勿論書きもするがな」

治右衛門は一瞬、限りない哀しい眼差で真吾の方を見た。が真吾は瞬一つしなかつた。治右衛門は仕方なく机上の硯と巻紙を取出した。その顔は最早血の色を失い、手がぶるぶると慄えていた。が、その時、一人の女中が障子を開けて、辰二郎の来たことを告げた。それを聞くと、治右衛門は両手に硯と巻紙を持つて立上つたまま、うろうろすつかり狼狽してしまつた。其処へ、何か大声で喋りながら、もう辰二郎の姿が現れた。

「これはお母、久振やわい。いよう、真ちん、われも来ているのか。ほれにどうやい、えらうしんみりして。こりや何かよつぽどよい話でもあるのやな」

15

大正三年七月、欧洲大戦乱が始つた。セルビヤの一青年の放つた一発の銃声に、忽ちロシヤが立ち、ドイツが立ち、フランスが立上つた。そうしてあつと思う間もなく早あの壮絶なヴェルダンの攻撃が始つていたのだ。晋はこのさながら打てば響くような、一瞬をも措かぬ戦争の激しさに目を見張つた。不意に今まで感じたこともないような不思議な感情が晋の血の中に目覚め出した。晋は毎朝新聞の来るのが待遠しかつた。新聞が来ると、晋は取るものも取敢ず紙面を開き、急いでその日の戦況図に見入るのだつた。両軍の戦線を示すあの黒と白との太い線が時にはうねうねと向合つている、またある時は中央が著しく突出ていて、まるで張絞つた弓のような曲線を描いている、それをじつと見ていると、晋はいつか身体中に血の漲り渡るような悲壮な感情が湧上つた。

勿論、晋はフランス贔屓であつた。それはフランスがかつて普仏戦争に敗れ、巴里城下の誓を誓わねばならなかつた話を先生から聞き、敗者への子供らしい同情からでもあつた。がそればかりではなかつた。ドイツ軍のあまりな強さに対する反感でもあつた。そうしてその反面、ドイツ軍人達のいかにも現世的な精神の低俗さが少年の心に直感され、何か無性に憤しかつた。第一あの将軍の髭は何だ。愚しくも、あのように仰々しく捻上げた髭などして恥しくないような人間に、どうして人類の貴さなど解るものか。勿論ドイツは強いであろう。がそれ故にこそ一層そのドイツに立向つたフランス国民の覚悟の美しさが犇と晋の胸に迫るのだ。ある日の夕方、紺青に澄渡つた大空に金の輪のような月が光つているのを仰ぎ見て、晋は思わずフランスのために祈つた。がそれは何か美しいものへの自分自身の悲しい誓となつて、潜々と身体の中に沁入るように思われた。

日が経つに従つて、戦況は次第にフランス軍の不利を思わせるようであつた。が晋は決して落胆しなかつた。むしろ一層、必死に堪えているフランス軍の壮美ささえ思われて、晋のフランス熱は愈〻高まつて行つた。暑い日であつた。晋は丁度表の井戸端で南瓜の蔓を切つて噴水をこしらえていた時、珍しく号外の鈴の音がけたたましく村なかを走つて行くのを聞き、晋は跣足のまま門口へ駆出した。八月二十三日、遂にドイツに対し宣戦の布告が発せられたのだ。晋は両手で号外をひろげたまま、危く涙が零れそうであつた。

「万歳、もう万歳や」

晋はそう言いながら、一散に家の中へ駆戻り、号外を仁平に渡した。

「仁平さん、ドイツと戦争や」

「ほほう、えらいことになりましたわい」

仁平はゆつくりと眼鏡をかけながら、暫く号外に見入つていた。が聽て静かな調子で言つた。

「晋さん、日露の時はほらもつとひどい騒ぎやつたぞな」

その仁平の言葉で、晋は始めて日露戦争のことを思出した。そうしてその当時のただならぬ空気のほども今こそはつきりと想像出来た。晋は仁平に日露戦争の勇ましい話を聞きたかつた。

「なんせ、赤襷が隣まで来ましたんやでな」

が仁平の話は、丁度隣の為さんが肥持をしている時赤襷が来、それを聞くと流石日頃あれほど暢気な為さんもいきなりまだ肥の残つている肥桶を担いで、家の中へ駆戻つた、というような、少年の心ではまるで戦争とは縁の遠いと思われるような話ばかりであつた。それで晋は祖母の所へ号外を持つて行くことにした。

「お祖母さん、ドイツと戦争や」

が、継張り仕事を広げていたおとさは見向きもしないで言つた。

「ほうかいな」

晋は、夏休みが終つて新学期が始まつたら、お話の時間に、此の間壮烈な戦死を遂げたフランスのギャロー飛行中尉のお話をしようと思つていた。それで、祖母のこんな張合いのない返事を聞くと、そのまま二階の勉強室へ上つて行つた。そうして机の上へ上ると、学校でするようにお辞儀をして、言出した。

「私はこれから、あの勇ましい戦死を遂げたギャロー中尉のお話を致します」

しかし晋はもうそれ以上何も言うことが出来なかつた。頭の中には美しい言葉や勇ましい言葉が一杯になつてピチピチ撥返つているようであるのに、さて言おうとすると一体何を言おうと思つているのか、まるで解らなくなつてしまうのであつた。晋は仕方なく、また一生懸命な顔付でお辞儀をすると、勢よく机の上から飛降りた。ただもう心一杯に声を張上げて「万歳」を叫びたいような気持であつた。

九月も終る頃になると、フランス軍の頽勢《たいせい》は最早蔽いようもなかつた。が一方神尾中将の率いる皇軍は粛々と青島攻略の軍を進めていた。晋はもう毎日戦争ごつこに夢中になつていた。彼等が家の人達はこの未曾有の大戦乱に対しても、一向何の関心も持つていないようだつた。彼等にとつては、如何なる出来事よりも、それがどんなに小さいことでも、中之庄の出来事の方が大切なのであつた。殊におとさは戦争相場ではなかつた。真吾の婚礼の日がだんだん近づいて来るのであつた。

ある土曜日のこと、晋は勉強室で明日の戦争ごつこのことを勇ましく勇ましく空想していた。明日の戦争ごつこは村人達に狐が棲んでいると言われる茅花山《つんばな》ですることになつていた。が実は、晋は今朝ほど祖母に言われたことが、先刻から気になつて仕方がないのであつた。今日午から真吾の婚礼の時の稽古をしなければならないと祖母に言渡されていた。そうしてそのために何か京都からその先生が来るというのである。晋はそんな見知らぬ京都の先生などに会うことさえ疎ましい限りなのに、その上嫁入りの時の稽古などどうしても気が進まなかつた。が間もなく女中の梅が上つて来て、おとさが呼んでいることを告げた。晋は仕方なく渋々立上つて、殊更緩りと階下へ下りて行つた。すると、おとさはそんな晋の姿を認め、苛立つた声で言つた。

「何をしてるのやいな。早うべべ着換えるのや。もうお糸さんもとつくに来てなはるほん」

「お糸さんて誰どすのや」

「何を言うてるのやいな。庄兵衛さんとこのよいな」

すればそれは晋と同じ組のあの「お糸」である。庄兵衛の家は何代か前の治右衛門家の分家で、現に悌三の妻みおは庄兵衛の妹であるような深い間柄であつたけれど、晋は今までに一度も学校以外の糸を見たことはないように思われた。がそれでなくとも、生徒達は何の訳もなく直ぐ「晋とお糸」と言廻るのであつた。今その糸が自家に来ていると言う。晋は不図、糸がどんな顔をしているのであろうかと思うと、不意にまるで思いも寄らなかつた不思議な感情に心のぽつと染まるのを覚えた。

「早う足袋を、大体足袋を先きに履くのじやがな」

見るとそれは白足袋であつた。晋は白足袋が非常に嫌であつた。殊に今、糸の前でそんなものが履けるであろうか。

「足袋なんてよい」

「何を、何を言うてるのじゃいな。この子は」

晋は仕方なく足袋を履き終ると、厳しくおとさに促されて座敷へ入つて行つた。座敷には五十位の女の人が坐つていた。晋は黙つてお辞儀をした。

「まあ綺麗な……」

女の人はそう言つて、仰山らしく手を打つた。

「おぼんさん。まるでお人形はんえな。なあ、御隠居はん、お可愛いことどすやろ」

「ところがあんた、なかなか言うことがきけませんじゃがな」

「ほんなことおへんな。ほんまに、なんでつせ、おぼんさんには惜しいくらい、今に大きうお成りやしたら、たんと女子はん泣かさはりまつしやろえ」

これは一体何という女であろう。晋は最早聞くさえ何か穢しく、真正面を向いたまま、瞬き一つしなかつた。

「晋さん」

その不意に後の方からいかにも懐しそうな声で晋の名を呼んだ。何気なく晋が振返つて見ると、そこに薄化粧をした糸が白く微笑していた。晋は思わずぱつと顔を赧らめ、狼狽てて横を向いてしまつた。何か、まるで青い空に浮かんでいる昼の月のように儚かつた。がそれはまた、生れて始めて知つた、何という切なくも妖しい感情であろうか。晋はいつまでも物言わず、怒つたようにじつと一と所を見詰めていた。

「ほんなら、どうえ、そろそろお稽古始めまほか。今日はまあ初手でつさかいな、短こうな」

今までおとさを相手にいやしい饒舌を続けていた作法の先生は、そう言うと、それを礼法とでも言うのであろうか、勿体振つた手つきで茶を飲み干し、とんと立上つた。そうして晋達の方へ急に取すました恰好で歩いて来て、言つた。

「おぼんさんも、いとはんもほんなら立つちしてや。今日はさあ歩き方のお稽古しまつせ。ほらこんなこと、なんでもないようでつけどな、ほれがなかなか難しいの。ほてまたいつち大事なんどすえ。よう小母はんの歩くの見といやつしや。こう爪先から、と言うてこないにぞろぞろ引摺つたり、またほや言うてあんまり力々入りはやつてはあかんのえ。こうすつすつ、すつと、お目めは真直ぐ、ほうえな、いとはんの方は心持、心持え、伏眼の気持でな、こうすつ、すつ、すつと、ええでつか。ほしたら一遍お二人はんでな、してみとくれやすえ。並んでな、いえいえ、左々、雄蝶はんは左、雌蝶はんは右、これはいつまでも忘れんのえ。ええでつか。さあ、一二三、はい」

晋は仕方なく糸と並んで歩出した。が糸が恥しそうに笑い出したので、直ぐ停つてしまつた。

「お上手、お上手、なかなかお二人はんともお上手えな。ほんならもう一遍、今度はずつとお床間の所までえ。さあこつちから、そうそう、雄蝶はんは左、雌蝶はんは右でつせ。こうすつ、すつ、すつとえ。ええでつか。ほんなら、一二三、はい。静かに静かに、急いじやいけない。すつすとすつすと、遅れちやいけない。急がず遅れず……」

晋はもう馬鹿らしく恥しく堪えられない気持であつた。男と生れながら、何故このような馬鹿らしいことをしなければならないのであろう。晋は不図、明日の戦争ごつこのことを想い出し、せめてもの心遣りに、「雪の進軍」の歌を心の中でそつと唱いながら歩いていた。

「雌蝶はんの方が、今度から一寸、ほんの心持え、進み加減に歩くのえ。けれどお二人はんともなかなかお上手はんどつせ。ほんならもう一遍、一二三、はい」

そんな調子で歩き方の稽古は何回となく繰返された。晋はもう殆ど無茶苦茶に歩いていた。が作法の先生は晋は全然相手にしていないかのように、却つて時々糸の方に注意を与えるのであつた。晋は到頭「遼陽城頭」の歌を口の中で唱出した。それで糸は二人の調子を合わせるために非常な苦心を払わなければならなかつた。がその苦心は糸にとつては誰にも知られたくないような、何か密かな愉しみにさえ思われ出した。が突然おとさが大きな声で言つた。

「晋、その歩き方は何どす。お師匠さん、どうぞ遠慮せんと、もつと厳しゆう言うておくれんと」

糸はいかにも怺えかねたように、不意に袂で顔を覆うて、くつくつと笑出した。晋は糸のこの少女らしい無邪気さに、一時に血の逆巻くような怒を感じ、思わず糸を擲《なぐ》ろうと思つた。が晋には矢張そんなことは出来なかつた。

「ほら、おぼんさんでんもんな。ほつほつほつ、つい元気ようもなりますえな」

流石に険しい晋の顔色を見て、作法の先生は如何にも執成し顔で言つた。がおとさは激しく首を振つて言つた。

「いいんえ、なあんの横着な。ほんなおこつたような顔して、ほれなんどす」

晋は刃を取落した少年のように呆然と立つていた。最早晋には総べて空しく、ただ身を緊めるような自嘲だけが沁々と湧上つた。晋は悄然と涙を嚙んで、再び糸の横に並んだ。そうして晋はまた前のように歩いたり、今度はその上、立つたり坐つたりの稽古をしなければならなかつた。それは丁度、非常に睡い時、大人の話をいつまでも聞いていなければならない時のような、晋には例えようもない永い時間に思われた。が実際、それからどれだけそんな時間が経つたであろう。作法の先生は例の変な歌の一節を唱い終つた時、不意にぽんと手を打つて言つた。

「へえ、御苦労さん。ほんならな、今日はこれくらいにしときまひよ。ほんまにお二人はんともようでけましたえな」

晋はその言葉を聞くと、いきなりお辞儀もしないで、つかつかと座敷を出て行つた。おとさが後から何か言つたようであつた。糸が走つて来て、襖の蔭から晋の名を呼んだ。が晋は振向こうともせず、急いで足袋を脱捨てると、下駄を突かけて一散に表の方へ駆出してしまつた。低く垂籠めた雨空から、ぽつりぽつりと雨が降り始めた。が晋はどんどん野原の方へ歩いて行つた。晋は何の当もなく、ただ無茶苦茶に野原の中が歩いてみたかつたのだ。雨は次第に音を立てて激しく降つて来た。

雪の進軍　氷を踏んで
何処が河やら道さへ知れず

晋はいつか緩りした調子で唱い出した。雨は顔を伝つて流れ、着物はびつしより濡れていた。が晋はもうすつかり、霏々と降る雪の中を、重い背嚢を負つて進軍する武夫の気持になりきつていた。

16

或る月曜月の朝、晋は学校の雨天体操場で「ひと回のりん」をして遊んでいた。「ひと回のりん」という遊びは、先ず球を軽く突いて、右手の開いた指の間に載せ、それをまた高く突上げて、その間に一回身体を廻し、また毬のはずみの止らない間に、また軽く突いて、また前のように指の間に載せるのである。がこの指の開き方には種々あつて、二本指を開くのが「二本載せ」、その下が三本指を開く「三本載せ」で、一年生などは左手で毬を押えることも許された。これは丁度子供達の間に自然に出来たハンディキャップで、その中でも一番難しいのは、親指を人差指と中指の間に挾んで握り、その上に毬を載せるのであつた。これは非常に難しく、このハンディキャップを持つている生徒は少かつた。だから彼等は先ず最初に如何にも得意満面と「×××載せでりん」と、まるで名乗を上げるように言放つのであつた。こういう風にして、「ふた回のりん」で二回廻り、「みい回のりん」で三回廻り、順々に廻る回数が増していくのである。晋は丁度七回目を廻るのであつた。晋は毬を高く突上げ、突上げ、勢よくくるくると、七回廻ると僅にはずんでいる毬を膝を折つて軽く叩き、床の上すれすれに掬うように二本の指の間に載せた。が丁度その時、晋は向うの方から一人の女生徒が数人の男の生徒達に取囲まれ、逃げ惑いながらこちらの方へ歩いて来るのを見た。晋は直ぐそれが糸であることを知り、二人が作法の先生について習つている、あのことが到頭皆に知られたのだと直感した。糸はいつもの癖のように、両手を羽織の八口の所に当て、肩を窄めるようにして、ついと右の方へ逃げようとすると、男の生徒達は意地悪く直ぐその前に立塞り、仕方なく恥しそうに笑いながら顔を伏せて左の方へ逃げようとすると、男の生徒達は順々に走寄つてまた糸の前に立つのであつた。糸は丁度追囲まれるようにだんだん晋の方へ近寄つて来た。不図顔を上げたはずみに、糸はちらつと晋と顔を合わせ、瞬間ぱつと顔を赧らめた。よし！　八回廻りだ。これは晋だけの持つ最高記録なのだ。晋はいきなり毬を高く叩上げ、もう無茶苦茶にくるくると廻りながら、生徒達の中へ入つて行つた。が勿論毬は何処かへ転んで行つてしまつたのか、その辺には見えなかつた。そして直ぐ傍に糸が横を向いて立つていた。生徒達はわつとばかりに囃立てた。

「もつと、はたい行けやい」

一人の生徒が後から糸の肩を押した。

「知らん」

糸は激しく肩を振つて、顔を覆いながら逃出した。が生徒達は直ぐその前に人垣をつくつてしまつた。

「な、晋さん、一遍二人でしてみていな。嫁さんの稽古をよ」

「ほんなことするかい」

「嘘言え。おとといもお糸としてたんやろが。わしら、男衆《おとこ》さんに聞いたんやぞ。やほい、ほれみ」

「ほうか。聞いた、聞いた、晋さんとな、お糸がな、嫁さんごとしとるのやて」

「ほうか。穢いのやないかい」

「お糸がな、言いよるのやて。『不思議の御縁でえへへへ』やて」

一人の生徒がさも憎々しげに突襟の真似をしながら、首を伸して言つた。それには流石に糸までが、呆れたように噴出してしまつた。が、その時、六年生の餓魂大将である千代造が生徒達を押分けて出て来た。

「何やい、何やい。ふん。晋とお糸か。ほんなん、こうしたれ」

千代造はそう言つたかと思うと、いきなり後からぱつと糸の着物の裾を捲つた。糸は思わず無邪気な大声を挙げ、身体を後に捻向けて着物を押えながら、ぺたんと床の上に坐つてしまつた。丁度折から始業の鈴が校内に響渡つたので、生徒達は最後の喚声のように、一時にわつと声を合わして嘲笑つた。糸は狼狽ててはだけた膝を隠し、思出したように両手で顔を覆いながら、廊下の方へ逃げるように走つて行つた。

その週の土曜日に、晋は例の作法の先生の来るまで、二階の勉強室で算術の宿題をしていた。が今日はどうしたのか、いつもの時間になつても先生は来なかつた。晋は宿題を終ると、そのままぼんやり机の前に坐つていた。するといつか自然に糸のことが思い浮かんで来た。糸はもう自家へ来ているであろうか。そうして今頃何を思い、何をしているのであろう。ああ糸は今日どんな顔をして晋と顔を見合わすであろうか。あれから生徒達はことごとに晋と糸とのことを言立てた。此の頃では糸と遊んでいる女の生徒達でさえ、晋の姿を見ると、直ぐ変な笑顔で見合い、糸の肩をつついたりするのであつた。がそんなことは今に始つたことでもなく、また「晋の嫁さんがお糸」であつても、晋達にとつてそれが別に何の意味のものでもなかつた。があの月曜日の出来ごとだけはどうしても晋の頭から離れなかつた。勿論こんな田舎の学校のことであるから女の生徒達が尻を捲られたり、抓られたりすることはさして珍しいことではなかつた。があの場合、それは単なる子供の悪戯とは言いきれないものが感じられた。晋は糸の露な膝法師を思つた。幼い時から、晋は膝法師というものが何故か悲しかつた。晋は覚えている。地獄絵の女亡者達のつつましく合わされた膝法師を、そうしてまたいつか父に西瓜を投げられた時の自分の膝法師の悲しさを。が糸のはもつともつと悲しかつた。白い膝法師が赤い布の間からちよこんと二つ並んでいた。

不意に小さな足音が梯子段を上つて来た。そうして思いがけぬ糸の声がした。

「晋さん、入つてよろしい？」

「糸さん？　お入り」

晋は素直にそう言つた。すると襖が静かに開き、ぽつと赧らんだ糸の顔が美しく笑つていた。

「晋さんも宿題してやすの。うち五番がどうしても出来しまへんの。ほんで教えて貰いに来ましたん」

「五番、図、画いたら真ぐ出来るが」

「ほの図が、うちらにはほうなかなか出来まへんのやわ」

糸は無邪気に笑いながら晋の横に坐つた。晋は糸とこんな風に親しく話したことは、勿論今までに一度もなかつた。ましてこのような少女と二人きりでこうして向合つていようとは。晋はいつか学校のことも打忘れ、ほのぼのとした愉しいものが身体の中を流れて行くように思つた。嗚呼、然しこれが真実の兄妹であつたら！　が一瞬、晋は思を取直したように、机に向い、図を画きながら元気よく言つた。

「これが甲ですやろ。ほしてこれが乙な。そうしてこれを一つとすると、この中にこれが幾つあるか解りますやろ」

「あ、ほうか。おおきに。ほすとこれを引いて、ほしてこれで割るとよろしいのやな」

晋は優しく頷いた。不意に晋はふつと少女を髪の香を嗅いだ。晋は危く涙ぐんだ。

「糸さん。こんな稽古、かなへんな。ひどいこと言いよるし」

「ええ。ほらうちら鈍どすけんど、あんまりひどいこと言いやすと、つい。けんどうちら辛抱しますわ」

晋は学校の生徒達のことを言つたのである。が糸は作法の先生のことを言つたのだ。此の頃の作法の先生の教え方は非常に厳しかつた。殊に糸に対しては病的と思われるほど難しかつた。

「もとい！」

そうしてあのいやしい糞婳は糸の所へ走寄つて言うのであつた。

「糸はん、ほれ何え。今のは何え」

晋はもう思うさえ腹が立つた。晋は思わず立上つて言つた。

「よし、殴つたる。今日は糞婳、どんなことがあつても殴つたる」

「晋さん、ほんなことせんといてな。どうぞ後生やでせんといておくれやすな」

糸は拝むように両手を合して言いながら、到頭につこり笑つてしまつた。晋はもう何か堪えられない感情が一杯に込上げて来た。

「糸さん、今日から、仲好うしような」

晋はそう言うと、あまりの恥しさに一散に梯子段を駆下りた。

その日の稽古は本式に行われた。正面には大きな飾昆布が飾られ、その前に土器と結昆布の載っている二つの三方と、雄蝶雌蝶に飾られた銚子とが置かれてあった。そうして仁平と女中頭のときとが臨時に呼入れられた。

「こらえらい花婿じゃわい」

仁平はそう言いながら花婿の代りになった。

「ほんでも、どうしましょ」

ときはいかにも恥しそうに言いながら花嫁に、そうしておとさは女の仲人に、作法の先生が仲人になった。晋は今日は何故か心愉しく、糸とも調子がよく合った。そうして二人は時々顔見合わせて、微笑した。

真吾の婚礼の日は段々近づいて来た。或る秋晴れの日、もとの辰二郎の家がすっかり開放され、大工の半兵衛や、植木屋の甚作や、畳屋の長五郎が大勢の職人を連れて、賑かに仕事を始めていた。勿論、章石は真先に杖を振りながら走って来ていた。

「ほら、どだい結構なことやが。とつと、あの人のことは解せんでな」

章石は呟くようにそう言った。そうして何を考えているのか、いつまでもじつと其の場に立尽していた。

晋は学校へ行く途中、そんな章石の姿を見た。細長い章石の影が甃の上に染ったように映つていた。不意にふらふらと動くものがあった。それは時々思い出したように振る章石の杖の影なのであつた。

17

遂に真吾の婚礼の日が来た。初冬の空に今日も金色の太陽がゆらゆらと上り、軈て大屋根の甍に朝の陽差がほのかに流れ初めた頃、治右衛門家の大門はすつかり押開かれ、羽織姿の人達が忙しそうに出入していた。が今日の式は結婚後真吾達が住むことになつている元の辰二郎の家で挙げられるのであつた。――それは村人達は勿論、治右衛門やおとささえ思いも寄らなかつた。しかし村のためには至極結構なことであつた。何故ならば辰二郎が京都へ引払つてからは、大人しい悌三まで留守居一人を残して東京へ引移つてしまつた。そうしてこうした傾向は村の金持の「新家」達の間の一つの流行のようにさえなろうとしているのである。が意外にも、あの真吾が何の人騒がせもなく大人なしく結婚することになつたばかりでなく昔からの掟通りこの村で「新家」を持つことになつたのである。すれば先ず何よりあの樋泥坊のような忌々しい出来ごとが村の中に起らないだけでも結構であつた。ましてあのような傾向が著しくなつたならば、近来兎角云々され勝な金持達の負担の問題は一層喧しくなり、それは更に彼等の離村の傾向を促すようなことともなるであろう。若しそんなことにでもなつたならば、このような田舎村には不相応なほど完備された小学校の維持さえも並大抵なことではないのであつた。がこんな難しことは、勿論章石が言出したのではあつたけれど――

晋が学校へ行こうと鞄を掛けて表へ出ると、丁度昨日京都から着いた八百善の板前達が珍しい着物姿の男衆達と、鍋や釜やそんな料理の道具類を新家の方へ運び始めていた。が、あのでつぷりと太つた八百善の親方の姿は見られなかつた。親方は生物の仕込みのため、皆とは遅れて今日の午後着くことになつていたのである。洒落た様子の板前達はそれぞれ小さな道具を一寸肩に乗せたまま、ぷんぷんと腹を立てていた。先刻、水屋で股火鉢をしながら馬鹿話に笑興じていた彼等は、突然おとさに大声で呶鳴り立てられたのであつた。

「けつたくその悪い。あんなん、あてよう知らんわ」

「ほんまに、あらまた何ちゆねん。えげつないの、いよんのやな」

彼等はそんなこと言いながら、門の方を振返つて、忌々しげに口を歪めて苦笑した。男衆達はそれがまた如何にも面白そうに、手に手に重い荷物を提げたまま、にたりにたり笑合つていた。

「いつもあんなんでつか」

「なんの、あれ相場か」

「うへつ！」

板前達はとうとう声を合して笑出してしまつた。晋はそんな人達の間を通り抜けて、何か自分までが晴がましげに、急ぎ足で学校の方へ歩いて行つた。その時向うの曲り角から数台の人力車が次々に走つて来た。一番汽車で着いた大阪か京都の店の人達であろう。また少し行くと、今度は羽織袴姿の茂八がにこにこと笑いながら近着いて来た。

「お早ようさん。学校ですか」

茂八はそう言いながら、またしゆつしゆつと爽やかな袴の音をさせながら歩いて行つた。空には金色の光が充ち溢れ、水の流も鳥の声も葉々の緑も一入美しく照映えているよう。晋は今日という日が真実格別に目出度くも貴い日のように思われた。

が、真吾は治右衛門の家の奥の間で相変らずむつつりと押黙つて、まるで他人ごとのような顔をして、今着いたばかりの大阪、京都店の代表者達の祝詞を受けていた。そうして辰二郎だけが、何事も自分で引受けたように、一人で喋り散らしていた。

「どうやい。そろそろ本調子になつて来よつたろが。大阪の方はどうやな」

「へえ、なんせほの川口筋が、近頃無茶苦茶みたい動いてまんので、へえ」

「ほれや、われ、ほいつがやな。ほんなもん今度のはおちんた（青島）相場やあらへん。ほらもうよう解つたるのや。ほれに西陣のやいつらと来たら、とつと話にならん。へえ、なりません。一寸高い言うともう尻ごみばつかりしてけつかる。ほんなもん、今日び高い安いなんて問題じやない。高うても買、安うても買、買の買の買よ。なあ、もうこうなつたら真ちんや。問題は最早何故高きかや。而して、と、もうこう来よるわい。ねえ、真ちん、われ、ほんでもほうやないかい」

「いや、おおきに。昨日も丸伊の大将、到頭痺切らして飛んで来やはりましてん。流石に道斎坊主や思わはつたか、ほんでもほうです取混ぜ五十梱も出来ましたか」

「あかん。ほんな痩切らした道斎坊主みたいなもん、なんぼ飛んで来てもあかん。もう時代は大きく動いとる。どうや、一寸大きう出よるやろが、われこう動いとるわいね。動きやぞよ。いや、朝つぱらから阿呆言うてると、とつと喉が乾きよる。君等も昆布茶飲んでくれ。われ、今日は昆布茶やぞよ。なんせほのよろこんぶやでね。めでた、めでたとまあ言う所やが、どうや、うちの若松様は、動ぜんわい。ほう易々とはにたつかんわいね。ほこへいくとわしら、つまり気が弱いのやね、なんやら胸がわくわくしてね、朝からもうじつとしてられなんだもんやが。ほらまた、今はあんな嗅さんやが、初めはよかつたわい。こう一寸恥しゆうてね。ほらなんぼ真ちんでも、あの時だけはあかんほん。ほんなむつつり顔してても役に立ちよらん。なんやらこう赤いもんと白いもんが、ぱつとこう来よつてね。われ、どうするえ。おいおい何阿呆なこと言うてるのやい。時にわれ昆布茶て、腹が張るね」

「うむ、普通の茶にしましよう」

「けんど今日はあかんのやないかい」

「別に茶を飲む位、あくもあかんもないがな」

真吾はそう言つて手を打つた。その時、丁度みおが囲い屏風の蔭から顔を出した。

「まあ、にんやかなこと。主人、こつちやおへんのどすか。どこへ行きやしたんやろ」

「まあわれ、ほないにおやじの尻ばつかり追わいでもよいがな。まあ一寸こつちへお出いな。

なあ、おみおさんも思い出すやろが。初めのあの時のこと。一遍、女の人はどんな気するもんや。聞かしていな」

「また、いやなお兄さん」

「いんや、こりや真面目な話や。なんせこの真ちんのことやで、何をしでかすか解らへん。『気をつけ!』なんて言いかねよらん。ほらきつと『そもそも』とは来よるわいね。ほしてわれ、終りに臨んでやね、『本日の目的に向つて決意前進するのである』なんて来よつたら、もうことやがな。ほんなもん、花嫁さん一遍に目廻してしまわはるがな」

「まあ、おかしなことばつかり、言うといやすの」

「おかしなこと、一寸もあらへん。わしはただ女心というもん思うさかい言うてるのや。な、ほうやろが、功徳やほん、一遍とつくり、ほのなんや、嬉し恥し聞かしていな。あれ、あれあんな顔してて、おみおさん、わしは悌しゆうからすつかり聞いているのやが、なかなかお凄いのやてね。けんど悌しゆうは仕合もんや、あんたみたい美しい女《ひと》に可愛がられてね」

「知りまへん。なんとなつと言うて、お嬲りやす」

みおは笑を含んだ狡い眼で、一寸辰二郎を睨むと、くるりと背を向けて、急いで立去ろうとした。その後から真吾が言つた。

「あの、嫂さん、すまんが普通の茶、誰かに持たして来ていな」

「お茶？　ほんでも今日はどうやろ。よろしいやろか」

「よろしい。少し濃いやつを願いたいね」

「へえ、へえ。これはもう早う退却、退却」

みおはそう言いながら、逃げるように立去つて行つた。すると、その後をじつと見詰めていた辰二郎が、またいきなり喋出した。

「どうやい、今の色つぽい眼、鴨やないけど、丁度脂の乗り頃やね。色気でつわつたあるが」

「けど、今日はあんたも馬鹿に色づいてやはるね」

「ほらわれ、今日は色づくわいやい。けなりいがな」

「ほんなにけなりや、いつでも代るぜ。どうやな」

「阿呆な、真ちん、われほんな阿呆なこと、言うなよ。ほらほんなこと嘘にきまつたるけんど、ほんな阿呆なこと、仮にも言うもんやないがな。若し兄貴でも聞きよつたらどうするい。ほしていつたいわれは何でまた今日という日にほんな自然薯みたい顔してるのやい……」

辰二郎は自分一人ですつかり狼狽ててしまい、もう口から出まかせのようなことを喋り続けていた。

其の頃、治右衛門は新家の座敷の床の間の前に坐つて、今掛けたばかりの掛物に見入つていた。それは応挙の松に鶴の軸であつた。この軸は去年の春或る事情があつて、太田佐助という京都の骨董屋から、少し変だとは思いながら買求めたものであつたが、こうして見ているとそれは愈〻怪しく思われて来るのであつた。

「どうも、いかん」

治右衛門はそう呟きながら、その軸を巻き、もう一本の蘆雪の寿老人の軸を掛けた。この軸は祖父の時代から伝えられたものの一つで、心の故かそれは際立つて気品高く思われた。治右衛門は立つたまま、暫く覗くようにして眺めていたが、軈て何を思つたか、急いでそれを巻下すと、もう一度応挙の軸を掛けた。そうして前のようにまたじつとそれに見入つていた。不意に頭の上で治右衛門は何者かにからからと笑われたように思つた。が治右衛門は佐助や、佐助の取持で世話をするようになつた祇園の或る若い妓《おんな》に対する感情は最早空しく起らなかつた。そうして今残されたものはただ腹の中まで赧くなるような自嘲ばかりであつた。がこのどうしようもない恥しさのあまり、治右衛門の心の中にはいつか苛立たしい感情が波のように立騒ぎ始めていたのだ。治右衛門は狼狽ててまた応挙の軸を下し、蘆雪の軸を掛換えた。

然し、また考えてみれば、真吾のような無趣味な男には却つてこのいかにもめでたそうな、そうして兎に角名前だけでも応挙と言うこの軸の方が宜いのではなかろうか。殊に若し今日の式にこの軸を掛けて置かなければ、あの男のことであるから直ぐにもその理由を勘付き、またあの忌々しい執拗さであの手この手とつつ突き廻すに相違ないのだ。治右衛門はそう思うと、あの人を喰つた真吾の態度が今更のように腹立たしく思われて来た。そうだ！　あんな男には丁度この偽物こそ相応わしいのだ。よし、この偽物を以つて彼の婚礼の式を飾るのだ。この素晴しい思付きに、治右衛門は突然激しい興奮を感じ、また急いで応挙の軸と掛換えた。

「うむ、これで結構や」

治右衛門は自分自身にそう言ってみた。が治右衛門は決してこんなことの押通せる人間ではなかった。不意に、こんなもの、こんな忌々しい偽物などもう無茶苦茶に破捨てたいような、激しい混乱に陥ってしまった。そうして誰彼の差別もなくただ子供のように腹が立った。

「買うのです?」

一体これは何という言葉だ。何という人非人の言葉だ。こんな非道が赦されてたまるものか。如何にしても天を恐れぬこの悖徳《はいとく》を打たねばならない。そうだ、これはどうしても今、今直ぐ彼に両手を突かせ、そうしてあの傲慢な面を下げさせなければならないのだ。殊にその二枚の手形というのは、僅に合わせて五千円にも足りないというではないか。しかもこの自分からは保証の証書さえ取上げてしまったのだ。

「わしは何という馬鹿だ」

治右衛門はそう思った瞬間、つまり金銭のことを思出した瞬間、さながら全身の血が逆まくような、自暴自棄の激情に襲われた。もう何もかも無茶苦茶になって吹飛んでしまえ。こんなことが、若しこのまま何事もなく、つまり世間の人間どもの言うように「お滞りなく」終ってみろ。一体この自分はどうなるのだ!

治右衛門は不意にふらふらと床の間に上り、応挙の軸を下すと、また蘆雪の軸を掛けた。そうしてそのまま恐しい勢で玄関の方へ歩いて行つた。その時、丁度其処へ安吉が大きな木の箱を持つて入つて来た。途端、治右衛門は飛上らんばかりに驚いた。が始めて我に返つたようにいきなり大きな声で呶鳴りつけた。

「馬鹿もんめが！　誰がほんなもん持つて来いと言うた」

はまや手伝の女達を相手に、皿や茶碗や塗椀などの上拭をしていたおとさが、この突然の呶鳴り声に驚いて、急いで玄関の方へ走つて来た。そうして其処に蒼白な顔をして呆然と突立つている治右衛門の姿を見ると、声を慄わせて言つた。

「治右衛門、ほんな大きな声、どうぞ今日だけはせんといて」

しかし治右衛門には、この年甲斐もなく頭の上にちよんちよくりんと丸髷など乗せている母の姿が、何にもまして見るも厭わしいものに思われた。治右衛門は一言の答もせず、ふつと顔をそむけると、そのまま急いでまた座敷の方へ立去つて行つた。

18

夕方頃になると、真吾の家の前や沿道には、この噂の高い花嫁を見ようとする村人達の群が次第にその数を増していつた。花嫁の一行はO市から汽車でN駅に降り、隣村の素封家大橋家に落着き、其処から徒歩で村へ入ることになつていた。初冬の日はもうとつぷりと暮れ、薄青い夕靄が一面に湖のように漂うていた。寒い、息の白く見えるような晩であつた。村人達はただがやがやと訳もなくざわめいていた。そうしてその間を藤村の定紋のついた提灯を提げた村人達が、これも別に何という意味もなくただ忙しそうに行来していた。こんな時にこそ、子供達は声を限りに歌わねばならなかつた。肩を組合い、手を取合つて、右に左に走廻らねばならなかつた。

軈て悌三が、安吉と二人の店の番頭を連れて、村外れまで出迎えのため、人々に会釈をしながら出て行つた。

「ほれ、もうじきや」

その頃には道の両側は見物の人達で一杯であつた。殊に真吾の家の近くでは最早身動きも出来ないほどであつた。が万は門の前に頑と立はだかり、誰であろうと一歩も砂の中へは踏入れさせなかつた。

「晋さんや。ほれ、晋さんやが」

黒紋付の着物に袴を着けた晋が、辰二郎に伴われ数人の人と共に門の所まで出て来た。そうして提灯を提げたまま一列に立列んだ。丁度その時、見物の人達の口々から一時に待ちかねていた叫び声が発せられた。遙か向うの森蔭から、提灯の燈がふわりふわりと次々に現れ、軈て沢山の燈が高く低く動きながら、静かに進んで来るのであつた。晋は感動のあまり、もう胸が一杯であつた。

仰げば、紫紺の空が蒼茫と果もなく地上を蔽うていた。きらきらと星の光は輝き始め、中天から遙か遠く、まだととのわぬ夜の光が淡く水のように流れていた。森や樹々は黒い陰となつて静まり、家々の甍は白く光つている。道には薄明の光の中に人々の顔が一杯押並んでいる。皆よく知つている顔だ。それだのに不思議にもそれは何か尊い人を迎え待つ名画の中の群衆の顔々のように思われた。嗚呼、地上！　誠にこの一瞬ほど、晋はこの言葉を深く感じたことはなかつた。そうしてこのあまりにも切ない地上の営みの懐しさに、晋の心は最早嗚咽に近かつた。

行列の燈は順々に村中に入り、いつかもう見えなくなつた。

「ほれ、もう今や」

人々は口々にそう言いながら、少しでも良い場所を取るために、急に騒々しく押合つた。その時、向うの曲角から茂八や出迎の人達の提灯を先導に、行列は次ぎ次ぎに現れて来た。途端、見物の人達の中に異様な動揺が伝つた。人々はもうどうしても我慢出来なかつたかのように、思わず慎しみを忘れて驚きの声を発したのだ。花嫁は白無垢の着物を着ていたのである。花嫁は歩いていた！　ただ伏し俯向いて歩いていた。そうして見物の人達の中から今の今発せられた驚きの声は、次第に吐息のような感歎の声に変つていつた。仲人に付添われた花嫁の後に、父関野善平が夫人と並んで歩いていた。善平は年はもう六十に近かつた。半白の髪、皺の多い顔、太い吊上つた眉、それは一見して頑固一徹な性格であることが知られた。がその顔はこうした性格の人々に特有な、娘への一向な愛情に優しく濡れ光つていた。夫人はまるで齢を知らぬほど美しかつた。が何処か足の工合でも悪いのか、幾分歩き憎くそうに、顔を伏せたままそろそろと歩いていた。列中の人々は一々丁寧に見物の人達に会釈しながら歩いて行つた。そうして遂に花嫁は藤村家の門の前に着いたのである。見物の人達は口々に何事か言合いながら、後からどつと重り合つて押寄せた。女の人達はただもう夢中になつて喋つていた。が言おうと思うことは何一つ言えないようであつた。否、彼女達はいろいろのことにあまり吃驚してしまつたので、一体何を言おうとしているのか、それさえ解らないのであつた。一人の女は、夫人の足の悪いことを頻りに気の毒がつていた。もう一人の女は、一行の婦人達の着物の袘《ふき》が町人にも似ず総体に厚過ぎると言つて、くどくどと難じていた。不意に一人の男が、もう一人の男の肩を突飛ばしながら、大きな声で言つた。

「おい、確りせいやい。こらまたほんでもえらい別嬪じやないかい」

するとと肩を突かれた男は怒つたように言つた。

「けんどわしはまた、こんな葬式みたいな嫁入りて知らんわ」

「ほうじや、白てでなあ」

「けんど、ほうじやが、成程こりやまた良い嫁じや」

人々はどちらに同意するともなく、ただわいわいと言立てた。がその間に花嫁は静かに門の中へ入つて行つてしまつた。晋はただ呆然と立つていた。総てがあまりにも空しく過去つてしまつたのだ。瞬間、晋はさながら消残つた夢の後を追うような切ない感情に襲われた。がその時、門の外から晋の名を呼んでる数人の友達の姿を見とめると、晋はにつこりと微笑を返して、急いで家の中へ入つて行つた。

花嫁は玄関を上ると、仲人の夫人に付添われ、そのまま座敷を通抜けて、仏壇の前に坐つた。そうして携えて来た香を供え、暫く合掌していたが、不意にその場に伏し倒れた。が直ぐ仲人の夫人に促されて、始めて本当の花嫁の衣裳を着けるために、別室に引退つたのである。

おとさは非常に満足であつた。このことは勿論前もつて仲人から断られていたのであつたが、今目前にこの床しくも儀礼を破つた、否儀礼に絶した真実を見て、いかにも我が意を得たような深い感銘を受けたのであつた。おとさは老人達に取囲まれ、いつにない上機嫌でただ頷いてばかりいた。が、治右衛門はもう見るもの、聞くもの、何も彼が腹が立つた。それにしてもこれはまた何ということだ。こんな子供騙しのような、見てくれがしを、一体何故にしなければならないのだ。儀礼とはそんなものではない。儀礼とは百人が百人とも則るべき坦々たる大道でなければならないのだ。それをこそむしろ不遜と言うべきだ。それだのによいかと思つて、あの善平の力み返つた顔は何だ。今の時代にこんなことをしているから、真吾のような男に手形を借りなければならないようになるのだ。しかしまた真吾は何だ。このような馬鹿馬鹿しい芝居さえも、お前は黙つて見ているのか。そうして何も彼もけろんと済ましてしまう積なのか。一体その面は何だ。そのとぼけた面は何だ。お前はそんな顔をして、そんな顔をして……乱れた治右衛門の頭に不意にあの傷々しい淑子の無惨な姿が浮かんだ。治右衛門は最早痴呆のように地団駄踏んで口惜しがつた。真吾は、然し何を見ても聞いても別に腹など立たなかつた。しかしまた、もつと嘻々として治右衛門を一層苛立たせてやろうと思うのだつたが、それはなかなか出来なかつた。だから人から何と思われようと、つまりはこの「とぼけ面」をして、この奥の間に坐つているより他に仕方がないのであつた。が其処へ仲人の小林久四郎が急いで入つて来た。

「さあ、真吾さん、どうぞ」

「もうよろしいのですか」

真吾はそう言つて悠然と立上つた。そうしてのしのしと座敷の方へ歩いて行つた。

19

「真ちん、真ちんはいんのか」

辰二郎が大きな声で真吾を呼びながら、ふらふらと歩いて来た。顔は酒のために真赤になり、眼は猥りがましく緩んでいた。辰二郎がこうしてふらふらと出て来るのは、もうこれで三度目であつた。が勿論真吾はいなかつた。真吾はおとさに促され、もう先刻に離の座敷に引取つていたのである。辰二郎は暫く其処に突立つていた。が不意に何を思つたのか、離に通じている内廊下の方へ歩いて行つた。廊下には、ずつと向うの端に弱い電燈が一つぽつつり点いているばかりで、途中は真暗になつていた。それで辰二郎の姿は直ぐ闇の中に隠されてしまつた。その時不意に隣の部屋の襖の蔭から一人の男が飛出した。それは治右衛門であつた。治右衛門は狼狽てふためいて座敷の方へ引返して行つた。座敷の方では、流石にあれほど礼儀正しかつた祝宴も漸く乱れかかつたようであつた。

……官人駕輿丁神輿を速め　君の齢も長生殿に還御なるこそ目出度けれ

「どうも、どうも」

「いや、結構、結構」

座は一しきりざわめき立つていたが、聽てまたよく通る唄声が響いて来た。

打つや太鼓の音もすみわたり
かくべかくべと招かれて
いながら見する石橋の……

離には三つの部屋があつた。真吾はその中の間で、火針を隔てて淑子と向合つていた。その顔は今までの「とぼけ面」ではなく、何か激しい感情が籠つていた。淑子は両手を膝の上に揃え真吾の前に伏俯向いていた。まるで白粉を吸取つたような白い頸が限りなく美しかつた。が彼女の肩は激しく揺動いていた。彼女は泣いていたのであつた。全くそれは誰しも思も寄らぬ奇妙な情景であつた。が真吾は力強く一語一語をはつきりと区切るような言方で言い続けていた。

「それでわしは今日まで結婚をしようとはしなかつたんだ。実際、恋愛のない結婚なんて、わしにはどうしても考えられなかつたのだ。それではまるで犬や猫と少しも変る所がないではないか。わしは実際心の醜い人間だ。穢れにみちた人間だ。しかしこればかりは、こんな結婚ばかりはどんなことがあつてもすまいと心に誓つていた。肉と肉だけの結婚、人間としてこんな冒瀆がまたとあるであろうか。心を、この心をどうするのだ」

真吾は勿論残忍な出鱈目を言つているのであつた。が、こうして喋り続けているうちに、いつともなくさながら我と我が胸に最後の釘を打ちつけるような、恐しい興奮に憑かれていた。

「しかし悲しいことには、いや別に悲しくもないが、わしは木や石ではない。いやわしは今何もこんな廻諄い言葉を言う必要はない。つまりわしにも君と同じように性慾というものがある。そして今特に君にはつきり断つておかなければならないことは、わしはまた格別に健康であるということだ。だからわしはあれほど拒んでいた結婚が、つまりもつと悉しく言えば女の肉体が必要になつて来たのだ。これは人間の正当な権利だ。それは丁度人間腹が減つた時に飯を食うことが義務でなく、権利であるように権利なのだ。だからわしはこの性慾のために、ただそれだけのために、与えられた権利を実行することに決心したのだ。微塵、愛情の翳も交えぬ、それはわしの愛情へのせめてもの純潔なのだ、ただ肉と肉との結婚、これこそわしのように一人の女をさえ愛することの出来なかつた男に相応しいことではないか。わしはそう思つた。そうして今それを敢て実行したのだ。このことを幸か不幸か、この祝福された結婚の相手に撰ばれた君に、今この記念すべき最初の夜によく記憶しておいてもらいたいのだ。わしは今君を少しも愛していない。また将来も決して愛することはないであろう。

「君はわしの言葉を冷酷だと思うだろう。思うてもよい。思わんでもよい。ただわしは断じて嘘だけは言うていんのや。実際、数時間前までは顔も知らなかつた人間同志が、種の解つている手品よりも下らない、あんな茶番が終つたからと言つて急に『愛する』というような馬鹿らしいことが、仮にもありうることであろうか。ましてこのような人間の心を忘れ、神聖なるものを恐れぬ、この穢れの中に結ばれた二人の間に、どうしてあのような臈たき花など咲こうものか。愛の予約募集、いかに真吾卑しくとも、未だそれほどまでには堕落していん。そんなものは愛ではない。狡猾な妥協だ。或は鈍感な感情だ。愛とはそんな生優しいものではない。据え膳の前に並んで、わしのようにぶつくさ言いながら、君のように恥しそうな顔をしながら、こつそりと手を着けるようなそんな、卑劣、低俗なものではないのだ。愛とは尊貴にして激烈なものだ。相対ではなく絶対なのだ。おお、俺の胸を割こうか。この俺の胸にもかつては小さな愛の赤ん坊が眠つていたこともあつたのだ」

いかに興奮したとは言え、真吾がこのように取乱したことは今までに一度もないことであつた。真吾は全く動顛してしまつていた。彼はさながら胸中に盛上つて来る恐しい苦悩を、もう無茶苦茶に吐出し吐出しするかのように言続けていた。いつかその眼には真摯な光さえ漂つているかのようだつた。が真吾は不意にはつと成つたように言葉を切つた。自分は一体何を言つていたのであろう。流石に真吾も今は明かに狼狽していた。そうしてもうあまりの馬鹿らしさにいつそ噴出してしまいたいくらいであつた。が彼は直ぐ思返した。上出来だ。実感さえ出ていたではないか。淑子は以前のままの姿勢で坐つていた。真吾は太々しくもそう思いながら、暫く無言のまま、じつと聴手の様子を眺めていた。淑子は以前のままの姿勢で坐つていた。が最早泣いてはいなかつた。このあまりにも思寄らぬ出来事のために、何がどうなつたのか、まるで気が遠くなつてしまつたかのようであつた。ただその耳元で、恐しい言葉が切々にがんがん響いているばかりであつた。が淑子は不意に、これではならぬと厳しく自分の心を鞭打つた。恐しい、が何か自分達には知ることの出来ない激しい苦悩とこの人は真剣に打戦つているのかも知れない。淑子はそう思い、微に頭を上げた。その時、真吾は再び言出した。がそれは今までの調子とは全然異つていた。

「いや、わしのことなどはどうでもよい。まして愛のことなどは、もう真平だ。しかし君ももう二十一にもなつたんだから結婚ということはどんなことかくらいは知つているだろう。勿論知り過ぎるほど知つているね。それを知つていなから、しかし君はよくもわしのような少しの愛情も、いや一度も顔さえ見たこともない男と結婚するような気になれたものだね。しかも今此処に平気な、ただ一寸ばかり恥しそうな顔をして坐つている。存外女というものは恐しいものだね。それではまるで淫売女と同じことじやないか。いやそれよりもずつと卑しい恥ずべきことだ。第一そういう女達は金がどうしてもせつぱ詰つて必要なのだ。がまさか、君が金を必要とするようなことは、どうしてもあり得ないことだからね。

「ましてその卑しい女達は、その卑しい行のために、もう十分過ぎるほど残酷な侮辱と刑罰とを背負わされているのだ。所がどうだろう。君のように教養あり尚且つ親孝行なお嬢さん達は金を要求するばかりでなく、勿論金だとも。例えば若しわしが何処かの下足番だつたら君はよもやこの結婚を承知しなかつたであろうが。つまり金は勿論、尚その上に驚いたことには愛情さえも望んでいるのだ。何という恥知らずだ。しかしそれもいいだろう。わしも恥知らずなことは大好きだからね。いやこれはことによると君はわしに相応しい妻かも知れないよ。しかしそれならばどうか君、その上品そうな、お優しそうな顔は止めてもらいたいんだ。殊にその何かこう一寸うら恥しそうな花嫁面だけはどうしても我慢出来ん。そんなものは嘘だよ。恰好だけだよ。殊に君のような恥知らずがそんなことをしているの第一滑稽だよ。それとも君はそれが処女の魅力だとでも思つているのか。怪しい処女だが、そんなものが一体何だ。なんなら君、一遍その正体をひん剝いてやろうか」

淑子は不意に立上ろうとした。何か目の前に恐しい者が立はだかつたように思われた。が直ぐ片手を突いて、その上に崩れるように顔を伏せて打倒れた。――淑子は決して夢のような幸福など一度も願つたことはなかつた。殊に娘の身にもはつきり知られるようになつた我が家の状態や、また時には涙のようなものをさえ浮かべながら、じつと彼女の顔を見詰めている最近の父の様子などから、彼女はどうしてそんな幸福に充ちた結婚など考え得られたであろう。しかしまた誰がこのような恐しい最初の夜を想像することが出来たであろう。嗚呼、これが私の夫なのか。これが私の、この私の結婚の初夜なのであろうか。淑子はあまりの恐怖と激動とのために、まるで悪い夢の中で走つているように、最早泣くことさえも出来なかつた。真吾は恰も翼を折られてもがき苦しんでいる白い鳥のような、この淑子の肉体を暫時さも快気に打眺めていた。つまり万事はうまく真吾の思う壺に塡つたのである。が真吾は最早こんなことをいつまでも喋り続けていることが少し面倒になつて来た。その上、少し過した酒のために少々眠気をさえ催して来たのである。急いで最後の話をしてしまわなければならない。真吾は憎々しくも微笑をさえ浮かべながら言つた。

「君、もうそんなことは、そんなに心配なんかしなくつてよいのだ。何でもないのだ。ただ一寸言うてみただけなんだ。それよりも君、あの青年はどうしたい」

淑子は吃驚して、思わず顔を上げた。あの青年とは、一体何のことであろうか。が、何と言おうとしても、もう声など一語も出そうにもないように思われた。

「ほら、君と仲の良かつた青年だよ、君の恋人と言つてもよければ言うがね。二見とか言う、東京の大学へ行つている青年だよ。純な青年やというじやないか。文学とかいうものをやつているんやてね。君はどうしてそんな無垢な青年を騙して、こんなわしのような恥知らずの所へ来たんだい。その青年は東京でひどく君のことを恨んでいるという話やがそりや、可哀そうだよ」

真吾は危く笑出すところであつた。が彼は一生懸命に我慢していた。淑子はあまりの恐しさに瞬間息が止りそうであつた。しかしこれは何という恐しいことであろう。このことは誰一人知つている筈がないのであつた。が、真吾は名前さえ知つている！　淑子は突然何か言つたようであつたが、一時に迸り出る涙のために、何も聞取ることが出来なかつた。淑子はそのまま泣き伏してしまつた。

「しかし君達はよく、N公園や川の堤を手に手を取つて散歩していたというじゃないか。また接吻さえも一度ならず許した仲じゃないか。勿論わしはその回数までは知らんがね。しかし君、噂というものにはよほど気を付けないといかんよ。わしはまた君達二人の間には身体の関係さえもあつたように聞いたからね」

不意に淑子はむつくり起上つた。そうして子供のように顔を引歪めて泣歙りながら、両手を膝の上に突立てて、涙に咽び咽び言つた。

「そんな、そんな、ことは、ございません」

「勿論そうだろう。そんなら何もそんなに泣かなくともよい。殊にわしはそんなことはどつちでもよいのだ。わしは君を愛することさえも出来ない男なんだから、勿論そんなことを云々する資格なんてないのだ。しかしこれは君のためにだが、丁度君の保険を契約しておいたから、多分明日か明後日、協和生命の医者が君の身体を診に来るだろうからね、その序にその点もはつきりしておこう。それで何も彼もつまりさつぱりするからね。勿論わしとは内輪のように親しくしている医者だから、遠慮はいらんよ」

「そんな、そんな、それだけは、どうぞお信じておくれやす」

「しかしそれはやね、わしは勿論少しも疑っていない。が信じることも出来んのだ。第一わしは君を愛することも出来んのだからね。しかしそんなことは何でもないことだ。いや、むしろ君の方から望むべきだよ。なんせ、これは君のためにだからね。勿論君のような純なお嬢さんには少しばかりは恥しいことだろう。が君もお嫁さんになつたんだから、これからはもつと恥しいこともあるかも知れないからね」

淑子は真吾の言葉の終らないうちにぱつたりと打倒れ、到頭声を上げて泣き出した。がその時、真吾は不意に立上り、厳しく眉を顰めた。そうして何かを憚るように足音をひそめて襖の方へ歩いて行つた。真吾は暫く不審そうに耳を聳てて立つていたが、軈て用心深くそろそろと襖を開けた。が次の部屋には別に変つたことはないようであつた。ただ電燈が一つぼんやりと点つているばかりであつた。が不意に何を感じたか、真吾は無気味な微笑を漏した。そうしてなおも暫く、じつとその場に突立つていた。

「遅くなつた。寝るとしよう。君も疲れたろう。早くお寝み」

軈て真吾はまるで何事もなかつたかのようにそう言うと、自分だけさつさと奥の部屋に入つてしまつた。が淑子はまだ肩を波打たせて泣いていた。

夏の夜であつた。淑子は二見と肩を並べて県庁裏の堤の上に坐つていた。二人はひたすら人目を恐れてこんな所まで来てしまつたのであつた。が淑子はこの無暴な自分の行が今は限りなく悔いられた。涼しい風が吹いて来、無数の月見草がぽかぽかと闇の中に浮んでいた。

「淑子さん、どうしたの」

二見はそう言つて淑子の肩に懸けていた手をまた強く引寄せた。そうしてその途端に二見の手は脇口から淑子の乳房の上を押えた。淑子は瞬間全身が痺れるような羞恥を感じた。が淑子は次の瞬間、必死になつて二見の手を払除けようとしていた。

「いや、いや。かんにんして」

不意に二見はすつと手を引くと、いきなり頭を抱えて俯向いてしまつた。淑子はもう後をも見ずに駆出して行つた……

淑子は不意にあの時の、長い髪を乱して草の中に伏俯向いていた美しい二見の顔が思浮かんだ。が、十九の自分に、どうしてそのようなことが決心出来よう。そうしてまた、それも矢張このように不幸だつたに相違ないのだ。なんのこのような自分にどうして幸福の翳など差そうものか。瞬間、淑子は絶望の底に、最後のことが激しい希望のように湧起つた。父の顔が浮んだ。が彼女は弱々しくいやいやをした。嗚呼、自分は決して不幸ではなかつたのだ。否、何という幸福な者であつたろう。淑子はまた激しく啜泣いた。その時、奥の部屋からまた恐しい真吾の声が聞えて来た。

「淑子、もうそんなに泣くんじやない。君は今何かあることを決心したね。勿論それは君にとつては一番正しく、また君としてはそうあらねばならぬことだろう。けれども、もうそれは今となつては少し遅いよ。何しろ君はもう藤村淑子だからね。君には気の毒だが、しかしこの家はね、淑子、丁度君のように尊いものを裏切つた者の落ちる地獄なのだ。もうどうしても逃げられないのだ。君もそうだ。わしもそうだ。そうして兄貴どももそうなのだ。あの兄貴どもが如何に呪われた人間であるかということは、君にも今にも直ぐ解るようになるだろうよ。さあ、もう早く寝るのだ」

淑子は突然ぶるぶると身を慄わせた。そうしてそのままじつと身動きもしなかつた。

廊下の闇の中で、治右衛門と辰二郎は獣のように睨合つていた。その時不意に離の襖が静かに開く音がし、何か人影が差したようであつた。二人は狼狽てて身を潜めた。淑子が着物を着、帯さえきつちりと締めた淑子が、足音を忍ばせながら雨戸の方へ歩いて行つた。そうしてそろそろと雨戸を開き、ひらりと外に身を隠すと、またもとのように雨戸は静かに閉つてしまつた。

「ほれ、兄さん、どうやい。わしはほんまにこれを心配してたんや」

二人は一散に駆寄り雨戸を開くと、雪のように月光の降注いでいる庭へ、足袋跣のまま飛下りた。

20

真吾は一番列車で今京都から着いたばかりの協和生命の阿部医師と離れの奥の間で火鉢を隔

て談合つていた。阿部医師は三十四五の年配で、鼻下に短い髭を蓄えていたが、その上品な面差と、殊に美しい服のために、決して軽薄に見えるようなことはなかつた。彼は真吾とは以前から昵懇な間柄で、よく真吾の性質を知つていたので、今もこの真吾という人間と話しているることがいかにも面白そうに始終微笑を浮かべ、時には思わず声を立てて笑つたりしながら、関西人らしい柔い調子で話していた。

「そら一体ほんまかいな、真吾さん。いやもうあきれたな」

「別にほんな呆れんでもよいがな。ただわしはね、どうしてもその『臭いものには蓋』式にしとくことが出来んのでね」

「徹底居士、また始めはつたぜ。しかしなんやろな、真吾さん、仮にその結果がどうやつても、今更どうのこうのは起らへんのやろな。こつちら、かなんで、責任やでな」

「勿論。あれはわしの妻ではない。あれは藤村真吾家の嫁はんや。従つてわしにどうこういう権利もないし、またそんな結果どうあろうとわしにとつて何でもない。ただ医学の名に於いてのみには、君にしかと責任を持つて欲しいのや」

「けんどやな、真吾さん、まあ嫁はんは誰の嫁はんやろとや、あんたがほんまにその結果はどうでもよいというのなら、何もわざわざほんな『臭いもんの蓋』取つて見るに及ばんやないかいな、第一なんぼ真吾式やというてもことによりけりでな、そりやあんまり可哀そうや。あんまり酷やぜ、ほら」

「君が、医者である君がやな、可哀そう？　そんな呆れた感情をいつも持つているのかね。君の医者としての信念、つまり医学に対する信念とは、そんな俗つぽい感情の絞れるような生ぬるい、よい加減なもんなんか」

「ハッハッハッ……とうとう『信念』が出て来よつたな。いやね、しかし今のは何も医者としての言葉やないねん。友人として言うたんやが」

「よろしい。するとわしもや、最早、友人である君には何も言わん。ただ医者である君に依頼するばかりなんだ」

真吾はいつになく感情の籠つた強い調子で言つた。阿部医師はこの思掛けぬ真吾の語調に驚いて、思わず真吾の顔を打眺めた。が直ぐ思返したように静かに茶碗を手に取り、残つていた茶を飲み乾すと、なおもくるくると茶碗を手の上で廻しながら、

「これ、ええ茶碗やな」と言つた。そうして新しい煙草に火を点け、そのまま暫く黙つていた。が軈て、柔和な微笑を浮かべながら、しかし低い声で言つた。

「そうか。あんたでも、やつぱり、そうなんかな」

が真吾は無言のまま手を組んで、じつと一と所を見詰めていた。

「けんどな、真吾さん」

阿部医師は続けて言つた。

「やつぱり、いやそれならそれで尚更や、そういうことは殊更に荒立てんと、穏かにしといた

方がよいやないか。そらあんたの性質からすると、一応その気持は解る。しかしよう考えてみると、今更や、却ってそれはあんたらしいないと思うねん」

「何故」

「いやね、人間と言うものは誰でもや、その痛い所へは余計触ってみたいもんや。しかしそうしてみたところで、もとよりどないにもならへんねん。いや却って痛みは余計ひどうなるばっかりや。が、それをよく知ってても矢張り一寸触ってみたい、つまり何と言うか未練、まあその一種やね、こんな例は仰山ある。例えば子供達が墨が乾いているか乾いていないか試すために、こわごわ指先で触ってみる、あのでんや。たわけたことや。しかし実際人間のすることなんて、大抵まあこんなもんや。ほんでや、真吾さん、殊にこういうことにはや、小賢しい人間の小細工なんて止めて、もっと大きくやな、自然のままに流しておくことや、とまあ僕は思うのやがな」

その時真吾は不意ににやりと笑いながら、言つた。

「やるね、なかなかやるわい。医者にしとくの惜しい位や」

真吾のこの突然の変貌に阿部医師は呆然と凝視したまま、暫時物言うことが出来なかつた。

「いや、いや、冗談やがな。辰二郎やないが、われまあ、ほう真面目顔するない」

「なんてや、ほんまにあんまり人を阿呆にせんときや」

「まあわれほう怒るない。こっちは苦心の計画、まんまと失敗や、がほれよりまあ兎に角、あれは、しかと頼んだぜ」

　その時女中が茶を換えに入つて来た。すると真吾はひよいと自分の茶碗を取り、手の上で廻しながら言つた。

「阿部さん。これ、ええ茶碗やろが」

「ぶつぜ、ほんまに、わしやもうこんなんかなわんわ」

　二人はとうとう声を合して笑出してしまつた。が、このように真吾が声を出して笑うようなことは、殆ど稀なことであつた。こんな時、真吾の頭の中にはいつもきつと何か激しい混乱が渦巻いているのであつた。今も真吾は或る火の出るような感情に燃立つていた。

　羞恥とは何だ！　何という忌々しい思わせ振りだ。卑怯極まる偽善だ。最早功利の臭さえするではないか。こつそりと盗喰いならしたいのだ。嗚呼、目に入る総べての上品振つた女達を見るがよい。彼女達の肉体の何処にこの身を切るような慟哭があるか。それだのに彼女達は口癖のように言うのだ。『あらまあお恥しい』これは一体何という言葉だ。仮にも人間の心を持つたものが口にすることの出来る言葉であろうか。嘘の嘘の大嘘だ。この穢らわしい嘘偽を、如何にしてもひん剝かなければならないのだ。——真吾はさながら鈍刀を打振つて、目に見えぬ何者かを、ひつしひつしと打据えているようであつたが、それにも関らずその不思議な感情は後から後から、しかも真吾の心の奥底からめらりめらりと執拗にも燃立つて来るのであつた。

真吾は最早堪えがたいように、真吾にも似ず阿部医師に向つて言つた。

「君は、人間の羞恥心というものをどう思う」

阿部医師はこの思掛けぬ質問に、瞬間はつと何と言いようのないものを感じた。が咄嗟に答えた。

「人間が神から与えられたもののうちで、いや人間の感情のうちでと言直してもええけれどな、一番美しいもの、少くとも一番美しいものの一つやろね。まあ人生の泉やね」

「君、ほんまに噴出すぜ。まるで君は、ちよぼ髭を生した驢馬のような男だね。馬鹿らしいて、もう話にならんわい」

「僕はそう信じる。断じてそう考えるんやないねん」

勿論、かつては或はそうであつたかも知れない。しかし今、この現世に於いて、そもそも誰が、そのような真実「恥しい」などという大それたことを言い得る人間があるであろうか、この汚辱に充ちた我が身を見るがよい。そも何に対して「恥しい」と言うのだ。言うか。その名を言得るか。今の世に誰がその名など口にする口を、耳にする耳を持つているものか。悪魔をこそ呼ぶに相応しいのだ。真吾は今こそ、例えば満目氷雪に、閉ざされた極地に、生命を賭するような戦慄を願求した。其処には一瞬の躊躇も、一瞬の油断も許されないのだ。最早それは、思考を絶した、何という荘厳な生命の燃焼であろうか。が、嗚呼、しかしこの現実はまた何という生ぬるい、しかも卑しい臭に充ち充ちた生活であろう。真吾は激しい自嘲に駆られ吐出すように言つた。

「嘘だよ。皆、嘘八百だよ。今の世になんのそんな美しいものなどあろうものか。羞恥、嬌羞、媚態『あら』お恥しい——そら、どうやい。ちゃんと相通じるものがあるじゃないか」

その時、静かに襖が開き、美しく髪の結上った淑子が現れた。まだ薄い化粧だけの淑子の顔は、丁度今咲いたばかりの大輪の花のように活々と初々しかった。阿部医師は一寸居住を直したが、真吾はさながら見るも汚らわしいもののように、じっと淑子の顔を見据えながら言った。

「この方は協和生命の阿部先生。これでもまあ先生や。これは、改めて言う必要はないね」

「いや、ちゃんと御紹介願いたいね」

「家内、淑子、それでよいのかい。いや君は実に下らん男やね」

しかし阿部医師はその時思わず会心の微笑を漏らした。そうして言った。

「私、阿部です。この度は誠にお目出度うございました。どうか今後とも宜敷くお願い致します。ほんとに、奥さん、これからはまたいろいろ御厄介になりますよ」

「私こそ……」

淑子は口の中で言いながら丁寧にお辞儀をした。がその顔には早ありありと小児のような恐怖の色が浮かんでいた。が真吾は容赦なく言った。

「先日話しておいたように、君の保険、会社と契約したから、これから先生に診査して頂きなさい。そうしてその時話しておいたことも、丁度よい機会やから、序にはつきりさせて貰っておこう。阿部さんにはわしからよく話しておいたからね」

あの夜以来、最早総てを観念してしまつたのか、淑子は意外にもはつきりと頷いた。それにはさながら絶望の中に健気にも身を横えた、恍惚とするような虚しささえ感じられたが、それはまた同時に、何者かに対する激しい復讐でもあつた。真吾は思わず悪魔のような戦慄を禁じることが出来なかつた。しかし流石に淑子もそのままよう顔を上げることは出来なかつた。

其処へ先刻の女中が新しい茶を運んで来た。真吾は茶を運び終つた時、女中に言つた。

「手水と、手拭と、石鹸と、それから淑子の枕とを持つて来なさい。君、それだけでよいか」

「ああそれだけで結構」

阿部医師はそう言つて頷いた。女中は何故か顔を真赤に染めながら、お辞儀をして出て行つた。すると真吾はいきなり阿部医師の方を向いて言つた。

「これでもや、君恰好だけは如何にもこううら恥しそうやけどね、結構こうしてわしのような見ず知らずの男とでも結婚するんやからね。なんの、そんな美しいもんなんてあるもんか。みんな嘘だ。嘘八百だよ」

「そりや無茶やな。真吾さん、あんたの言わはることはやな、勿論あんた自身にとつては別に誇張ではないのやろが、もうどだいごりやりでね。意味が勝手気儘に飛びよつて、傍若無人、理窟押しのつもりで、もうしまいには理窟も糸瓜もあらあへんねん。僕等にはほれがまた却つておもろいのやけんど、大抵の人はほらかなわんぜ。恥しい言うてもや、ほれにまたいろいろの種類あるやろし、第一ほんなもん理窟やあらへんが。恥しいもん、なんと言われてみても恥しいがな。僕等にでもどないにもならん恥しいこともあるぜ。いやそう言うとね、僕には今思出しても顔の赧うなるような話があるねん。それは僕が昔高等一年か二年の時のことや。受持の先生が、真弓先生いうて、画の好きな先生やつたんやな。後で聞いたんやが、文展かなんかに通らはつたそうやが、その先生が或る時、君の家には仰山油絵があるそうだが、お父さんに言うて、一遍見せて貰えんか、言わはるねん。僕は何か嬉しいてね、明日持つて来ます、言うとな、先生何やら心配そうに、そんなことして構わんか、言わはるのや。僕はもうどだいもどかしいなつてね、ほんなもん、ちよつとも構いまへん。明日きつと持つて来ます、て勢よう言たもんや。そして君、翌日一体僕は何持つて行つたと思わはる。ほら、その頃には、日清戦争やとか、東京名所とか色の着いた写真絵がようあつたやろ。あの印刷インキのべつとりとしたのを、油絵やと思つたんやな。早速、白い軍服を着て、例の真赤いけの砲弾の破裂している中を、剣を抜いて突撃している絵やとか、ハッハッハッハッ……東京吉原賑いの図やとかいうやつを五六枚束にして持つて行つたんや。そして先生に、それお上げします、てまあ言うたもんや。真弓先生は暫くその束を不思議そうに見て居られたが、軈てそれを展げるとね、もうなんとも言えんような笑を浮かべながら、ほう、いやそれは有難う、と言われた。僕は今も眼をつむると、その時の先生の笑顔がありありと浮かんで来る。僕はもう一生忘れられんやろな。そして僕はそれを思出す度に、ほんまに顔を被いたいような恥しい気持になるんや。けど、また僕はその時の真剣な気持を思うねん。あれでも、あれかこれかと一生懸命佳さそうなのを択つたんだものな。僕はその幼い心を思うのや。そう思うとね、僕は人間というもんが何かたまらなく愛おしくなつて来るのや。そういう幼い心というものは大人の世界にだつて数えきれないほどあるからな」

淑子は今まであれほど胸一杯にはりつめていたものが次第に何処かへ消失せて行くような、何かただ頻りに眠いような気になつていつた。まるで早夢の中にいるようで、こうして今坐つている所が一体何処であるのか、それさえはつきり意識されなかつた。不意に、淑子の頭の中にO市の家のあの南縁の暖い陽溜りが思浮かんだ。少女の頃、淑子はよくそこで長い袂を抱えながら、無心に手毬をついていたのであつた。

七重の帯をやの字に〆めて

大方今頃も、塀の外を赤い布を掛けた牛が車を曳いて、ごろんごろんと通つていることであろう……

「けんど真吾さん、あんたやかて一遍や二遍は恥しいと思うたこともあるやろが」

「いや、わしは恥しいというようなそんな大それたことは、一度も思つたことがない」

「嘘や。それこそ嘘や」

「……」

とんとん　とんとん……

何処か遠くの方から、手毬をつく音が物うく淑子の耳に、響いて来た。

とんとん　とんとん
「ある」

突然、真吾はそう言うと、真実顔中を真赤にした。そうして如何にも腹立たしそうに、どんと自分の胸を叩いたが、直ぐ冷然と笑いながら言つた。

「バイオリンを弾いたんや」

「えつ、あんたがバイオリンを弾いた？　ハッハッハッハッ……そりやええ、そりやええ、そいつは傑作や」

……とんとん。

不意にはたと毬の音が絶えてしまつた。淑子ははつと我に返つた。途端、淑子の眼から一時に涙がぽろぽろと零れながら溢出た。淑子はとうとう袂で顔を被うて泣伏した。

「どうなすつたんです。奥さん」

阿部医師は吃驚してそう言つた。が淑子は激しく首を振つた。そうして直ぐ泣止んでしまつた。

「いやどうも永喋りをしてしまつて、じや診せて頂きましよう。一寸帯をおとり下さい」

阿部医師は鞄の中から、診査用紙や、万年筆や、聴診器などを取出しながら、そう言つた。

淑子は半巾でしつかり涙を押えると、一寸会釈して横を向いて帯を解き始めた。

21

おとさは髪結部屋の隣りの部屋で、もうじりじりしながら言っていた。

「ほしてほの保険てて、ほれは一体なんやいな。このさ中に、なあ、おきりさん。昼御飯喰べたらぽいとやと思てるのに間に合わへんが、嫁やかて、ほんな昼御飯抜きててさせやへんし」

「ほうどすがな、大奥さん。お前はんもさつさと仕舞いいな」

髪結のおきりは梳手を叱りながら、おとさの方を見上げて言つた。すると今度は着物をたたんでいた女中のはるが言つた。

「なんやら、お医者さんに診ておもらいやすようです。さつき、おかのどんが、お手水やら、奥さんのお枕やら持つてかはれましとすで」

「ほんな医者さんてて、お淑がどこか悪いのかいな」

「いいえ、なんやら掛金みたいなことしときますと、ただでよいお医者さんに診て貰えるのやそうどす。おかのどんのお父つあんも掛つてやすんどすて」

「阿呆言いなはんな。ほんな銭掛けて、病気でもないのに医者に診てもろてる阿呆がどこにあろ。なあ、おきりさん」

「ほんまになあし。わたしら病気やかてかなんのに、ほんなお嫁さんが病気でもないのにお医者さんに診てもろうて、なんぼただでもかなんなあし」

「ほんまにいな、辛気臭い、何をしてらるのやろな」

其処へ辰二郎が何か急いで入つて来た。

「兄さんは」

「治右衛門かいな。ねつから知らんがな」

「あの、先刻お座敷でお花を活けておいでやしございますが」

「ふうむ。ほして真吾は」

「ほれがやがな、辰二郎。なんやら保険やたら言うてな。医者さんみたいもん来てるんやがな。ほしてお前はん、このさ中に、やいやい言うてお淑を呼びに来てな、もう小半時近うもなるのに、まだお淑は戻つて来やへんのやが。ほんでわしは他所廻りが遅れると思て、もうさつきから一人でぎりぎりしてるのやがな」

「保険！　なんやと」

瞬間、辰二郎はぞつとするような恐怖に襲われた。が次の瞬間、身体中がぶるぶる打慄えるような激しい怒が湧起つた。

「辰二郎、いつたいほの保険たらいうのはなんやいな、ほしてまたお前はん、どうかしたんかい」

「保険というのはな、今言うたる、保険というのはな、人が、つまり保険に掛けられた人間が、死ぬと、銭というもんが取れるんや。この奴畜生め！　まるで地獄の鬼や。死んだら、銭を取る。死んだら、銭を取る。ほんなことが、この人間の出来ることか」

辰二郎はそう言つて、自分の胸をどんと叩いた。

「ほれ、お前はん。何を言うてるんやな」

「何も糸瓜もあるかい。ほんまにお母もようあんな子生んだもんや。いや、あんなのは人間の子やない、よいか、お母もこれからあいつを人間と思たら間違いやほん。あれは鬼や。長鬼や、いや違う。あれや。ほれ、鬼よりももつといやらしい、ほれ何とかいうたな、地獄の番兵、角の生えたやいつと、馬面のやいつといるやないか。ほの馬面の方よいな」

「馬頭《めず》かいな。ほれが一体ほしてこれは大体何の話やいな」

「ほうや、ほうや、馬頭や。奴《ど》馬頭め、ほのいやらしい馬面を見てみい。もうわしはどないにしても我慢ならん。な、お母、ほらわしも随分阿呆もした。悪いこともした。けんどこんなひどいこと、人間として考えられるか、銭にするとは何や。いや、あいつのはいつでもこれや、口では傑そうに理窟ばつかり捏ねてやがるけんど、頭から尻までつまりは銭や。阿呆たれ銭が欲しかつたら、儲けたらよいやないかい。ほんなまるで赤ん坊の首締めるみたいなことしやがつて。よし、もうこうなつたら、こつちは牛頭《ごず》や。牛頭馬頭ごつつりこんや」

その時辰二郎を探していた治右衛門が、辰二郎の声を聞いて入つて来た。

「こんな所で、また何を言うているんや。鉄二が来たんやないか」

鉄二というのは、かつて善太郎が特約関係を結んでいたことのある名古屋の国光毛織株式会社を、愈〻しかし極めて有利に乗取ろうとする計画の下に真吾が国光毛織へ隠密に遣わしておいた、若い腕利きの社員であつた。

「ほうよな、ほんでわしはあんたを探しに来たんやが、もうほんな鉄二や国光相場やあらへん」

「何を言うてる。あの手形はこの二十日やというやないか。直ぐ真吾と一緒に来ておくれ、悌三はもう呼びにやりました」

「ほの真吾なのやがな。兄さん、真吾の奴、とうとうお淑を協和へ入れよつた。保険や生命保険や」

「そ、そ、それほんとか」

「ほんまも糞もあるかいな、今、お淑、協和の奴に診てもろとるんや。な、兄さん、あんまりやないか。あんまりひどいやないか。これがわしら藤村の兄弟か。兄さん。許してくれ、もうわしは今日から牛頭や」

辰二郎はそう言うと、急にまるで気でも変になつたかと思われるような、いやらしい笑を顔一面に浮かべた。

「辰二郎、言いなはんな。どうか、ここでは言いなはんな」

その途端、治右衛門はひたと片手で眼を押えると、突然、噎び噎び泣出した。瞬時、辰二郎はぼんやりとそれを眺めていたが、急に狼狽てて言つた。

「解つた。兄さん、言わん、きつと言わん」

「解つて、くれたか。兎に角、真吾と一緒に精々早う来てほしい」

治右衛門はせり上げて来る涙を、喉を波立たせながら、ぐつと噛殺して言つた。がまた、いかにも堪えられないように手で顔を被いながら、急いで出て行つてしまつた。おとさは一人、何が何のことやら解らず、ただ呆然と立つていた。それを見ると、辰二郎は不意に声を上げて泣出した。

「言わん。わしは死んでも言わん。けどや、お母、兄貴は今泣きよつた。わしも泣きたい。けんどわしはこんな人間やで泣けん。こんなんは泣いてるんやない。涶泣きや。うわあい」

辰二郎はある忌々しい聯想から、われとわが言葉に怯上つたのだ。が、思わず握締めた手を激しく振動かしながら、また言い続けた。

「けんど、兄貴は、兄貴は今ほんまに泣いてくれよつた。立派に泣きよつた。これでこそ人間や。いや、兄貴はほんまは心の中は清い清い人間や。今までわしはよう兄貴と喧嘩したが、もうこれからは兄貴の言うことならなんでもかんでも聴くほん。お母、頼む。このわしの今の心を知つてくれ」

辰二郎は言終ると、不意によろよろと部屋を出た。そうして離に通じている内廊下の方へ歩いて行つた。辺には丁度誰の姿も見えなかつた。辰二郎は口を固く結び、眼を見張つて、落着いた調子で歩いて行つた。が、廊下の途中まで来ると、突然ぼんやり立停つてしまつた。そうしてまるで放心したように、そのままじつと動かなかつた。辰二郎は最早何を思考することも出来なかつた。ただ頭の中を、得体の知れぬ様々な激情が火の玉のように駆廻つているのであつた。

不意に、辰二郎は頭や身体をもぐもぐと動かし出した。そうして、先刻のあの垂れ落ちるようないやらしい笑をその顔に浮かべながら、言つた。

「牛頭やほん」

22

空にさえずる鳥の声
峯より落つる滝の音
大波小波鞳鞜《とうとう》と
響き絶えせぬ海の音

この村には初めての、否、破天荒ともいうべき、音楽隊が再び「美しき天然」を奏し始めた。今日は学校の運動会である。生徒達はそぞろ気も浮き浮きと、万国旗や歓迎門に飾られた校庭を手に手を取つて走廻つていた。空には一点の散雲もなく、麗かな陽を浴びた田面には、見渡す限りただ一色、黄金の穂波が打続いている。時々、日吉山や石馬寺《いしばじ》山などの松茸山から鳴響いて来る爆竹の音に、菊の香も零れそうな秋日和、校内は見物の村人達でもうすつかり埋め尽されてしまつていた。プログラムは順序よく進んで行つた。そうして愈〻晋達五六年男生徒の擬馬戦が始まるのであつた。

霰の如く乱れくる
敵の弾丸引き受けて
命を塵と戦いし
三十七の勇少年
これぞ会津の落城に
その名聞こえし白虎隊

一際高く鳴響く楽隊の音につれて、生徒達は足並高く入場して来た。そうして赤い帽子と白い帽子がさつと左右に別れると、軈て清水先生の合図の笛の音が鳴渡つた。晋は意を決して山村常松の背の上に飛乗つた。

「しつかり行こ」

常松はそう言うと、首の信太郎の腰を押しながら、静かに敵の方へ歩出した。晋は白い手を後に廻し、今一度帽子の紐を調べると、それに応えるように微かに頷いた。一瞬、その少女のような白い顔に何か言知れぬ淋しそうな微笑が浮かんでいた。その時、向うの方から赤の一組が晋の方を差して進んで来た。

「よし、専太、やつつけろ」

常松はしやんと背中を一揺り揺ると、勢込んで専太の乗つている赤組の方へぶつつかつて行つた。

晋は一寸腰を浮かせ思切つて専太の肩のあたりに飛付いて行つた。すると専太の上体が幾分後の方へ反返つたように思われた。晋はそれに勢を得てぐいぐいと身体を押付けていつた。そうしてさつと片手を伸した。晋はその瞬間をはつきりと見た。赤い帽子を被つた専太の頭、そうしてそれとすれすれのところに自分の手が一心に働いているのだ。晋はまるで他人ごとのように、不意に何か切ない感情に襲われた。が次の瞬間、思も寄らぬ容易さですするりと赤い帽子は晋の手に握られていた。

「よし、こんどはどいつや」

常松の声で、晋は始めて我に返つたように身体を起し、四辺を見廻したが、丁度いずれも戦の真最中で、あちらでもこちらでも赤い帽子と白い帽子が組合つていた。

「ほれ、あいつや」

首の信太郎がそう言いながら、向うの方を指差した。見ると今しも一組の赤が意気揚々と、白の帽子を空高く投捨てたところであつた。それはどうやら六年の生徒達のようであつた。が、晋達は臆せずその方へ立向つて行つた。不意に信太郎が、折からの楽隊の音に合わせて、歌出した。

……主君の最後に会わばやと
飯盛山に攀じ登り
見れば早くも城落ちて
焰は天を焦がしたり……

少年の心に、こんな悲しい歌があるであろうか。この歌を歌うたびに、晋の胸にはいつも見知らぬ会津の城下が幻のように思浮かぶのだ。そこに少年達は住んでいた。母もいた。姉もいた。がその母は、その姉はどんな心でめつきり成人した少年達の死出の晴着を縫い裁たねばならなかつたであろう。最後の朝、凜と股立とつた少年達は思わず彼女達の方を振返り、につこり笑つたに相違ないのだ。隣の家々、懐しい街々がある。仰見る会津城は今日も厳として中空を圧していたであろう。嗚呼、そも何のために！　晋にはそれが悲しいのだ。少年達の命が悲しいのではない。その限りない美しさの故にこそ千切れるように悲しいのだ。が、しかし、どうしてそれを少年達は知ることが出来よう。否、人間誰がそれを知ることが出来よう。しかも、嗚呼、それは今もある！

……枕並べて心よく
刀に伏しし物語り
伝えて今に美談とす
散りたる花の馨《かんば》しさ

大仰に敵は両手を挙げて躍り掛つて来た。その隙に乗じ、晋はいきなり左手をぱつと相手の首に捲き、頭を後に反らしながら、遮二無二押しに押して押しまくつた。晋の身体は最早半分以上相手の上に乗掛つていた。次第に仰向に倒れながら、それでも相手の手はもう直ぐ晋の眼の前に迫つて来た。がその時早く、一瞬、晋の手はさつと赤の帽子を取つてしまつた。すると丁度その傍で成行を見ていた赤の一組が、肩を怒らして向つて来た。晋は息を継ぐ暇もなく、また物凄い勢で武者振りついていつた。押合い、揉合い、組合つてそれはもう今にも倒れ落ちてしまいそうな苦しい戦であつた。

が、晋はやつとのことで三度赤の帽子を取り上げ、ほつと体を起した時であつた。校庭を埋めた見物人の間から一時にわつと言う喚声が湧起つた。不図見ると、晋達白組の大将である六年生の塚本秀雄が赤組の大将である千代造に今しも組敷かれているところであつた。そうしてよく気がついてみると、最早赤も白も皆倒れてしまい、残つているのは今戦つている大将組と晋達だけであつた。秀雄は必死に手を振動かし防ぎ戦つていたが、やがて千代造の手が上からぐつと伸びたと思つた瞬間、千代造の手には白い帽子が無惨にも鷲に掴まえられた小鳥のように握られていた。千代造はいかにも勝誇つたように傲然と肩を張つて四辺を見廻した。そうしてやつと晋達が残つていることに気付くと、侮蔑に満ちた笑を浮かべながら、一寸その方を指差した。

再び、生徒達や見物人の口々から無茶苦茶な喚声が起つた。瞬間、晋の顔にはまたあの言いようのない淋しい微笑が浮かんだ。

「晋さあん！」

悲鳴のような女生徒達の声援が一斉に湧上つた。晋はその生徒達の前に立つて、頻りに手を叩いている滝先生の紫の袴が目に沁みた。が、その時、後の方から見物の若衆達の呶鳴り声が聴こえて来た。

「千代造！」

「ほんなん、捻りつぶしてしまえ」

「片手でやつてみい」

晋の顔は最早蒼白に近かつた。

千代造はこの三月に既に卒業しているはずであつた。が千代造は落第したのである。「豊臣秀吉」という歴史の試験に「お父うさんの子であります」と書いたという噂であつた。が兎に角、こんな田舎の小学校では、それはもう全然あり得べからざる恐しい出来事であつた。「坊主、坊主、一、二、三、四、試験に負けて落第坊主」

千代造はこの嘲りの声をどう聞いたか。それ以来、千代造は最早自暴自棄のように益〻乱暴を募らせた。殊に五年の生徒達は、彼の無法な暴力の前に、幾度限ない凌辱を受けねばならなかつたか。今も晋はあの無残な糸の姿を忘れはしない。糸の白い膝法師は切なく二つ並んでいた。がそれだのに、晋はどうすることも出来なかつたではないか。

そうだ、今こそこの敵を打たねばならない！　突然、晋の血の中に、昔北海の荒波を押渡つた曾祖父達の狂暴な血が目覚めたのだ。敵とは、ただ打たねばならない。何の故に、おおそれを誰が知ろう。ただ、この血が、このように波立騒ぐではないか。晋は生れて始めて血の壮美さを知つたのだ。男の悲願を知つたのである。瞬時、晋は静かに眼をつむつた。そうして不意に猛然と、さながら巖に打寄せる白波のように、全身の力を籠めて千代造に躍り掛つた。一瞬、四本の手が高く宙に差上つた。が見る見る晋の手は下の方へ押倒されていつた。千代造の赤黒い顔が晋の顔の上に覆い被つて来た。がその時、咄嗟に晋は千代造の脇下に頭を入れるとくるりと反返るようにして後向に手を伸した。おお、頭だ！　そうして帽子だ。晋は最早無我夢中で千代造の帽子を握ると、そのままどつと折重つて地面の上に転落ちた。

女生徒達の叫び声が聴こえる。無茶苦茶な罵声が聴こえる。押並んだ見物人の顔々が見える。不図、こちらの方へ走寄りながら、とうとう半巾で眼を押えてしまつた滝先生の白い顔が写つた。が、次の瞬間、不意に何も彼も、まるで焦点の外れた幻燈のように、一面ぼつと霞んでしまつた。

「こら、覚えてろよ」

立上つて千代造が、晋の方を振返つて言つた。

「何を！」

晋は決然と進寄つた。何か目の眩むような光栄を感じた。がその時、清水先生が走寄つて来たのであつた。

夕空はれてあきかぜふき
つきかげ落ちて鈴虫なく
思えば遠し故郷のそら
ああわが父母いかにおわす

晋は一人で、じつと五六年女生徒達の遊戯に見入つていた。広い校庭の中にオルガンの音が低く佗しく鳴響いている。女生徒達は静かに手を差し手を引いて踊つている。不意に、晋の胸は詰つて来た。そうして先ほどのあの男々しい悲願も、悲壮な闘争も、目眩するような激しい光栄も、何も彼もみんな宙に消去つて行くように思われた。それはさながら祭礼の終つた後の、あの笛や太鼓や鉦の音の空しく耳底に鳴り残つているような哀しさであつた。

かつても、この悲しみは知つていた。がしかし、晋はこの悲しみの何であるかは知らないのだ。放心したように呆然と立ちつくしている晋の耳に、女生徒達の歌声がまた水の流れる音のように高く低く聞こえて来た。

すみゆく水に秋萩たれ
玉なす露はすすきにみつ
思えば似たり故郷の野辺
ああわが兄弟《はらから》たれと遊ぶ

昨日まであれほどに待つていた運動会も、もう終ろうとしている。日はまだ赫々と西の空に輝いているけれど、野辺には早夕風が吹渡つている。楽隊の人達も、もう先刻、あの街道を帰つて行つてしまつた。ああ、今日もまた暮れて行くのだ。

晋が学校から帰つたのはもう夕方近かつた。が晋は着物を換えると、今日も直ぐ表へ出た。そうしていつものように新家の方へ歩いて行きながら、何故ともなく今日は行くのを止そうかと、考えていた。晋は先刻学校の門を出ようとした時、突然四五人の六年生に取囲まれたのであつた。が晋は決して卑怯な真似はしなかつた。むしろ不敵なばかりであつた。晋は無頼な少年のように最早暴力をさえ信じていたのだ。そうしてそれについてはもう何も考えたくなかった。何より考えるということが面倒であつた。がそう思う後から、またあの言いようのない悲しみが一層切なく湧上つて来た。今晋の胸の中には丁度陽が照つたり翳つたりする時のあの妖しい光線のように、不思議な二つの感情が乱合つているのであつた。が、晋は矢張りいつか新家の門の前に来てしまつていた。

晋はいつものように内庭から、甃石伝いに淑子の居間の方へ歩いて行つた。淑子は丁度その時、薄明りの漂うている縁側に蹲つて、ぼんやり夕空を眺めていた。が、晋の姿を見とめると、さり気なくいつもの優しい微笑を浮かべながら言つた。

「まあ、晋さん、今日は強かつたのな」

晋は一寸恥しそうに頰笑んだ。が直ぐ微笑は消え、その口元はきつと固く結ばれた。

「さあ、お上り、電燈点けましよな」

淑子は部屋に入り電燈を点けると、赤ん坊の小さい襦袢が縫いさしになつている針箱の横に坐つた。晋も淑子に従つて、黙つて火鉢の前に坐つた。

「晋さん、叔母さんも見てたんよ」

そう言いながら、淑子はまた立上り、地袋から菓子鉢を取出すと、それを晋の前に置いた。

「お腹、すいたでしよ。さあ、たんとお上り」

淑子は何か傷々し気な晋の姿をそつと労わるように眺めながら、不図少女のような笑顔で言

たん」

ふいと晋さんの顔見たら、もうどうしても見てられへんのやわ。すむまで叔母さんは下向いてた。

「ほんまは叔母さん、見てへなんだの。そやかてあの相手の人、あないに強そうなんやもん。

つた。


塒を求める雀らが屋根の上に木の枝に鳴頻つている、夕闇は一刻一刻とその濃さを増していつた。聽てぱつぱつと雀らは檐端に黐り、それぞれの塒に入ると、ジュクジュクジュクと次第に鳴止んでいつた。不意に一羽、ぱつと樋の間から飛出した雀が、柴垣の上にとまつたまま、けたたましく鳴きたてた。その辺に夕闇はゆらりと白く動いたように思われた。雀は夕風に羽を逆立てながら、さも一身にあわれを集めたように、ここを先途と鳴叫んでいた。

「嬉しかつたわ、晋さん。ほら、あんたが赤帽子を持つたまま、また常松ちやんの胴に乗らはつたやろ。あの時は叔母さんもまるで学校の時分のように躍上つて喜んだんえ、けど、その時見たんやわ。先生が、あの滝先生がハンカチできゆつと眼押えてなさるんやろ。ほしたら叔母さんももう嬉しいのやら悲しいのやら解らんようになつてしもて、もうどないにしても我慢出来ひんの。とうとう裏道から逃げて帰つてしもたんやわ」

淑子の声は次第に美しく潤んで来たように思われた。が淑子はふつと言葉を切ると、暫く俯向いたまま火鉢の上に置いた自分の手を自分の手で静かに撫でていた。

此の頃、晋は学校から帰ると毎日のように淑子の所へやつて来た。そうしていつもこのようにして宿題を教わつたり、外国の国々の物語を聞いたり、時には好奇心の一杯に満ちた質問を発して淑子を困らせたりするのであつた。が晋はただこうして淑子の前に坐つているだけで、自然に心が安らかになつていつた。どんな悲しい時でも、淑子の顔を見、淑子の声を聴いていると、不思議にもいつか美しい希望さえ湧起つた。晋は淑子がどんな悲しい人であるかを何故ともなく知つていた。がその悲しみはまた何という美しさなのであろう。

「いんえ、やつぱり滝先生も叔母さんも嬉しかつたんやわ。嬉し過ぎたんやわ」

淑子は自分と自分の胸に言うようにそう言うと、ほつと顔を上げて頬笑んだ。がそれは何か淋しさの沁入るような微笑であつた。晋はそれを見ると、不意に淑子の前に泣伏してしまいたいと思つた。が今日は何故かそんな感情を強く払退けるものがあつた。そうして次第に、いつもこうして淑子の前に坐つているような自分が、限りなく厭わしく思われて来た。滝先生、淑叔母、みんな懐しい匂であつた。が晋は、いつか晋の前で何気なく滝先生に向つて言われた清水先生の言葉を思出した。

「少しくらい乱暴でもええ。男の子は男らしくなくちやいけん」

嗚呼、それは自分への言葉であつたのだ。晋は急に火の出るような恥しさを感じた。男らしくならなければならない。晋はきつと唇を嚙んで眼を伏せた。

東海の小島の磯の白砂に

われ泣きぬれて蟹とたはむる

この間淑子から教えられた短歌である。勿論はつきりとは文意もわからなかつたけれど今その悲しみが犇と実感された。それは男らしい、しかし少年の心にはさながら三界に身のおく所もないような、激しい孤独感であつた。

「晋さん、覚えてる、始めてここで出会うた時。晋さんは初めからしまいまで黙つてやはつたのな。ほして帰りしなに、たつた一言言わはつたんやわ。『私の先生、叔母さんと同じ名前です』て。その時の晋さんの美しい眼、叔母さんはどうしても忘れへんわ。けんど滝先生ももう直き学校おやめやすのよ」

「どうして」

「お嫁さんにゆきやすの。そしてそれが不思議なん、うちの叔父さんの知つてなさる会社の人の所へなんやわ」

あまりの驚きと口惜しさに、晋はさつと顔の色を変えた。やつぱりそうなのか。先生でさえそうなのか。今まであんなに敬い信じていたあの滝先生までが、ただのお嫁さんになつてしまうのか。それは一体何の故に。が淑子はこの突然の晋の何か男らしい険しさが悲しかつた。

「晋さん。女の人はな、誰でもみんなお嫁さんにゆかんならんの。それは、そら晋さんらには解らんけど、もうどないにしてもしようがないのよ」

が晋は最早何も聞いていなかつた。また何の聞く必要があろう。晋はもう余程目立つようになつた淑子の腹部をきつと見据えた。こんなに美しい叔母でさえ、その上滝先生までが、嗚呼、そうして美代もやつぱりそうであつたのだ。

学校の生徒達はみんなそう言うのだ。が晋は信じていた。人間ではないか。この人間が若しそのようなことをするのであつたなら、皆恥しさのあまり死んでしまわなければならないではないか。まして淑叔母の、滝先生のこの悲しいまでの美しさをどうすればよいのか。がしかし、今こそ晋は総べてを知つた。

「奪衣婆《だつえば》がいよつた」

晋は慄然とそう思つた。そうしてそれはさながら深い暗黒の中にゆらりと身体を動かした妖婆の姿を盗み見たようであつた。いつかこの叔母は神様は人間の心の中にあるのだと言つた。がもうそんなことは嘘であつた。否、神様どころか、怖いものが巣喰つていたのだ。

「帰ります」

「晋さん、ごめんな。いらんこと言うて、悪かつたわ」

「いんえ、もうなんでもありません」

晋はつきりそう言つた。そうして晋の心の中も最早その通りであつた。晋はもう何も彼も諦めた。もう何も求めない。ただ、一人ぼつちだ。

「ほんま？　晋さん。ほんまにごめんえ。明日もまたお出でな」

が晋はその淑子の言葉には答えないで、黙つて立上つた。日はもうとつぷりと暮れていた。空にはいつの間にか黒い雲が流れ、雲の断れ間から星が一つ二つ瞬いていた。寒い風の吹走つている往来にはもう人影は無かつた。晋は一人、漠々たる悲しみに包まれながら、夕闇の中をあてもなく歩いて行つた。

23

先刻からいくつかの新聞に読耽つていた真吾は最後に東京の中外商業を読終ると、それを机の上に置いた。すると丁度その時、緑色の袴を穿いた一人の少女が新しい茶を持つて来た。そうして茶碗を机の上に置くと丁寧にお辞儀をして出て行つた。真吾は静かに茶碗を手に取りながら、今一度新聞を拡げ、経済面の小さな数字の上に見るともなく眼を遣つていた。昨年十一月、欧洲大戦の休戦条約の成立を動機にして、市場は一時一斉に崩落したけれど、勿論欧洲の産業機関がそのように一朝一夕に回復すべくもなく、軈て市場は再び猛烈な勢で反騰して来た。昨日も綿糸現物はF二十手で四百九拾五円、Oのガス八百弐拾円である。生糸は米国の底無の買気に煽られて三拾五円の棒立ち、期米も続いて高く、四拾円は愚か、既に五拾円の関門に迫りつつあつた。最早、円に二升来るとか、来ないとかは問題でなかつた。が真吾はやがて新聞から眼を離すと、そのまま椅子に背を倚せ、両腕を組んで目を閉じてしまつた。がしかし、既にこの二月、期米はさながら眼に見えぬ影に怯えたように突然暴落し、立会は一時中止されたのである。そうしてまたこの三品相場を見ても、当限五百七拾九円九拾銭五月限五百五拾六円拾銭六月限五百参拾八円拾銭七月限五百拾九円拾銭八月限五百五円九月限五百拾円六拾銭と言う数字を示していた。真吾はこの一見手堅そうな相場の中にいじらしい人間の心理を見たのである。この相場は既に来るべき何物かを感じている。がその感じ方が真吾には限りなく愚しいのだ。五百円、この何の意味もない数字を後生大事と信じているのである。勿論真吾もこの冷厳なるべき相場の上にこういう人間の心理が如何に強く作用するものであるかは知つていた。がそれは結局、群衆の一時の自慰であり、未練であるに過ぎないのだ。所詮、この眼に見えぬ或る者は、丁度水が流れ溜り溢れながら遂には堤を決して押流れるように、人の好むと好まぬとを問わず必然その進むべき所に進んで行くのだ。真吾は相場に買場なく売場なし、という堅い信念を持つていた。が人々は、

「五百円？　阿呆らしい」と信じていた。そうして事実それは夢のような絶好の買場でもあろう。だから人々は毎夜のように踊つているのである。

「えらいやつちや、万歳万歳、帝国万歳、万歳万歳」

しかし真吾はこの頃の取引の有様を思うと真に慄然たるものがあつた。七月限八月限は愚か、十一月限、十二月限の先物の取引が出来ていた。殊に辰二郎の主宰している京都店などでは、既に来年の生糸の取引さえ盛んに行われているのであつた。勿論それは闇相場の、ただ売つた買つたの空取引に等しかつた。がこの間の重役会の席で、関という治右衛門の気に入りの秘書

が、治右衛門の言葉を受けて誇らかに言つた。

「もうこうなつたら、綿糸や綿布をランカシャーへ売込むんですな」

流石に治右衛門は一寸口元を綻ばしただけで、それには答えなかつた。が辰二郎は豪奢な洋服の胸を張つて言つた。

「いや、おおきに」

その時、真吾はにやりと腹の中で笑つた。そうしてそれ以来着々と、しかし真吾らしい周到な用意のもとに彼の財産の保全策を講じ始めたのであつた。

いつか、真吾が藤村商店に入店した翌年、密かに六甲の別荘に治右衛門を訪ね、藤村商店の革新を進言してから、真吾の執つて来た経営は誠に一分の隙もなく、稀有の成功を収めたということが出来よう。今や藤村商店の販路は古く百幾十年の歴史を誇る内地はもとより、朝鮮支那印度から海峡植民地地方まで拡つていた。一方K紡績とは緊密な特約関係を結びA紡績には治右衛門自身重役となつてそれをその支配下に置いていた。また手形という妖術によつて巧に乗取つてしまつた国光毛織株式会社は着々として優秀な製品を製産していたのである。しかしその時には既に時代という不可思議な波に乗つて藤村商店はいつの間にか真吾自身にも手に負えない勝手な方向へ、否それこそ必然の方向へ成長してしまつていたのであつた。真吾は最早人間の力ではそれをどうすることも出来ないことを知つていた。だから真吾は、ただ国光毛織株式会社の経営に対して、藤村商店側の容喙《ようかい》は断じて拒絶すべきことを鉄二に命じて、善悪いずれの場合にも藤村商店の影響の波及することを防がせているばかりであつた。そうして、否最早それ以外、真吾にはもう何もすることはなかつた。また勿論しようとも思わなかつた。ただ毎日、限ない退屈の中に我慢強くも傲然と坐つているのであつた。がこの頃、真吾は時々思も寄らぬ裏町を歩いていることがあつた。それはこの頃真吾が唯一つ興味を持つている猥らな絵や写真を、名前も住所も秘して買集めていたのであつた。そうして土曜日になると、不機嫌に押黙つて江州の自宅へ帰つて行つた。

また先刻の少女が代りの茶を持つて入つて来た。真吾はその茶を飲み終ると、静かに立上り今日は珍しく仕入場の方へ出て行つた。第一仕入場では四五人のブローカーが集つて馬鹿話に腹を抱えて笑つている所であつた。が真吾の姿を見ると、ブローカー達は一寸真似のようなお辞儀をして口々に言つた。

「今日は、まいど」

「大将、高うおまつせ。今日も」

「北浜は一寸ぼけてまつけど、ほんなもん利かんわ。たんまで利きよらん」

「この調子やと、ほんまに大将、九百円おまつせ」

「あんさんら、丸田の信はんたら、千円相場や言うたはりま」

「阿呆らしい、ともほれがまた言うてしまへんところが難儀やがな」

不意に真吾は何を思つたのか算盤を手に取ると、仕入方の寛一の方を向いて言つた。

「時にどうなんや。何か出来たんかな」

「なんの大将、こんなんは口だけはべらべらとよう動かしよるけど、あかしまへんねん。かね田の七九もん一杯だけだ」

「おおきん。けど上村はん、あんたはほう言わはるけどやな、あてはまたほんなパッチ履いてへん貫一見たことおまへんわ」

「ほんなん、お宮芝居出来ひん言いまんが」

「けど、どこやらのお宮はんは、違いまんがな、上村はん」

皆はまた、しかし真吾の前なので殊更に横を向いて笑出した。が一人の一番年上らしい、まつ四角い顔をしたブローカーが取ってつけた調子で言つた。

「時に大将、今日はお祝やそうだすな」

「うん、まあ祝と言えば祝やな」

「ほの大大将のこんどの御別荘たら、おうけなもんやそうでんな」

「いや、わしはまだ見んで知らんが」

「いや、あてもまだ見んで知りまへんけど、もうどだいこうどういと霞んでて何も見えへんそうな」

「ほんなん、何も見えへんなんだら、あかんんが」

「あきまへん」

「違いまんが、こうだんね。庭には鶴だ、な、こう舞うてま、池には亀だ、亀が泳いでま。遙か、この遙かを入れんなりまへんねん。遙に霞む向にはだ」

「何がいよりまんねん。霞んでたら見えしまへんで。よろしか。頼みまつせ」

「おい、君等はほれ何言うてるねん。阿呆らしいもない。ほれよりあの極一、三杯でも五杯でもよいさかい早う心配して来なはい」

「へえ、げどほいつパッチはどないなりますねん」

そんなことをがやがやと言合つている所へ、また一人の若いブローカーがはいつて来た。まだ齢は二十五六で、頭髪を綺麗に分けた、色の白い、俳優のような優男であつた。がよく見ると、その秀でた眉と言い、鋭い眼の光と言い、何か何処かに刀痕でも隠されていそうな男であつた。

「今日は」

「いよう、色男、待つてました」

「おごりまつせ、いや、大将、まいど」

真吾は会釈を返しながら、言つた。

「杉浦君、久振りに一ついこうか」

「願いまひよ」

するとと真吾はいきなりその杉浦という若い男の前に算盤を出し、ぱちりと算盤の玉を弾いた。

「こう。どうや、来年の二四もん、数はこれ」

真吾はそう言うと、杉浦の顔を見まもりながらにやりと笑つた。すると杉浦もにつこり笑いながら、落着いた調子で言つた。

「ええとこでんな。願いまひよ。ちよいとお手を拝借」

二人は向合つて、静かに手を締合つた。そうして真吾は、聽て皆に軽く挨拶して出て行つた。すると皆は一時に杉浦を囲んで、驚きの声を発した。

「どえらいことやつてんな。君」

「ほら、あんさん、よい時に継がはりまんのやがな」

「阿呆らしい。こいのは却つて継ぎよおまへん」

「とも限りまへんわ」

「いや、おまへん。あんた、どこやらの信はんたら、千円相場や言うたりまつせ」

「阿呆かいな。けんど、杉浦はん、流石にごつい芸当だんな。あてらほんまによう言わんわ」

「あてはただ大将買う言わはつたで売りましてん。売る言わはつたら買いま。手ぶらだんね」

杉浦は綺麗に金口の煙草を吹かしながら言つた。が、この相場師達の修業の道場のように言われている堂島で手を振つたこともある杉浦に対しては、最早誰も何とも言わなかつた。

「けんど、大将も存外強気だんな」

「何言うたはりまんねん。あんたは一体強気だんのか、弱気だんのか、どつちだんね」

「いんえ、あてやおまへんねん。大将こないだ新聞でえらい弱気言うたはりましてん。藤村商店専務取締役藤村真吾氏談て出てましたで」

「大将は案外強気だつせ、新聞のあれはまあうらだんな」

寛一は自信ありげに言つた。すると杉浦はまたにつこり笑いながら言つた。

「けどまた、うらのうらもおますでな。存外」

「ほう言うたら、うらのうらのうらもおまつせ」

「ほしたらまた、ほのうらのうらのああややこし、こらまたどえらいややこしなりよつた」

「つまり、昔の丁と半だ。ほれだけだ」

杉浦はそう言つて、ぴちつと指を高く鳴らし、楽しそうにくるりと身体を廻わした。

店には大勢の客が立込んでいた。番頭達はそれぞれ二三人の客を相手に忙しそうに柄見本を操りながら算盤を弾いていたが、勿論値段など殆ど問題でなかつた。その間を反物を持運ぶ番頭や小僧達が口々に叫合いながら右往左往していた。既に商品の堆高く積上げられた出荷部では、そろそろ地方行の荷造りが始まり出した。そうして街には荷物を満載した荷車や馬車や時には自動車が町余の列をつくつて人波の中に揉合つていた。が、こうした湧返るような騒ぎの中からぽつんと取落されたように、先刻から一人の小僧が店先の壁に凭れて、今日もどんよりと煙つた大阪の空を眺めていた。その時、人混みの間からさつと走寄つて来た株式屋の日報配達が大きな声で言つた。

「ぼんやり」

小僧は頭の上の声にはつと我に返つたように、狼狽てて地面に落ちた日報を拾うと、口惜しそうにきつと配達夫の後を見た。がもうそれらしい姿は何処にも見られなかつた。そうしてそこへまた今度は一台の真新しい自動車が急に方向を曲げて小僧の方へ滑つて来た。小僧は吃驚して勝手口の方へ振返り振返りしながら逃げて行つた。それは今日治右衛門の嵯峨の別邸開きを兼ねた花見の宴に招かれた真吾のために、真吾の関係している或る自動車会社から差廻わされた自動車であつた。

真吾の乗つた自動車は花見客のどよめきの間を縫つて、渡月橋の袂に出ると、そのまま右に折れ川に添つて走つた。がこの辺にも花に酔つた群衆の流れは道を埋めて尽きなかつた。時々酔払い達の激しい罵声が自動車に向つて投げられた。が勿論真吾はじつと眼を閉じたまま振向こうともしなかつた。が自動車は幾度も警笛を鳴らして立停り立停りながら、漸く小山の裾を右に折れ、軈て治右衛門の別邸の玄関の中に滑入つた。

真吾が別邸に着いた時には、先客達は既に今日の接待役である祇園の芸者達と打連れて三々五々庭内を逍遙していた。自然の山をそのまま取入れた壮大な庭内は今殷《さか》んな春の息吹きに煙つていた。巖根を踏抱いた老松の間に、花は白い散り雲となつて霞み、陽は香しい匂を溶かして降注いでいた。客達は丈余の巖を見上げ、春日の中に眠つている鹿に驚き、或は渓流に花を浮かべて遊ぶのだつた。仲には芸者達と鬼ごつこを始出す客達もあつた。

聽て、花の賀宴は丁度三時から始められた。治右衛門と極めて親交のある同郷の貴族院議員大場庄平氏、S銀行取締役荒井貴一氏の外は、今日は極く内輪の人だけが招かれていた。協和生命社長剣持源助氏、国光毛織株式会社監査役日野四郎氏、A紡績株式会社専務取締役須藤良太郎氏、治右衛門が取締役である江州のO銀行の副頭取下関藤右衛門氏、それに辰二郎、悌三、真吾、秘書関良介と重兵衛等京大阪店の幹部達合せて総べて十四人であつた。その他にもう一人道具屋の佐助が治右衛門の相談相手を兼ねて取持役としてお招伴していた。

和やかな笑声のうちに酒杯は重ねられて行つた。そうして一寸した芸者達の悲鳴にも皆は声を合わして笑つた。治右衛門は今日の宴席を前々から非常に楽しみにしていて、床の飾物は勿論、器から料理まで治右衛門自身が思案に思案を凝らしたものばかりであつた。それ故客達は新しい料理の運ばれる度に異口同音に感歎の声を発した。すると治右衛門はさも満足気に、にこにこと会釈しながら、始終上機嫌であつた。その治右衛門の傍には、佐助の計で一若という若い芸者が侍つていた。が、不思議なことには、その一若という芸者は面立といい物腰といい、治右衛門の妻ふきにそのままであつた。辰二郎は先刻から一人そわそわと落着かなかつた。辰二郎は一若に対して辰二郎らしい故もない妬心の焰を燃しているのであつた。悌三は相変らず黙々と、真吾は悠然と杯を乾していた。

二度目に朱の盃が廻わされた頃には、席は大分賑かになつていた。が今日は殊更に芸者達は踊らないことになつていた。が突然客達の間から忌々しい踊が一つだけ所望された。しかもそれは上席の人達の間から起つたので、治右衛門は苦笑しながらも承知せざるを得なかつた。そうして三人の若い芸者が立上つた。その時、突然辰二郎が大きな声で言つた。

「一若もやれ、かずもやれ」

席は一時にはつと白けたように思われた。が治右衛門は客達の手前もあり、また突然湧上つた惨酷な興味から、却つて激しく一若を促した。一若はとうとう顔を覆うて立上つた。座はどつとばかりはずみ出し、次ぎ次ぎにそんな踊が望まれた。そうして三度目四度目と盃の廻わされた頃には、席はもうすつかり乱れていた。

呆然とその有様を眺めていた治右衛門は、不意に言いようのない不安に襲われた。一瞬何か自分の生命を刻む音を聴いたように思われた。治右衛門はそつと立上つて縁先に出た。庭前には一本の桜樹が閑々と折からの夕陽を浴びて万朶の花を咲誇つていた。その目眩むような春の静寂の一瞬、治右衛門の眼に無数の花片が夢のようにはらはらと舞散つているのであつた。

〔1935年「世紀」3〜4月号初出〕

P+D BOOKS ラインアップ

大陸の細道	木山捷平	● 世渡り下手な中年作家の満州での苦闘を描く
変容	伊藤 整	● 老年の性に正面から取り組んだ傑作長編
つむじ風(上)	梅崎春生	● 梅崎春生のユーモア小説。後に渥美清で映画化
つむじ風(下)	梅崎春生	● 陣太郎は引き逃げした犯人を突き止めたが…
淡雪	川崎長太郎	● 私小説家の〝いぶし銀〟の魅力に満ちた9編
女のいる自画像	川崎長太郎	● 私小説作家が語る様々な女たちとの交情

P+D BOOKS ラインアップ

暗い流れ　和田芳恵　●性の欲望に衝き動かされた青春の日々を綴る

なぎの葉考・しあわせ　野口冨士男　●一会の女性たちとの再訪の旅に出かけた筆者

草筏　外村 繁　●豪商一族の微妙な人間関係を描いた出世作

孤絶　芹沢光治良　●結核を患った主人公は生の熱情を文学に託す

サムライの末裔　芹沢光治良　●被爆者の人生を辿り仏訳もされた〝魂の告発〟

貝がらと海の音　庄野潤三　●金婚式間近の老夫婦の穏やかな日々を描く

P+D BOOKS ラインアップ

（お断り）

本書は1957年に三笠書房より発刊された単行本を底本としております。あきらかに間違いと思われるものについては訂正いたしましたが、基本的には底本にしたがっております。また、一部の固有名詞や難読漢字には編集部で振り仮名を振っています。

本文中には女中、日傭、百姓、丁稚、小僧、寺男、盲、按摩、私生児、妾、痴呆、黄疸病み、精神病、車夫、小作人、馬方、支那人、魚屋、大工、目あき、俥曳、支那、北支、淫売女、下足番、気違、書生などの言葉や人種・身分・職業・身体等に関する表現で、現在からみれば、不当、不適切と思われる箇所がありますが、著者に差別的意図のないこと、時代背景と作品価値とを鑑み、著者が故人でもあるため、原文のままにしております。差別や侮蔑の助長、温存を意図するものでないことをご理解ください。

外村 繁（とのむら しげる）

1902年（明治35年）12月23日—1961年（昭和36年）7月28日、享年58。滋賀県出身。1935年『草筏』で第1回芥川賞候補となる。代表作に『落日の光景』『澪標』（第12回読売文学賞受賞）など。

P+D BOOKS とは

P+D BOOKS（ピー プラス ディー ブックス）とは
P+Dとはペーパーバックとデジタルの略称です。
後世に受け継がれるべき名作でありながら、現在入手困難となっている作品を、
B6判ペーパーバック書籍と電子書籍を、同時かつ同価格で発売・発信する、
小学館のまったく新しいスタイルのブックレーベルです。

草筏

2021年11月16日　初版第1刷発行

著者　外村 繁
発行人　飯田昌宏
発行所　株式会社　小学館
〒101-8001
東京都千代田区一ツ橋2-3-1
電話　編集　03-3230-9355
販売　03-5281-3555
印刷所　大日本印刷株式会社
製本所　大日本印刷株式会社
装丁　おおうちおさむ（ナノナノグラフィックス）

2021 Printed in Japan
ISBN978-4-09-352428-5

P+D BOOKS